KB006701

임진년 난리를
당하매

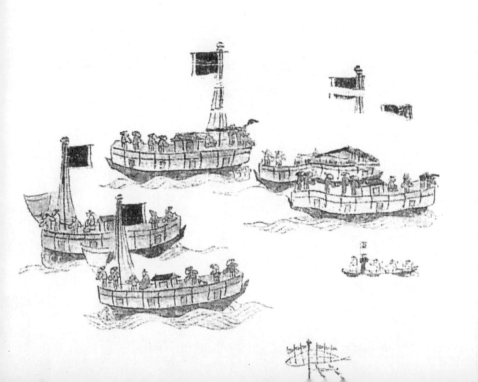

임진년 난리를
당하매

곽재우, 조헌, 고경명, 고종후, 이정암,
정문부, 서산대사, 사명당, 문덕교 씀
오희복 옮김

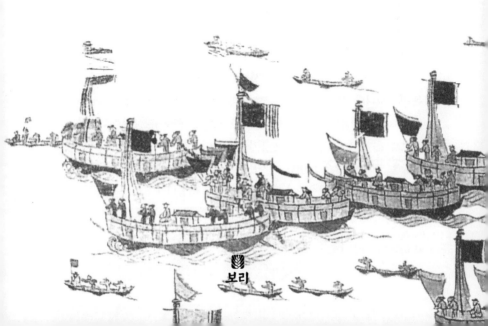

보리

겨레고전문학선집을 펴내며

우리 겨레가 갈라진 지 반백년이 넘어서고 있습니다. 그러나 함께 산 세월은 수천, 수만년입니다. 겨레가 다시 함께 살 그날을 위해, 우리가 함께 한 세월을 기억해야 합니다.

옛부터 우리 겨레가 즐겨 온 노래와 시, 일기, 문집 들은 지난 삶의 알맹이들이 잘 갈무리된 보물단지입니다.

그동안 남과 북 양쪽에서 고전 문학을 되살리려고 줄곧 애써 왔으나, 이제껏 북녘 성과들은 남녘에서 좀처럼 보기 어려웠습니다.

북녘에서는 오래 전부터 우리 고전에 깊은 관심과 사랑을 보여 왔고 연구와 출판도 활발히 해 오고 있습니다. 그 가운데 〈조선고전문학선집〉은 북녘이 이루어 놓은 학문 연구와 출판의 큰 성과입니다. 〈조선고전문학선집〉은 가요, 가사, 한시, 패설, 소설, 기행문, 민간극, 개인 문집 들을 100권으로 묶어 내어, 고전을 연구하는 사람들과 일반 대중 모두 보게 한 뜻깊은 책들입니다. 한문으로 된 원문을 현대문으로 옮기거나 옛글을 오늘의 것으로 바꾼 성과도 놀랍고 작품을 고른 눈도 참 좋습니다. 〈조선고전문학선집〉은 남녘에도 잘 알려진 홍기문, 리상호, 김하명, 김찬순, 오희복, 김상훈, 권택무 같은 뛰어난 학자분들이 머리를 맞대고 연구한 성과를 1983년부터 펴내기 시작하여 지금도 이어 가고 있습니다.

보리 출판사는, 조선민주주의인민공화국 문예 출판사가 펴낸 〈조선고전문학선집〉을 〈겨레고전문학선집〉이란 이름으로 다시 펴내면서, 북녘 학자와 편집진의 뜻을 존중하여 크게 고치지 않고 그대로 내는 것을 원칙으로 삼았습니다. 다만, 남과 북의 표기법이 얼마쯤 차이가 있어 남녘 사람들이 읽기 쉽게 조금씩 손질했습니다.

이 선집이, 겨레가 하나 되는 밑거름이 되고, 우리 후손들이 민족 문화 유산의 알맹이인 고전 문학이 지니고 있는 아름다움을 제대로 맛보고 이어받는 징검다리가 되기 바랍니다. 아울러 남과 북의 학자들이 자유롭게 오고 가면서 남북 학문 공동체가 이루어지는 날이 하루라도 앞당겨지기 바랍니다. 그리고 이 자리를 빌려 어려운 처지에서도 이 선집을 펴내 왔고 지금도 그 작업에 몰두하고 있는 북녘의 학자와 출판 관계자들에게 고마운 마음을 전합니다.

2004년 11월 15일
보리 출판사 대표 정낙묵

차례

임진년 난리를 당하매

곽재우

조헌

고경명

고종후

이정암

정문부

서산대사

사명당

문덕교

원문 차례

1. 〈임진년 난리를 당하매〉는 북의 문예 출판사에서 1994년에 펴낸 《임진 의병장 작품
   집》을 보리 출판사가 다시 펴내는 것이다.
   　　북에서는 '임진 조국 전쟁'이라고 써 놓았는데, 북에서도 최근에는 두 가지 말을 함
   께 쓰고 있어서 이 책에서는 '임진왜란'이라고 모두 바꾸었다.

2. 옮긴이와 북 문예 출판사 편집진의 뜻을 존중하는 것을 큰 원칙으로 했으나, 한자말과
   옛날 말투들은 지금 독자들이 알아듣기 쉽도록 풀어 썼다.
   　　예 : 적신→불충한 신하, 고무추동하여→힘을 내도록 격려하여, 영솔하고→거느리고,
   　　　　혼천동지하여→천지를 뒤흔들어

3. 맞춤법과 띄어쓰기는 '한글 맞춤법'을 따랐다.
   　　ㄱ. 한자어들은 두음법칙을 적용했고, 모음과 ㄴ 받침 뒤에 오는 한자 '렬'은 '열'로
   　　　　'률'은 '율'로 고쳤다. 단모음으로 적은 '게'나 '폐' 자를 '한글 맞춤법'대로 했다.
   　　　　예 : 리치→이치, 락동강→낙동강, 대렬→대열, 선렬→선열, 페허→폐허, 평계→평계

   　　ㄴ. 'ㅣ' 모음동화, 사이시옷, 된소리 따위의 표기도 '한글 맞춤법'대로 했다.
   　　　　예 : 도리여→도리어, 비였다→비었다, 뒤날→뒷날, 내물→냇물, 원쑤→원수, 소몰
   　　　　　　이군→소몰이꾼

4. 남에서는 흔히 쓰지 않는 표현이지만, 북에서 흔히 쓰는 입말과 방언들은 살려 두어
   우리말의 풍부한 모습을 볼 수 있게 했다.
   　　예 : 웅글다, 서느럽다, 고삭다, 나무재(남산), 허비다, 활짱, 보리가을, 난바다

5. 옛사람이 엮은 문집에 있던 주석은 '■' 한 가지로 표시했고, 문예 출판사가 달아 놓은
   주석은 번호 순서를 주었다.

곽재우

郭再祐 1552~1617

곽재우는 임진왜란 때 경상도 의령 지방에서 의병을 일으켜 왜적과 싸운
의병장이다. 자는 계유季綏, 호는 망우당忘憂堂이다. 감사인 곽월郭越의
아들로 벼슬길에 나설 수 있었으나 벼슬살이를 단념하고 시골에서 지내
다가 왜적이 쳐들어오자 의병을 일으켜 커다란 타격을 주었다. 왜적들과
싸울 때면 늘 붉은 옷을 입었으므로 '홍의 장군' 이라고 하였다. 왜적이
쳐들어오자 비겁하게 도망쳤던 경상 감사 김수金睟가 그의 공로를 시기
하여 갖은 방해를 했으므로 많은 고난을 겪으면서 왜적들을 물리쳤다. 왜
란이 끝난 뒤 나라에서는 그에게 함경 감사 등 벼슬을 주었으나 모두 사
퇴하고 한가로이 세월을 보내다가 일생을 마쳤다.
문집으로《망우당선생문집忘憂堂先生文集》이 전한다.

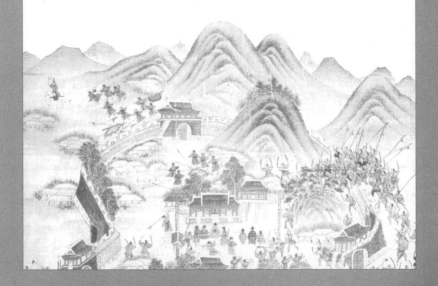

강가의 정자로 돌아가며

어지러운 세상일에 그르쳤던 몸
백발만이 수없이 드리웠구나.
가을바람 들국화 향기 날릴 때
달빛 어린 강가로 돌아가노라.

歸江亭

誤落塵埃中　三千垂白髮
秋風野菊香　策馬歸江月

회포를 읊노라 1

한평생 의리, 절개 숭상하던 나
오늘은 할 일 없어 중과 같구나.
낟알을 안 먹어도 주림 모르니
공허한 가슴속에 숨 몰켰으리.

*

깨끗한 마음이라 검불 있을까
고고한 성품이니 티끌 몰라라.
밤 깊어 고요한데 달빛 밝구나
은은히 들리는 건 두견새 소리.

詠懷 二首[1]

平生慕節義 今日類山僧

---

1) 《망우당선생문집》에는 세 수 실려 있으나, 여기에는 두 수만 옮겨 실었다.

絶粒無飢渴　心空息自凝

*

心田無草穢　性地絶塵栖
夜靜月明處　一聲山鳥啼

가야산에서 석천 임억령의 운을 밟아

지루한 긴긴 밤 괴로웁고나
누구면 지는 해를 막아 보려나.
하늘땅의 이치를 알려 하거든
모름지기 속세 인연 끊어야 하리.

*

동산에 달은 아직 솟지 않았고
서산에는 해 이미 기울었는데
어지러운 세상일 어이 알거나
아침저녁 보이는 건 더러운 일뿐.

在伽耶次石川韻 二首[1]

莫不苦長夜　誰令日未曛

---

1) 《망우당선생문집》에는 세 수가 있는데, 두 수만 옮겨 실었다.

欲看天地鏡　須自絶塵紛

*

東山月未出　西岫日已曛
營營塵世事　晨夕亂紛紛

박응무의 집 벽 위에

지리산 깊은 골 찾아가노니
안개며 연기는 언제 거뒀나.
떨어진 꽃잎에 길 묻혔는데
이 마음 알아줄 사람 없구나.

題朴應茂壁上韻

智異山中去 雲烟何處尋
落花迷歸路 無人知此心

우연히 읊노라

넓고 넓은 들판에는 푸른 풀 가득
유유히 흐르는 강 물결 푸르구나.
온갖 근심 잊으니 마음 편한데
약물을 달이느라 불을 지피네.

偶吟

廣野盈靑草　長江滿綠波
忘憂心自靜　調火煉名砂

배대유의 운을 밟아

이 세상 하찮은 일 모두 잊고서
한가로이 홀로 앉아 졸고 있을 제
정다운 친구 하나 찾아왔구나.
아마도 이것마저 인연이리라.

次裵大維題滄江上韻

都忘塵世事　閒坐困成眠
幸遇情朋話　亦知有宿緣

중양절에 정자에서 성이도와 만나

강이며 산 모습 참말 좋구나
그 풍치 그 기상 봉래산인 듯.
잣만 씹고 살아가니 신선이리라.
계수나무 불 지피니 속류는 아니리.
우리 함께 천일주[1] 마시고 나서
오색구름 핀 정자에 취해 누웠네.
가소롭다 만년 장수 꾀하는 사람
부질없이 부귀영화 꿈을 꾸누나.

重陽成以道會於江亭召命適至

江山形勝最　風氣接蓬丘
啗栢眞仙子　爛柯豈俗流
共觴千日酒　同醉五雲樓
可笑偸桃客　徒從金馬遊

---

1) 한 번 마시면 천 날 동안 취한다는 전설의 술.

안해를 잃은 동생 재기를 위로하여

생사 존망은 사람마다 다 당하게 되는 일이지만 나는 그대의 일을 특별히 슬퍼하노라. 범에게 상하였던 사람이 범을 알거늘 내 그대의 일을 더욱이 가슴 아파하노라. 그러나 죽거나 상하거나 살거나 하는 것만 가지고서는 슬픔을 누르고 마음을 풀기가 어려우리라.

사람의 한생이란 길어서 백 년
그것을 헤아리면 삼만 일이리.
그런데 어이하여 백 년 산 사람
이 세상에 백에 하나 보기 힘든가.

어질어도 우둔해도 다 한길을 가고
귀하여도 천하여도 함께 묻히네.
동산에 묻힌 넋 앞뒤 있으랴
북망산 백골들은 같은 뼈다귀.

약을 쓰다 잘못된 사람일수록
더구나 오래 살기 바란다 하고
죽은 사람 두고서 걱정하는 이
정사 일 그만 하기 원한다지만.

잘못 쓴 약이라고 사람 늙히랴

죽는 것 걱정함은 병이 아니리.
어느 누가 말하던가 거룩하다고
얻는 것은 알아도 잃는 것은 모르리.

어이하면 벗님들 모여 앉아서
잔 속에 담긴 것을 함께 마실까.
시끄러운 시름을 잊어버려야
참다운 정성이 드러나리니
유영, 완적 예로부터 이름난 것은
일생 동안 즐겨 마신 술 때문[1]이리.

慰舍弟再祺喪妻

生死存亡 人道之常 而獨爲君深悼焉 傷於虎者知虎 吾尤爲君悲焉 雖然不可以
死傷生 抑哀而寬懷也

人生一百歲　通計三萬日
何況百歲人　人間百無一
賢愚共零落　貴賤同埋沒
東岱前後魂　北邙新舊骨

---

1) 진晉나라 사람인 유영과 위魏나라 사람인 완적은 당시의 어지러운 정국을 피해 숨어 살면
   서 일생 동안 술을 즐겨 마셨다고 한다.

復聞藥誤者　又愛延年術
又憂爲死者　爲貪政事畢
藥誤不得老　憂死非人疾
誰人道最靈　知得不知失
如何會親友　飲此盃中物
能汩煩慮消　能陶眞誠出
所以劉阮輩　經年醉兀兀

창암에 처음으로 집을 짓고

바위 깎아 터 닦으니 섬돌은 무엇 하리.
아슬한 층암 위라 나들 길 가파르네.
이 고장 볼 것 없다 벗님들 말 마시라.
이 씨, 소 씨도 찾아와 밝은 달 구경하리.

初構滄巖江舍

拓土治巖階自成 層層如削路危傾
莫道此間無外護 李三蘇百翫空明

강가의 집에서 우연히 읊노라 1

바위틈에서 개 짖으니 인가가 있는가 봐.
물 위에 뜬 기러기 외롭기 그지없네.
한적한 시골이라 세상일 관계없다.
달빛 어린 강가에는 술두루미 보이누나.

*

밑으로는 강 흐르고 위에는 산 솟은 곳
세상 시름 잊으려고 여기에 집 지었네.
시름 잊은 사람 하나 시름 잊고 누웠거니
밝은 달, 맑은 바람 한가로이 찾아드네.

江舍偶吟 二首

巖間犬吠知聲應　水裏鷗飛見影孤
江湖閒適無塵事　月夜磯邊酒一壺
*

下有長江上有山　忘憂一舍在其間
忘憂仙子忘憂臥　明月淸風相對閒

회포를 읊노라 2

부귀 복록 다 버리고 산속에서 지내거니
할 일 없고 시름없어 이내 몸 한가하네.
세상에 신선 없다 그대들 말 마시라.
내가 바로 신선이라 마음속에 느껴지네.

詠懷

辭榮棄祿臥雲山 謝事忘憂身自閒
莫言今古無仙子 只在吾心一悟間

이원익에게

마음이 같은데 행동이야 관계하랴.
저잣거린 분잡해도 산속은 조용해라.
내 마음 담박하여 예나 제나 한가진데
하늘 위의 밝은 달만 골안에 비쳐 드네.

贈李完平元翼

心同何害跡相殊　城市喧囂山靜孤
此心湛然無彼此　一天明月照氷壺

가야산의 절간에서 사위 성이도의 운에 차운하여

울울창창 소나무 절벽 위에 서 있는데
한밤중 잠을 깨어 방 안을 거니노라.
조용한 산속이라 속된 일 없다거니
눈서리 이겨 내는 소나무만 구경하네.

在伽耶山寺次女壻成以道韻

鬱鬱靑松在石岡 淸宵獨寤起彷徨
山窓靜寂無塵事 只翫蒼髥傲雪霜

가야산을 내려가며

고요한 산속이라 속세보다 더 좋구나.
한적한 여기에선 내가 곧 신선일세.
떠도는 거짓말이 사람들을 놀래우니
고개 들어 바라보면 가야산만 서글프네.

下伽倻

山中寥寂勝塵間　靜裏乾坤合做仙
從他訛語驚人耳　回首伽倻獨恨然

경술년 늦은 가을 가야산에 거처하면서 동구에 이르러

가을의 산 어데면 소나무 안 보이랴.
가야산 소나무를 내 더욱 사랑하네.
고운이 아직 있어 사람들을 가려보나
정신을 가다듬고 물과 돌에 물어보네.

庚戌季秋栖伽倻到洞口

秋山何處無松栢　爲愛伽倻獨有骨
孤雲猶在度人否　默默凝神問水石

주인에게

창가에선 매일같이 솔숲의 바람 소리 가려듣고
섬돌에선 언제나 물에 비낀 둥근 달 바라보노라.
한평생 한가한 몸 마음도 편하거니
내 어이 이 세상 높은 벼슬 부러워하랴.

贈主人

窓前每聽松風寒　階下長看水月團
日日身閒心又靜　平生全未羨高官

제목 없이

현인[1]도 아니고 중도 아닌 나
강변에 집을 잡고 낟알 끊었네.
뒷날 사람 무엇 했나 물어본다면
신선 되어 온종일 놀았다 하리.

無題[2]

非賢非智又非禪　栖息江干絶火烟
後人若問成何事　鎭日無爲便是仙

---

1) 유교 교리에 정통한 사람을 가리켜 이르는 말.
2) 《망우당선생문집》에는 두 수가 실려 있는데, 한 수만 옮겨 실었다.

52 | 임진년 난리를 당하매

동강 김우옹의 죽음을 두고

지난봄에 편지 보내 간곡히 타이르던 그대
이것이 웬일인가 부고가 이르다니.
그 얼굴 그 마음씨 예전과 같건만
저승길 영영 막혀 내 마음 아프구나.

挽金東岡

前春垂札誨言深　豈意如今聽訃音
雅容和氣平常議　永隔幽明慟余心

뇌곡 안극가의 죽음을 두고

한가로이 지낼 때는 지조가 높았고
어렵게 살아갈 젠 행실이 독실했네.
언제나 사모하여 마음 주고 따랐더니
저승길이 웬 말인가 내 마음 애달프구나.

挽安磊谷克家

心高平昔閒居日　行篤流離窘敗時
常相愛慕相從闊　奄隔幽明我慟之

영암에서 사위 신응을 만나

사나이는 죽더라도 의롭게 죽어야 하리
머나먼 바닷가에 내 오늘 이르렀노라.
구름 덮인 멧부리에 꿈속의 넋은 헤매이는데
아득한 한길 따라 정든 사람 찾아왔구나.

한 조각 붉은 마음 늙을수록 굳세어지고
천만 갈래 백발은 빗을수록 새롭구나.
이 고장도 내 나라라 무슨 원한 품을쏜가.
술 사 들고 매화꽃 찾아 이른 봄날을 즐기노라.

在靈巖逢女壻辛膺

男子當爲死義臣　天涯此日傍漁隣
雲山疊疊歸魂夢　道路長長來故人
一片丹心老益壯　千莖白髮櫛還新
莫非王土無堪恨　沽酒尋梅醉早春

강가의 집에서 우연히 읊노라 2

낟알을 금하는 나 벗님들이 걱정하여
낙동강 기슭에다 집 한 채 세워 주었네.
솔잎을 씹어 가며 주린 배 달래고
샘물을 마시어서 마른 목 축이노라.

담담히 홀로 앉아 거문고 줄 튕기고
조용히 지내면서 생명을 조절하네.
한평생 다 보내면 남는 것 무엇이랴
후대들은 나를 보고 신선이라 불러 주리.

江舍偶吟

朋友憐吾絶火烟　共成衡宇洛江邊
無飢只在咶松葉　不渴惟憑飮玉泉
守靜彈琴心澹澹　杜窓調息意淵淵
百年過盡亡羊後　笑我還應稱我仙

인간 세상 모든 일

인간 세상 모든 일 까마득히 저버리고
창암이란 바위 위에 자그마한 집 지었네.
구름이 갠 곳에 뭇 봉우리 나타나고
보슬비 거둔 뒤에 온갖 풀 돋아나네.

하늘 중천 달 밝으면 정신이 맑아지고
강 위에 바람 일면 꿈 자주 깨어나라.
낚싯대 들고 거닐며 세상 생각 잊노라니
이처럼 한가함도 나라님 은덕이리.

        *

이 세상 버려두고 한적한 곳 찾아들어
말없이 약을 달여 장생을 바라노라.
언덕 위 앞뒤에는 꽃숲이 비단 같고
긴 강의 아래위엔 물빛이 푸른데

바위 굴에 바람 부니 그 소리 웅글구나.

달 밝고 물결 맑아 그림자 또렷하네.
속세의 사람들아 신선 없다 말을 마라.
해종일 이내 마음 조용하고 담담하네.

江舍偶吟 二首[1]

棄絶爲爲人世事　滄巖巖上數椽成
陰雲捲處群山出　好雨晴時百草生
月滿宇中神自爽　風鳴波上夢頻驚
逍遙漁釣逍塵慮　今日江湖得聖淸

*

出塵離世栖三返　默默抽鉛汞自添
斷岸前後花似錦　長江上下水如藍
巖空響捷聲成二　月白波澄影便三
俗子莫言仙不在　此心終日靜湛湛

---

1) 《망우당선생문집》에 실린 '강사우음江舍偶吟'은 원래 세 수였으나, '강가의 집에서 우연히
읊노라 2'와 '인간 세상 모든 일'로 나누어 실었다.

회포를 읊노라 3

어제는 말을 몰아 싸움터를 달리던 몸
지금은 할 일 없어 한가히 지내노라.
쌀 항아리 비었다고 그것을 근심하랴.
세상 인연 끊었거니 늙었어도 시름없네.

온종일 한가로이 기운을 조절하고
밤들면 홀로 앉아 정신을 가다듬네.
학 타고 하늘 날기 어렵다 하련마는
한 몸을 보전하여 백 년을 지내리라.

　　　*

온갖 구속, 갖은 압박 벗어난 이 몸
이 세상을 멀리하여 신선이 된 듯
천금 재물 소비한들 나라 근심 잊을쏜가.
석 자 길이 검을 잡고 세상 풍진 헤쳤노라.

제 분수 가늠하여 운명 따르고

걱정거리 다 잊고 넋을 키우니
날마다 바라는 건 무사한 세월
검은 대, 푸른 솔엔 봄빛 짙구나.

詠懷 二首

昔日驅馳萬死身　如今無事一閒人
簞空無惱休糧粒　年老忘憂絶世塵
鎭日閒居調祖氣　中宵獨坐養元神
乘雲駕鶴雖難必　擬做三全閱百春
　　　　　*
落落磊磊斷斷身　逍遙物外是眞人
千金散盡心憂國　三尺提揮手掃塵
知足知幾隨命分　忘機忘慮養精神
江窓日求身無事　烏竹蒼松共一春

생원 곽진의 운에 차운하여

젊었을 때 애를 써서 좋은 재주 배웠건만
늘그막엔 한하노라 몸조리법 내 모름을
온갖 생각 다 잊고서 십 년 세월 지내고저
조용히 안정한들 하루 해를 저버리랴.

달 보고 바람 맞아 그것으로 재물 삼고
솔잎 씹고 잣을 먹어 그것으로 배 불리네.
시끄러운 세상일 귓전에 들릴세라.
나 홀로 한밤중에 생각에 잠기노라.

次郭上舍崝韻

年少鬐奇六出奇　晩來調息恨無師
眞空欲就三千日　靜定無虧十二時
對月臨風便富貴　餌松啗栢忘貧飢
休將時事聞吾耳　獨寤中宵手支頤

초유사 김성일 공께 올립니다
上招諭使金鶴峰誠一書

11일에 내려 보내 주신 공문을 받아 보았습니다. 감격스럽기 그지없습니다. 거칠고 졸렬한 말로 속마음을 다 드러내 보이지는 못하였으니 보시기 어렵지나 않았사옵니까?

오늘 말을 타고 떠나려던 차에 문득 감사의 공문을 가지고 온 역마을 사람을 만났사옵니다. 계시는 곳을 물었더니 감사와 한곳에 모여서 의논을 하고 계신다고 하였사옵니다. 그래서 찾아가 뵙지 못하였사옵니다. 제가 찾아가지 않은 것은 저대로 할 말이 있사옵니다. 그것을 말씀드리겠습니다.

이른바 도순찰사라고 하는 사람이 전날에 성을 쌓던 김수金晬 아니오니까. 김수는 우리 나라의 죄인이옵니다. 사람마다 그를 죽이려 하는 터에 합하는 어찌하여 그의 죄상을 나라에 알리고 목을 베어 돌린 다음 의로운 군사를 일으키지 않으시고 도리어 그와 함께 계시옵니까? 김수가 다시 감사가 되어 백성들로 하여금 제 고장을 떠나가게 한 것은 이왕 지나간 일이오니 더 말하지 않는다 하더라도 왜적의 난리가 일어난 뒤에 저지른, 처참을 당해야 할 죄악도 참말 많사옵니다.

왜놈들이 동래에 이르자 겁에 질려 밀양으로 도망을 쳤사옵고, 군사를 거느리고 백성을 돌보아야 할 직임을 제대로 지키지 못하여 성새들이 놈들에게 함락되었사옵니다. 왜적이 밀양에 다다르자 초계草溪로 달아나서는 똑똑지도 못한 주견으로 장계狀啓를 올려 상감님을 속였나이다. 새재를 지킬 수 있다고 말하고도 그것을 내버려 영남 땅의 백성들로 하여금 물먹은 흙덩이처럼 흩어지게 만들었고 그 고장은 마침내 왜놈들의 소굴이 되었나이다.

왜적이 새재를 넘어서고 상감님의 소식은 까마득히 알 수 없게 되자 그는 제 목숨을 건질 생각에 급급하여 운봉으로 도망쳤사오니, 당나라의 양국충[1]이나 송나라의 진회[2]인들 김수의 죄악에야 비기오리까? 그들의 죄는 오히려 가볍다고 해야 하오리다. 왜적은 수백 리 밖에 있는데도 여러 고을의 장수들은 모두 광경을 바라보고 남 먼저 달아나서 이백 년 역사를 가진 이 나라로 하여금 왜적의 손 안에 떨어지게 한 것이 다 김수가 저지른 죄이옵니다. 그런즉 김수는 곧 불충한 신하이옵니다. 그런데 도리어 그의 몸에 도순찰사라는 이름을 붙여 주고 그에게서 왜적에게 짓밟힌 땅을 되찾아 내기를 바라오니 그것이 어려운 일이 아니오리까?

지금 감사의 공문에서 이르는바 임금님을 위하여 서울로 올라간

---

1) 양국충楊國忠은 중국 당나라 때 사람. 여동생인 양 귀비가 임금의 총애를 받자 그를 등에 업고 권세를 독차지하고 갖은 나쁜 짓을 일삼았다. 후에 안녹산安祿山이 난리를 일으켜 서울로 쳐들어오자 그것을 막을 생각은 안 하고 임금을 충동하여 피난하였다가 군사들의 항거로 처형당했다.

2) 진회秦檜는 중국 송나라 때 사람. 금나라가 쳐들어오자 화의를 주장하면서 충의로운 장수들을 모해하여 죽였다.

다고 한 것은 백성들을 속이고 합하를 속이며 이 세상과 후대를 속이기 위한 것이옵니다. 충성은 악비[3] 같고 용맹은 종택[4] 같은 다음에라야 임금님을 위하는 군사를 일으킬 수 있사옵니다. 임금님이 망하는 것을 앉아서 구경이나 하는 김수 같은 놈이 그처럼 더없이 큰 공적을 어찌 이루오리까? 합하께옵서 그의 말을 믿으시고 그와 함께 일을 의논하신다고 하오니 이것은 그놈의 계교에 빠져드시어 그놈의 속마음을 모르시기 때문이오니 부디 그놈의 말을 곧이듣지 마시오이다.

또한 병가의 승패는 기약할 수 없는 것이옵니다. 제나라의 칠십여 개 성이 모두 항복하였으나 전단[5]은 거莒와 즉묵卽墨으로 제나라를 회복하는 발판으로 삼았사옵고, 당나라의 두 서울이 다 함락되었으나 곽자의[6]는 얼마 안 되는 고단한 군사로 당나라의 명맥을 이었사옵니다. 지금의 영남 일대가 비록 왜적에게 함락되었사오나 왼쪽과 오른편의 여러 고을들이 보전되어 있사옵니다. 당당한 이 나라에 용맹스러운 사나이들이 구름같이 많사오니 감사 된 사람이 진실로 하루라도 충의로운 마음을 떨치고 강개스러운 말을 내어 백

---

3) 악비岳飛는 중국 송나라 때 사람. 금나라가 쳐들어오자 결사대를 모집해 종택宗澤의 부하가 되어 싸웠다. 금나라 침략군을 막아 여러 번 공을 세웠는데 후에 간신인 진회의 간계에 빠져 누명을 쓰고 옥에서 죽었다.

4) 종택宗澤은 중국 송나라 때 사람. 금나라 침략군을 막아 여러 번 공을 세웠으나 후에 간신들의 계교로 자기의 뜻을 실현할 수 없게 되자 울분을 못 이겨 병들어 죽었다.

5) 전단田單은 중국 전국 시기 제나라 사람. 연나라가 침입하여 제나라의 영역을 거의 다 점령하였는데 자그마한 고을 두 개를 차지하고 계책을 내어 연나라 군사를 와해시키고 나중에는 침입군을 전부 물리쳤다.

6) 곽자의郭子儀는 중국 당나라 때 사람. 안녹산, 사사명史思明이 난리를 일으켜서 당나라가 거의 망하게 되었을 때 난리를 진압하였다.

성들의 마음을 감동시킨다면 의리로 그에 호응하는 자도 반드시 많을 것이옵니다.

임금님의 원수는 단 하루라도 더디게 갚아서는 안 될 것이옵니다. 일찍이 단 한 고을에라도 나들며 한 가지 계책이라도 내어 의병을 불러일으키지 못하고 다른 지경으로 도망쳐서 몸뚱어리를 숨기기에 바빴사오니 이것은 개, 돼지나 오랑캐들도 차마 못할 짓이었나이다. 저는 합하께옵서 반드시 김수의 죄상을 나라에 알려서 그의 머리를 베어 저잣거리에 높이 매달아 놓기를 기다리고, 그 다음에 용맹스러운 장사들을 거느리고 합하께옵서 계신 곳으로 찾아가려 하나이다.

사람들이 말하기를 산속에 몸을 숨겼던 군사들이 합하께옵서 글을 보내어 저를 부르신다는 소문을 듣고 모두 기꺼이 떨쳐 일어나 산을 내려오다가, 중도에서 감사가 김충민金忠敏을 이 고을의 임시 장수로 삼았다는 말을 듣고 그 자리에서 돌아서서 다시 몸을 숨겨 버렸다고 하옵니다. 사람들의 마음이 모이고 흩어지는 것은 이것만 보아도 알 수 있사옵니다. 저는 김충민도 목을 베야 할 것으로 생각하나이다.

저 곽재우는 어리석은 백성일 따름이옵니다. 제 눈으로 나라의 형편이 조석으로 위급함을 보고서 뜻이 같은 사람들을 불러 모았삽고 집안일은 이미 다 헤쳐 버렸나이다. 아내와 자식들도 이미 헤어졌사옵니다. 다만 한 번 죽더라도 죽을 만한 고장을 찾아내지 못하여 북녘을 바라보며 가슴을 허비옵고 비 오듯이 눈물을 떨구나이다.

합하께옵서는 충성과 의리가 남다른 줄로 아옵니다. 하오니 마침내는 목숨을 다하더라도 절개를 빛낼 것이옵니다. 합하께옵서 만약에 저의 마음을 알아주신다면 하찮은 이 몸은 자기를 알아주는 사람을 위하여 죽을 것이옵니다. 전횡[7]의 무리 오백 명에게 비한들 부끄러울 것이 무엇이오리까?

---

7) 전횡田橫은 중국 진나라 때 사람. 제나라 임금의 동생인데, 한나라에 의해 영토가 병합당하자 부하 오백 명과 함께 섬으로 피신했다가 한나라에서 항복하면 높은 벼슬을 주겠다고 하자 그것을 치욕으로 여겨 자살하였다. 그가 죽자 그의 부하들도 모두 스스로 목숨을 끊었다.

김덕령 장군께 드리는 답신

答金將軍德齡書

시운이 불행하여 나랏일이 이 지경에 이르렀소이다. 가슴이 아프 오이다. 무슨 말을 하오리까? 명나라 군사들은 세 해 동안이나 나 와 있었으니 더 오래 머무를 형편이 못 되옵고 나라의 군량도 이미 다 떨어졌사옵니다. 이 지경에 이르고 보니 정녕 하늘이 재난을 측 은히 여겨서 우리 나라를 도와주지 않는다면 그 누가 이것을 수습 하고 돌봐 주오리까?

김덕령 장군은 원수를 치고 나라를 건질 재주를 지니시고 나라를 위하려는 충의를 떨쳐 어려운 시국에서 거사를 하셨소이다. 하늘로 머리를 두고 입으로 밥을 먹는 사람이라면 그 소문을 듣고 모두 다 기뻐서 어쩔 줄을 몰라 하며 왜적을 치고 나라를 건져 낼 수 있게 되었다고 여기고 있소이다. 그러니 하늘이 재난을 보살펴서 도와준 것이 아니오리까?

저 곽재우는 장군의 위엄에 대한 소문을 들은 뒤로 기뻐서 잠을 이루지 못하였사오며 발꿈치를 들고 만나 뵈올 날을 기다렸소이다. 하오나 이제껏 그런 뜻을 이루지 못하였사온데 지금 보내 주신 글 월을 받아 들게 되었소이다. 글월을 두 번 세 번 읽어 보니 감격과 두려움이 한데 어울려지옵니다.

저 곽재우는 어리석고 미련한 인간이옵니다. 스스로 쓸모없는 줄을 알았기에 강가에서 낚시질을 하면서 그럭저럭 태평스러운 세월을 즐겼을 뿐이옵니다. 어찌 그지없는 재난이 오늘처럼 다닥치게 될 줄을 생각이나 하였으리까. 난리가 일어나자 시골에서 군사를 불러 모은 것은, 다만 어리석게도 때에 임하여 치밀어 오르는 분기를 이기지 못함이었고 왜적을 막고 나라를 건져 낼 특별한 지략이 있어 그런 것이 아니옵니다. 몇 안 되는 왜적을 만나 한번 싸워 본 것이 저 원수들에게 무슨 손해될 일이 있사오며 몇 안 되는 왜적의 머리를 자른 것이 우리 나라에 무슨 보탬 될 일이 있사오리까. 하물며 지난해에 진주성이 함락되어 고향 마을마저 보전하지 못하였사옵니다. 싸워서 이기지 못하여 스스로 마음속으로 부끄럽게 여기는 생각을 어찌 다 말씀드릴 수 있사오리까.

이제 장군은 신출귀몰하는 지략과 하늘땅을 주름잡는 용맹을 가지셨으니 세 개의 화살을 날려 세상을 평정하는 것[1]도 걱정할 것이 없사옵고, 한 번 몸을 움직여서 나라를 건져 내는 것은 마음속에 달린 일이옵니다. 그런데도 하찮은 사람을 버리지 않으시고 사람까지 보내시어 이처럼 지극한 정성을 보여 주시니 이것은 비단 장군에게 정한 사람이 지나친 인정을 보여 준 것뿐만 아니오라 장군이 남을 위문하는 지성이 남다른 까닭이오이다. 고맙소이다. 정녕 감사하오

---

1) 은殷나라 주왕紂王의 악덕이 극에 달하자, 무왕武王이 은나라를 멸망시켰다. 이때 무왕이 자살한 주왕의 시체에 세 개의 화살을 날려 은나라 백성들의 원한을 풀어 주고, 주나라 건국의 대의명분을 밝혔다.

이다.

저는 지략도 생각도 없사오니 기묘한 계책을 세우시는 데 도움이 될 수 없고 또한 기교도 용맹도 없사오니, 원수를 치는 대오의 뒤에나 따라설 수 있다면 그 이상 바랄 것이 없사오니 어찌 감히 만 가지 가운데 하나라도 보탬이 되오리까. 다만 축원하는 것은 세월이 아쉽고 한생이 길지 못하오니 흉악한 오랑캐들을 쓸어버리고 이 나라를 구원하여 우리 임금님과 백성들이 평화로운 강산에서 다시 살아가도록 하는 것이옵니다. 이렇게만 된다면 저같이 쓸모없는 몸도 전날에 고기잡이하며 노닐던 곳으로 물러가 한평생을 마칠 수 있게 될 것이오이다.

병이 많다 보니 오른팔이 온전치 못한 것이 벌써 한 달이 넘었소이다. 그래서 진영에는 나가 뵈옵지 못하고 앉아서 깃발만 바라보오니 저의 죄가 크오이다. 죽을죄를 지었소이다.

반역자 김수의 목을 베어라

通諭道內列邑文

　도 안의 여러 의병들에게 통고하노라. 김수는 나라를 망하게 하려는 큰 반역자다. 옛날의 법도를 따른다면 누구를 막론하고 그의 목을 베야 할 것이어늘 어떤 사람은 말하기를,

　"감사의 과실은 입 밖에 내기도 어려운데 하물며 목을 베자고 말한단 말인가?"

라고 한다. 이는 한갓 감사만 알고 임금은 모르는 말이다. 왜적을 맞아들이고 서울까지 내주어 임금으로 하여금 피난을 가게 하였으니 이를 어찌 감사라고 하겠는가. 팔짱을 끼고 앉아 나라가 망하는 것을 기뻐하니 이를 어찌 감사라고 하겠는가.

　온 도의 백성들이 모두 김수의 신하라면 아마 그의 죄를 말하지 못할 것이고 그의 목을 자르자고 말하지 못할 것이다. 온 도의 백성들이 모두 임금의 신하일진대 나라를 배반한 자는 누구나 처단해야 할 것이며 패망하는 것을 기뻐하는 자는 누구나 다 죽여야 할 것이다.

　그런데도 어떤 사람들은 김수를 죽이는 것이 사리에 맞지 않다고 말한다. 나라의 원수를 갚고 나라의 역적을 치는 것이 바로 사리다. 김수는 사리를 저버린 지 오래다. 김수는 사리에 맞는가 안 맞는가

를 논의할 여지도 없는 자다. 먼저 반역자의 목을 베어 퇴각하라는 조서가 내리지 않도록 하고, 임금의 수레를 모셔 들여 나라의 대세를 바로잡는 것이 곧 사리에 맞는 일이다.

바라건대 여러 의병들은 이 격문의 취지를 알고 시골의 군사들을 거느리고 먼저 김수가 있는 곳으로 모일지어다. 그리하여 그의 목을 베어 임금이 있는 곳에 바친다면 그 공적은 왜적의 우두머리 풍신수길의 목을 바치는 것보다 몇 배나 더 클 것이다. 여러 의병들은 이것을 깊이 생각하라.

만약 고을의 원으로서 나라가 처한 위험과 자기가 지켜야 할 의리를 생각하지 않고 도리어 김수의 죄악을 숨겨 주면서 자기 고을 사람들로 하여금 의병을 일으키지 못하도록 한다면 김수와 같이 처단하리라.

조헌

趙憲 1544~1592

임진왜란 때 충청도 옥천 지방에서 의병을 일으킨 의병장. 자는 여식汝式,
호는 중봉重峰이다. 이이李珥의 제자로서 그의 진보적인 견해를 이어받아
당시의 부패한 사회 정치적 국면들을 고쳐 보려고 시도하였다. 임진왜란
이 일어나자 의병을 일으켜 충청도 지방에 침입한 왜적을 물리쳤으며 승
려 영규靈圭가 거느린 의병 부대와 함께 청주성을 탈환하고 그 후 금산에
서 왜적과 싸우다가 전사하였다.
문집으로 《중봉집重峰集》이 전한다.

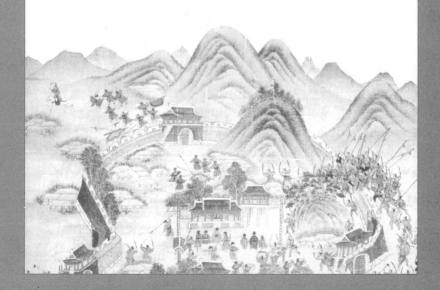

남병사[1] 신각에게

하늘 위의 뭇 별들 밝은 빛 비춰 올 때
대장부 억센 기상 산악같이 일떠서네.
하늘이 그대에게 장수 담력 주었거니
남방 북방 오랑캐들 모조리 쓸어 내리.

寄呈南兵相申恪戎幕下

句巳狼星迭光耀　丈夫頭髮竦如山
須知天假子龍膽　北却山戎南制蠻

---

1) 남병사南兵使는 조선 때 함경도 지방에서 마천령 이남의 군사를 통솔하던 병마절도사를
말한다.

우연히 읊노라

어버이 이별하고 변방에서 삼 년 사니
자식이 그리워서 어머님 마음 쓰리.
밝은 달은 말이 없이 이내 마음 비치거니
어이하면 이내 소식 고향에 전해 볼까.

偶吟

離親鯨海三秋淚　戀子萱堂萬里心
明月無言空自照　何緣傳報異鄕音

강 첨사에게

신안에서 우리 처음 만나 보게 되었을 때
그대는 소년이고 나는 장부 몸이더니
오늘 다시 영주에서 우연히 만나 보니
내 신세는 귀양객 그대는 장수여라.

서울은 아득해라 남쪽 하늘 멀고 먼데
바닷가는 끝없구나 북방 땅 한끝이니.
나라님, 어머님이 꿈결에도 그립구나.
어찌하면 한 마디 말 한강 가에 전해 볼까.

         *

옛날의 장수들 중 누굴 따르나
삼국 때 오나라의 주환[1] 본받네.
병법을 익히느라 밤낮 힘썼지
마치도 싸움터에 나선 때처럼.

---

1) 주환(朱桓, 177~238)의 자는 휴목休穆으로, 삼국시대 오吳나라의 맹장이다.

활시위 울리어도 뜻 못 이루고
창검을 매만져도 마음 떨렸네.
나라님 이즈음도 고생하시니
죽음인들 그 어찌 마다할쏜가.

贈姜僉使 二首[2]

新安城裏相逢處　我是丈夫君少年
今日英州相邂逅　君從元帥我流遷
金陵杳杳南天遠　瀚海漫漫北地偏
萬里君親頻入夢　何當一話楊花邊

*

古將誰可法　三國有朱桓
欽欽終日夕　如在行陣間
鳴弓志未售　撫劍心膽寒
君父臥薪苦　鴆毒詎歡顔

---

2)《중봉집》권1에 실려 있는 세 수 가운데 첫 번째와 세 번째 시만 옮겨 실었다.

성거옹의 운을 밟아

이 아침 필마 단신 강릉 땅 찾아드니
황량한 옛 역마을 차마 보기 어렵구나.
계속되는 가물이라 밭곡식 타 버리고
불어 대는 센바람 창문을 뒤흔드네.

온 해를 밭에 산들 덕 볼 것이 무엇이랴.
이해가 다 갔지만 살아갈 길 막연하네.
날마다 오고 가는 하 많은 저 관리들
백성들을 구제할 방책이나 생각하오.

次聖居翁韻

今朝匹馬過臨溟　回耐沈吟古驛亭
旱氣連天焦土穀　腥風吹野入窓櫺
窮年耕稼何聊賴　率歲經營計杳冥
多少行行日邊使　願思長策濟生靈

길주 목사에게

신비로운 계책으로 나라 돕다가
운명이 기구하여 귀양을 왔네.
칼 한번 높이 들어 원수 물리치리.
그 누가 알아주랴 장수 있음을.

*

무슨 일로 이처럼 통곡하는가.
스승이 돌아가니 도리 잃었네.
만 리라 먼먼 곳의 잊지 못할 일
그대와 말하려니 다행스럽네.

*

기러기 북쪽 향해 변방으로 날아가고
여윈 나귀 올라탄 나 그대를 찾아가네.
님 있어 변방 소식 어떤가를 물으시면
신하들 어리석어 시비 있다 일러 주오.

謫嶺東驛寄謝吉州牧 三首[1]

神策牛元翼　蹉跎在北門
一劍掃魏卒　誰知有趙雲

　　　＊

何事爲人哭　師亡道不存
萬里難忘處　吾君可與言

　　　＊

白鴈如從塞北歸　寒驢吾欲扣君扉
美人若問邊消息　吳下阿蒙有是非

---

1)《중봉집》에는 '길주 목사에게〔謫嶺東驛寄謝吉州牧〕' 여섯 수가 실려 있는데, 그중 첫 번
째, 세 번째, 네 번째 시를 옮겨 실었다.

서울

신비로운 도읍지에 왕기가 서리었다.
나라의 오랜 기틀 반석처럼 안전해라.
바라노라 변방에서 좋은 소식 전하기를
그래야 백만 창생 굶주림을 면하리.

日下長安[1]

神都王氣自雄蟠　遠業常謀盤石安
願聽日邊消息好　蒼生百萬免飢寒

1) 《중봉집》의 '최대구어한천남변구모당수간수득음애심경비헌부지崔大丘於漢川南邊 構茅
堂數間搜得陰崖十景俾憲賦之' 열 수 중 두 번째 시다. 뒤에 나오는 '나무재의 저녁 봉화'
는 세 번째, '남한산의 옛 성'은 다섯 번째 시다.

나무재¹⁾의 저녁 봉화

울창한 소나무 숲 산등성을 덮었는데
저물녘 변방 소식 서울로 전해 오네.
이제부터 사방에는 위급한 일 없으리니
잠두봉에 울리리라 태평 세월 노래 소리.

木覓夕烽

蒼松鬱鬱繞前岡　日夕邊烽報漢陽
從此四方無驚急　蠶頭歌吹聽無彊

---

1) 서울 남산을 가리킨다.

남한산의 옛 성

온조왕은 그 언제 서울을 옮겼던가.
십제[1]라는 나라 이름 바닷가에 보전했네.
부여로 내려가서 오백 년을 이었으니
높다란 저 성새엔 웅대한 뜻 있었구나.

南漢古城

溫王何日去檀都　十濟猶知保海隅
南下扶餘綿五百　一城高處想雄圖

---

1) 전설에 의하면 고구려에서 옮겨 온 온조는 처음 나라 이름을 '십제十濟'라고 했다고 한다.

공민왕릉을 지나며

옛 무덤 돌아보며 가을바람 맞노라니
생각나네 고려 때의 끝 못 맺은 그 왕업이.
조상들은 거룩하여 무덤들이 널렸는데
자손들이 나약하니 석물만이 우뚝하네.

천 년 세월 전한 폐단 아직도 남았으니
만년 대대 남긴 원한 언제면 없어지랴.
나라 망한 원한을 농군들은 알 길 없어
무너진 돌 가리키며 왕릉이라 일러 주네.

過玄陵有感

摩挲古墓立秋風　憑想前朝業不終
神祖尙安丘纍纍　屛孫何用石崇崇
千年流弊猶無盡　萬世遺譏詎有窮
田父不知亡國意　指揮頹砌謂禪宮

공강정에서 유성룡을 이별하며

쓸쓸한 가을바람 잔물결 일으킬 제
동남쪽 한길 향해 고개를 돌리노라.
가는 배 바라보나 따라갈 수 없거니
변방의 이 나그네 마음이 어떠하리.

控江亭臨別 次柳正字而見成龍韻

秋風蕭瑟動纖波　擧目東南道路賖
悵望仙舟追不得　關山孤客意如何

율곡 선생에게

얼음과 숯 본래부터 화합 안 되니[1]
붉은 것과 푸른 것 조화 이루랴.
큰 인재 생각하며 옛날 그리나
아쉬워라 나라 형세 기울었거니.

上栗谷先生

氷炭元難合　朱林豈相調
大老思渭上　陽道恐漸消

---

1) '빙탄불상용氷炭不相容'에서 따온 말인데, 얼음과 숯처럼 정반대의 성질을 지녀서 어울릴
　수 없는 관계를 말한다.

호연정에서

안개 어린 섬에서 배 부리다가
높은 산 언덕 위에 정자 세웠네.
조수의 물소리는 해변을 치고
소나무 그림자는 물에 비꼈네.

푸른 산 빛깔은 바다 같은데
경치는 상쾌해라 하늘 한가득.
삼신산 어데더냐 회포는 큰데
어디 가면 신선들 만나 볼쏜가.

浩然亭次栗谷先生韻

烟島乘桴晚　結亭高壓巓
潮聲洲外壯　松影水中懸
岰色靑連海　風光爽滿天
襟懷方丈闊　何處更求仙

박연으로 가는 길에

박연의 경치는 우계보다 못한데
돌길이 험하여 말을 타도 어렵네.
절승 경치 찾는데 수고로움 꺼리랴.
여기서 길 멈추면 그 아니 한이 되리.

朴淵道中

瓢淵不必勝牛溪　石路難容接馬蹄
要覓奇觀憚受益　此生行止可堪悽

정주 동문에서 외삼촌을 보내며

천 리 밖 고향 집과 소식이 끊겼다가
다행히 외삼촌을 길가에서 만났노라.
동문에서 뻗은 길로 가는 모습 바라보니
멀어지는 그림자 눈앞에서 아물아물.

定州東門 送叔舅還龜城 登城以望之

千里家書斷往還　幸逢舅氏道途間
東門延佇看行色　沒帽還嫌眼底山

옥하관에서 허봉의 시에 화답하여

지난 오월 김포를 떠나온 이 몸
늦은 가을 이역 땅에 들어섰어라.
서늘한 바람 불어 꽃들 지는데
돌아갈 길 생각하니 산이 막혔네.

꿈길마저 사나워 잠 못 드는데
시름이 깊어지니 백발 성하네.
고향 땅 생각하니 아득하구나.
언제면 돌아가 부모 뵈올까.

玉河館 和許美叔對韻

五月離金浦　窮秋走帝關
凄風排百卉　歸路隔千山
夢惡魂頻駭　愁深鬢欲斑
白雲思罔極　何日慰親顔

보령으로 가는 길에 토정[1]을 생각하며

옛날에 은사와 함께 거닐며
종신토록 청렴결백 언약하였네.
오늘 다시 찾아오나 볼 수 없으니
아쉽구나 백성 구제 누가 할런가.

保寧途中 憶土亭先生

碩人千里昔同遊　期我終身少過尤
今日重來思不見　可憐誰進濟民謨

---

1) 이지함(李之菡, 1517~1578)의 호다. 보령에는 토정 이지함의 묘소가 있다.

두류산을 유람하며

정자 아래 맑은 못물 밑바닥이 보이는데
단풍 숲에 해 비치니 하늘까지 붉어지네.
절승 경개 만났건만 머무를 재주 없다
흐느끼며 흐르는 물 그것도 유정한 듯.

＊

산에 가득 단풍잎 가을 하늘 불태울 듯
주절대는 시내 따라 한길은 뻗어 있네.
절승 경개 찾아오나 오래야 머물쏜가.
푸른 못물만이 옛날과 다름없네.

遊頭流山 次學敏上人韻 二首

樓下寒潭徹底淸　楓光斜日映空明
生逢眞界居無計　嗚咽泉聲若有情
　　＊

滿山楓葉爛秋天　水石喧邊一路綿
眞界晚來留不得　碧潭回首倍依然

쌍계사 석문의 운에 차운하여

시냇물 폭포 되어 푸른 못에 떨어지고
글자 새긴 바위는 길가에 마주 섰네.
솔숲으로 걸음 옮겨 옛 절간 찾아가니
석양 비낀 누대에는 병풍을 에두른 듯.

次雙溪寺石門韻

寒溪飛下碧潭幽　石刻分明對路頭
緩步松陰投古寺　錦屏秋擁夕陽樓

송애 이증의 운에 차운하여

겨울 날씨 따뜻하니 매화꽃 망울졌다.
이럴 때면 서울 생각 걷잡을 수 없노라.
사람들은 대범해라 도량이 바다 같아
나라님은 의거하네 재주 있는 신하에게.

십 년 세월 애쓴 것은 좋은 정사 마련코저.
묻노라 어느 누가 참다운 인물인가.
백성 원망 끝이 없어 차마 말을 못 할러라.
조정으로 돌아가면 태평세월 이뤄 보리.

次松崖相公上思菴領相韻

冬溫南國見梅嚬　此日難堪望北辰
多士幸瞻河海量　聖君方倚股肱人
十年宵旰求治切　一代仁賢問孰親
無限民咨言不盡　還朝須致太平春

사암[1]에게

남방 선비 기꺼이들 대숲을 거니는데
두 왕대 대신이 멀리까지 찾아왔네.
옷깃 잡고 하는 말은 군민의 고생살이
태평세월 이루어서 함께 모여 살았으면.

*

십 년 동안 베푼 정사 구름과 산 막혔어라.
꿈길도 아득하네 먼 곳에 있거니.
그대가 머물기를 어찌 아니 바랄쏜가.
이 나라에 만년토록 태평세월 다다르게.

---

1) 사암思菴은 박순(朴淳, 1523~1589)의 호. 선조 때 영의정을 한 사람이다. 성리학에 밝고
   특히 《주역》에 연구가 깊었으며 문장이 뛰어났다. 중년에 이황에게 배웠다.

又次松崖使相韻 上思菴相公台座 二首

南士欣欣遶竹林　兩朝元老幸遙臨
牽衣共說軍民苦　願致仁賢共盡簪

　　　　*

經綸十載隔雲丘　魂夢依依兩地悠
非不願公留信宿　要看東國萬年休

송애를 이별하며

조정에서 뵙던 것은 어언간 십 년 전 일
호남에서 만난 지도 해포 나마 지났어라.
정사를 돌보던 때 좋은 말씀 들었고
나그네로 지낼 적엔 답답한 맘 풀었네.

지리산 유람 길을 이젠 다시 못 걸으리.
선운사 좋은 모임 언제면 또 맞을까.
황량한 남쪽 땅에 은혜 많이 끼쳤으니
백성 고생 알아내어 대궐에 전해 주리.

又得前字韻 奉別松崖使相

香閣承顔十載前　奉宣湖海未逾年
政餘幸服仁言厚　客裏欣消鄙疾偏
智異淸遊今不續　禪雲高會更何緣
南荒只有無窮恤　望採民艱達九天

강진 만경루에서

산봉우리 그림 같고 물굽이 활짱 같아
아득히 넓은 바다 한눈에 안겨 오네.
삼월 경치 어이 그리 중봉과 흡사한고.
강가에 다다르니 산들이 마주 서네.

題康津萬景樓

岡巒如畫水如彎　湖界蒼茫一望間
恰似重峰三月暮　臨江遙對兩京山

추석날

나서 자란 고향 땅 저 멀리 망망한데
벼슬살이 세 해 동안 남몰래 애끊었네.
좋은 계절 만났으나 눈물을 흘리노라
삼각산 아득하고 한강 물 안 보이니.

秋夕有感

故園桑梓隔茫茫　遊宦三年暗自傷
況逢佳節霑襟處　三角山高江水長

애일당에 쓰노라

세월은 언듯언듯 빠르기 화살 같아
길지 않은 나이를 멈추기 어렵구나.
중년이 지나서야 이런 이치 깨달으니
부모에게 근심을 끼치지 않으리라.

題愛日堂

光陰鼎鼎疾如丸　些少衰齡再駐難
須及盛年窮此理　無令父母有憂端

율원을 유람하며

산신령도 야속하다 이런 산을 이루다니
산 밑에서 흐르는 샘 걸음마다 뒤따르네.
율원이라 절승 경치 찾아와 구경하니
무이산¹⁾에 이르렀나 뱃노래 들려오네.

*

첫 굽이 푸른 강에 작은 배 매었어라.
남산에서 시작한 내 큰 강이 되었구나.
서쪽으로 산을 돌아 바다에 다다르면
푸른 물은 아마도 수수, 사수²⁾와 잇닿으리.

*

---

1) 중국 동남쪽에서 경치가 으뜸이라 꼽혀온 명산. 복건성福建省에 있다. 주자가 이 산의 무
이정사武夷精舍에 은거하여 학문을 연구하고 제자를 양성하였으므로, 조선 시대 선비들
은 주자가 지은 '무이구곡가武夷九曲歌'를 읊으면서 흠모하였다.
2) 중국 산동성山東省에 있는 공자의 고향 곡부曲阜 근처에서 둘로 갈라지는 강이 있다. 이
중 북쪽으로 흐르는 것을 수수洙水, 남쪽으로 흐르는 것을 '사수泗水'라고 한다.

둘째 굽이 높은 산 멧부리 우람하고
천봉만학 이 산중에 가을이 짙어 오네.
서대에 올라서 북쪽을 우러르니
생각나네 금강산의 만이천 푸른 봉이.

    *

셋째 굽이 숲속 정자 작기가 쪽배 같아
이웃에 초가들은 언제 세운 집이던고.
대추 밤 모아 들여 술을 빚는 저 사람들
늘그막의 재미이니 그것 또한 측은해라.

    *

넷째 굽이 큰 바위 병풍처럼 둘러 있고
바위 앞 단풍나무 짙게도 물들었네.
산 모습 수려하나 사람들은 볼 수 없고
주절대는 냇물 소리 푸른 못에 울려 가네.

    *

다섯째 굽이 동남쪽 골짜기는 으슥한데
수림 속에 신선 있나 어렴풋이 바라뵈네.
숲 속에 홀로 있는 메마른 저 나그네

수려한 산수 속에 천 년 세월 노래하네.

　　　　*

여섯째 굽이 소나무는 푸른 강물 지켜 섰고
쓸쓸한 한길 가에 돌바위 관문 됐네.
비탈길 층암 절벽 천 길이나 높이 솟아
굽어보고 우러르니 길손 마음 한가롭네.

　　　　*

일곱째 굽이 다리 걷고 여울목 건너서니
응달진 심산유곡 곳곳마다 절경일세.
가을비 너무 온다 사람들은 탓하건만
서느러운 폭포수를 나는 무척 사랑해.

　　　　*

여덟째 굽이 숲 지나니 눈앞이 탁 트이고
봉우리들 고요한데 시냇물은 흘러가네.
언덕에서 농부 만나 사는 형편 물었더니
두세 명 나그네들 반갑게도 와 있다네.

　　　　*

아홉째 굽이 세 봉우리 숙연히 마주하고
먼 산은 서쪽으로 앞내를 막았어라.
산의 솔, 강 버들이 새 단장을 하고 나니
여기는 별천지라 인간 세상 아니어라.

遊栗原 次武夷棹歌韻 十首

天成老嶽悶精靈　嶽下泉流步步淸
行到栗原奇勝處　武夷須續棹歌聲
*
一曲滄江有小船　發源南嶽作長川
西歸錦麓因歸海　碧浪應通洙泗烟
*
二曲岩嶢獎峴峯　千巖萬壑淡秋容
西臺望了因瞻北　緬想蓬萊翠萬重
*
三曲林亭小似船　一鄰茅屋自何年
人携棗栗呈新釀　老守風流爾亦憐
*
四曲蒼屛大石巖　巖前楓葉影毿毿
山容峻秀無人見　戞玉鳴泉響碧潭
*
五曲東南谷口深　依俙仙侶隔雲林

林邊有客形容癯　山水高歌千古心

    *

六曲松杉護碧灣　蕭疎一逕石爲關
蒼崖翠壁高千尺　俯仰夷猶各意閒

    *

七曲褰裳渡碧灘　隱屛幽谷費回看
人言秋雨霖霪甚　我愛飛泉添得寒

    *

八曲穹林眼豁開　岡巒寥廓水東廻
秋原喜問耕雲叟　爲道二三佳客來

    *

九曲三峰對肅然　遠山西鶩隔南川
巖松溪柳裝新巷　果是鹿寰別箇天

김점의 시에 차운하여

빈 초당에 이슬지고 풀벌레 슬피 울 제
밝은 달 엷은 안개 밤 경치 그윽해라.
남쪽에 온 벗님네 내 마음을 알아선지
밤새도록 마주 앉아 평생의 일 얘기하네.

次金點韻

虛堂秋露草蟲鳴　淡月疎烟夜景淸
南表故人知我意　相攜竟夕話平生

제목 없이

천 리 밖에서 편지 꾸며 그대에게 부치노라.
성 북쪽 나의 초막 사립문은 헐었으리.
대문 밖 버드나무 애달픈 일 하 많으니
이웃집 노인에게 옳고 그름 캐묻노라.

失題

千里裁書寄汝歸　吾廬城北破柴扉
門前楊柳多傷事　須訪鄰翁問是非

섣달 그믐날 밤에

푸른 바다 향해 초가집 짓고
벼슬길 단념하니 마음 편안해.
미인이 있는 곳은 천 리 밖이라
거울 속의 해와 달 바삐 지나네.

*

세월은 언뜻언뜻 어이 그리 빨리 가나.
섣달이 지나가니 봄 다시 돌아오네.
머리에 늘어나는 백발이 서러우랴.
세월 따라 사라지는 젊음이 시름겹네.

*

삼백여 일 일 년 세월 남은 것은 한밤이라.
이 밤을 보내고저 등불 앞에 앉았노라.
어제날의 그릇됨 어찌하여 깨달았나.
마흔아홉 지난 오늘 시름 다시 생기누나.

次除夕吟 三首[1]

結屋對滄浪 濯纓思渺茫
美人隔千里 烏兔鏡中忙

＊

光陰鼎鼎驚何速 臘盡今霄春又來
不惜頭邊添白髮 還愁壯志逐年哀

＊

三百餘旬只五更 殘宵耿耿伴燈明
昨非今是何當悟 四十九年愁又生

---

1) 《중봉집》에는 '섣달 그믐날 밤에〔次除夕吟〕'가 네 수 실려 있다. 이 시들은 첫 번째, 두
번째, 세 번째 시다.

마천령을 넘으며

대궐의 나라님 은혜 중하고
남쪽 고을 어머님 병이 깊은데
마천령 넘을 날 다시 있으니
감격의 눈물 흘러 옷깃 적시네.

還踰磨天嶺

北闕君恩重　南州母病深
磨天有歸日　感淚自盈襟

상주로 가는 길에

밭 갈다 한가로운 겨를을 얻어
우리 나라 옛 도읍터 다녀 보노라.
태평세월 평탄한 길 몇이 걸었나.
개경 향한 김씨 왕조 가련하구나.

尙州道中有感

耕餘偸得昇平暇　行遍三韓故國墟
周道平平幾人履　最憐金氏向松都

명원루에서

우불구불 산세 따라 강물은 흘러가고
해 솟는 바다 향해 누대는 솟았는데
나그네 시름 속에 밝은 달 비쳐 오고
백성들 즐기는 데 경사가 찾아드네.

여기 올라 그 몇 번을 글 지어 읊었던가[1]
누대에서 모름지기 술이나 마셨으리.
포은 공 살던 데라 시구가 남아 있어[2]
그것을 외워 보며 동쪽을 바라보네.

　　　*

포은 공 남긴 비석 어느 곳에 있다던가.
촌 아이는 중언부언 옛날 일 말을 하네.

---

1) 위나라의 시인 중선仲宣은 중선루에 올라 '등루부登樓賦'를 읊었는데, 그 글이 매우 유명
하다.
2) 포은 정몽주는 영천에서 태어났고, 명원루를 읊은 시를 남겼다.

수려한 산천만은 어느 때나 남아 있어
만고의 의로운 넋 변함없이 전해 주네.

明遠樓上敬 次文忠公韻 二首

川從母子遠縈回　樓向蓬瀛傍日開
楚客愁邊明月照　愁民樂處慶雲來
發玆幾費仲宣賦　對此須傾太白杯
圃隱舊居詩在壁　長吟東望重徘徊
　　　*
圃隱遺碑在何處　村童猶解說悠悠
乾坤秀氣無時泯　萬古忠魂帝共遊

성현 객사 벽의 운에 차운하여

마음은 구름 따라 하늘 높이 날아가고
저물녘 찬 기운은 옷깃으로 스며드네.
객사에서 한밤중 어렴풋이 잠들어도
꿈속의 넋만은 고향 향해 돌아가네.

次省峴壁上韻

天寒心逐白雲飛　日暮冷侵遊子衣
孤館中宵聊假寐　夢魂猶向故園歸

임진년 봄을 축원하여

새해 맞아 즐거움이 내 집에도 찾아들어
어머니 건강하고 안해 병도 없어졌네.
남녀 동생 논밭 있어 낟알이 넉넉하고
아이들 무사하니 글공부 전심하네.

산나물 들남새가 밥상 위에 풍성하고
변방 근심 백성 시름 들리는 것 적어졌네.
마흔아홉 잘못 산 줄 인제 차츰 깨달으니
한가히 지내면서 어부 농부 벗 삼으리.

壬辰春祝

新年至樂在吾廬　母疾康寧妻病除
弟妹有田多菽粟　兒孫無事誦詩書
山蔬野菜登盤富　邊患民虞入耳疏
四十九年非漸覺　不妨閒臥伴樵漁

형강을 건너면서 고경명을 생각하며[1]

우리 나라 백만 군사 범같이 용감하니
어이타 나라 위험 구제하지 못할쏜가.
형강에서 언약하고 그대는 어데 갔나.
가을바람 못 이겨 뱃전만 두드리네.

師渡荊江 有懷高而順

東土貔貅百萬師　如何無術濟艱危
荊江有約人何去　不耐秋風擊楫時

---

1) 고경명은 조헌에게 글을 보내 함께 형강(금강)을 치자고 하였고, 조헌도 그러자고 했는데
조헌이 거병하기 전에 고경명과 의병군은 전멸하였다.

의병을 일으켜 왜적을 치자

起義討倭

임진년 6월 12일 전 제독관 은천 조헌은 팔도의 문무 동료들, 지방 향촌의 여러 제군들과 부모 형제, 영웅호걸, 승려, 남녀들에게 삼가 고하노라.

천지간에 가장 중요한 것은 생명이다. 그러기에 만물이 제각기 자리 잡고 안정되어 살기를 원한다. 사람은 물론 귀신까지도 모두가 증오하는 것은 원수라 맹세코 우리의 고향 땅에서 원수와 함께 살지는 못하리라. 들리는 것마다, 보이는 것마다 분노에 질리고 증오에 떨린다. 바로 이 원수들은 의리도 정의도 모르는 것들이라, 악한 짐승보다도 더 잔인한 무리들이다. 상관 죽이기를 개 잡듯이 하였나니 죄악은 하늘에 사무치고, 백성 죽이기를 풀 베듯 하였나니 원한은 나라에 넘쳤다. 모질고 독한 형벌이 그칠 새 없었나니 악한 자의 뒤끝이 없을 리가 없다.

어리석은 한착[1]이 제 무덤을 제가 파듯, 지각없는 역량[2]이 전쟁

---

1) 한착寒浞은 중국 하나라 사람. 본래 유궁후 예羿의 신하로, 예를 죽이고 자리를 빼앗다가 뒤에 하나라 왕 소강少康의 손에 죽었다.

만 일삼듯, 감언이설로 핑계를 꾸며 남의 나라를 속이려고 들더니 남몰래 도적 떼를 거느리고 바다를 건너 이 땅에 기어들었다. 태평 세월이 오래여서 원수를 막아 낼 준비가 없었으나 사나운 발굽 아래 이렇게 짓밟힐 줄 꿈에도 몰랐어라. 애석케도 문경 고개의 요새가 무너지자 어쩌랴, 임금의 수레는 북쪽으로 옮겨 갔다.

통분하구나, 이 나라 강토 위에 원수의 칼날이 번뜩이다니! 애달프게도 멀고 먼 북쪽 하늘만 바라보노라.

내 어찌 알았으랴. 이 나라 수십 고을에 적의 예봉을 단숨에 꺾어 치울 한 사람의 용사도 뛰어나오지 않을 줄이야! 교활한 원수들이 칼춤을 추면서 제 마음대로 기어든 적은 이 나라 역사에서 보지 못했노라.

남의 부모를 죽이고 남의 남편을 죽이는 죄, 그 죄만 하여도 응당 천벌을 받으리니 온 겨레의 목숨을 빼앗고 온 겨레의 재산을 불사르려 하니 그 악한 원수가 어찌 망하지 않을쏘냐. 날마다 백성들의 원한이 쌓여 가고 날마다 의사들의 분노를 일으키는데 신하의 도리로 어찌 도피를 생각하랴! 승냥이보다 더 포악한 이 원수들 앞에서.

인간의 가죽을 썼다면 인간의 마음이 있으련만 예의와 염치는 찾아볼 수 없구나. 정의를 위하여 정의의 전쟁에 일떠섰나니 제아무리 포악한들 두려울 것이 있으랴! 싸움을 일삼는 자는 싸움으로 망하나니, 진나라 백기白起가 사형을 당하듯이.

그러기에 온 세상 백성들은 이구동성으로 원수들에게 죽음을 주

---

2) 역량逆亮은 금나라 해릉주 량을 말한다. 송나라를 침략하려고 남쪽으로 진군하는 도중에 부하에게 살해됐다.

라고 떠외친다. 어찌 그뿐이랴. 산천초목도 치를 떨며 일떠서고 지하의 귀신들까지도 이놈들 없어지라고 저주를 보낸다. 생각건대 병사를 동원하여 적을 치려면 군법을 세워 군법대로 할 것이요, 태평무사하게 좋은 날 좋은 때만 앉아서 기다릴 것은 아니다.

그런데 어찌하여 금관자, 옥관자를 단 무리들은 거듭 내리는 나라의 명령을 헛되이만 하느냐? 영남과 호남을 지키던 자들은 조국의 운명을 나 몰라라 하였고, 이 나라 도읍을 지키던 자들도 고스란히 원수들에게 내맡기고 말았다. 삼도 지방에서 제가끔 틀고 앉아 선봉 대열을 구원할 줄 몰랐고 싸우다가 한 번 실패하고는 다시 일어설 줄을 모르는구나.

원수를 끌어들인 그들의 죄악이 중하거늘 어찌 이 나라의 운명을 좌우할 책임을 맡기리오. 북쪽 저 묘당은 멀고도 멀구나, 전방의 뜻 아닌 소식에 가슴 아파하였으리. 원수들의 포위망은 겹겹이 싸여 이 나라 백성들은 살 길을 잃었으니 이렇듯 원수들의 침해와 횡포가 계속된다면 필경에는 이 나라가 피바다로 변하고 말리라. 고상한 예절과 찬란한 문화로 빛나던 이 나라의 강산이 영원히 섬오랑캐의 발굽 아래 짓밟힌단 말이냐?

아, 조선이여! 천우신조로 하여 아직도 서해안 일대가 살아 있다. 나라를 보위하려는 애국적인 백성이 있거니 어찌 목숨을 바쳐 싸우려는 영웅들이 없을쏘냐. 때마침 의병을 불러일으키는 격서가 내리자 과연 한 줄기의 글발이 우국지사들의 가슴속에 불을 붙여 놓았구나! 적의 역량을 타산하여 전략 전술에 능란한 동래 고경명이 일떠섰고, 아군의 사기를 돋우어 대열 편성에 우수한 수원 김천일이 일떠섰다. 곽재우 장군은 영남에서 의병을 일으켜 그의 기세는 산악을 진동하고 김면 제독은 호남에서 군중을 선동하여 그 위력이 활화산의 화염처럼 타오른다.

이 모두는 시국을 바로잡으려는 영웅일시 분명하다. 필연코 군중을 움직이는 큰 힘이 되리로다. 맹호 같은 우리 부대 모여들 땐 저 쥐 무리 같은 원수들은 소멸되리니, 하물며 적개심에 불타오르는 이 지방 용사들의 기세를 돋우어만 준다면 어찌 천추에 이름을 남길 위훈을 세우지 않겠는가?

바라노니 우리의 한 몸을 아끼지 말고 기어코 종국의 승리를 쟁취하자! 진실로 한마음, 한뜻으로 단결한다면 온 나라 백성들도 우리를 믿고 따라오리라.

인헌[3] 같은 전술을 쓴다면 손녕[4] 같은 무사도 두 손을 들 것이요, 악비[5]처럼 묘계를 꾸민다면 올술[6] 같은 맹장도 무장을 벗으리라. 뜻을 굳게 먹는다면 백성들이 감동하고, 하자고만 한다면 천지만물도 도우리라. 어이타, 포악무도한 왜적이 문명한 이 강토에 오래도록 발을 붙이게 한단 말인가!

원충갑[7]은 장기를 휘두르며 치악산 전투에서 거란병을 쳐부쉈고, 김윤후[8]는 큰 화살을 버텨 쥐고 황산성 싸움에서 몽고병을 막

---

3) 인헌仁憲은 거란의 침입을 물리친 강감찬姜邯贊의 시호다.
4) 손녕孫寧은 6세기경 중국에서 반란을 일으켜 참혹한 살육전을 했다는 장수다.
5) 악비岳飛는 12세기 중국 송나라의 명장.
6) 올술兀術은 금나라의 왕자로서 송나라를 침략한 사람.
7) 원충갑元沖甲은 14세기 초 강원도 원주 사람. 몽고의 장수 합단이 침략하여 왔을 때 적군을 섬멸하여 용맹을 떨쳤고 거란군도 물리쳐 공을 세웠다.
8) 김윤후金允侯는 13세기 몽고 군대가 침입하였을 때 싸움에 참가하여 큰 공을 세운 승려다. 늦게 벼슬살이를 시작하여 충주에 가 있다가 또 몽고 군대를 막아 내어 공을 세웠다.

아 내었도다. 혹은 선비였고 혹은 승려였나니, 무사도 아니었고 이름난 장수도 아니었건만 오직 일편단심 조국을 위한 충성으로 천추만대에 공명을 남겼도다.

보아라, 이 나라 강토에는 걸출한 인재들이 대를 이어 났나니 고려의 말기에 해적이 곧잘 침습했으나 선열들의 용맹으로 모조리 물리쳤고, 을묘년(1555) 여름에 기어든 해적들도 용사들의 위훈으로 단숨에 진압했더라. 그 뒤 백여 년간에 나라가 무사하여 무력을 쉬었으나 어찌 충신 의사들의 가슴속에 백만 대병이 없을쏘냐! 혹은 백 걸음 밖에서도 백발백중 과녁을 맞히는 활 잘 쏘는 명수도 있었고, 혹은 높은 벼랑을 달리면서 맨손으로 호랑이를 움켜잡는 힘센 역사도 있었건만, 문만을 숭상하고 무를 억눌러 차별하였나니 이는 나라 위정자들의 크나큰 잘못이었다.

나라와 가정은 한 몸이나 다름없건만 신하의 직분을 다하는 충신을 보기가 어렵구나. 환난을 당하여 후환을 남길쏘냐! 역사를 거울삼아 전철을 징계하라!

진실로 큰 소리로 온 누리를 뒤흔들 용사가 있을진대 어이타 전투복을 떨쳐 입고 장검을 휘두르며 원수를 무찌르기 위해 일떠설 결의가 없을쏘냐! 삼도의 역량을 단합시켜 나라의 위험을 구원할 날이 바로 이때가 아니냐! 일생의 지혜를 다 바쳐 나라의 장래를 위하여 싸울 날이 바로 이날이로다.

원하노니 여러 제군들이여, 천추의 이 기회를 놓치지 말라! 씩씩하고 용감한 무사들을 서로 모아 위태로운 이 나라의 운명을 회복하자!

활을 버티어라, 화살을 메워라!

먼저 적의 우두머리의 멱통을 겨누어라!

창을 휘두르라, 방패를 쳐들어라!

연속 적의 군마의 발목을 무찌르라!

이러면 놈들은 기에 질려 도주하고 우리네 백성들도 사방에서 모여들리라. 밭갈이하던 자는 때늦다 한탄 말고 농사일을 보살피며, 목수 일을 하던 자는 잿더미를 파헤치고 옛 집을 일떠세우라!

영남, 호남 일대를 신속히 복구하고 상인들은 사방의 물화를 유통시키라! 이리하여 위정자의 안목을 새로 넓혀 나라에 도움 될 좋은 계책 드리면 지난날의 결함은 없어지고 새 세대의 광명이 빛나리라. 그러기에 오늘의 이 전투가 후손 만대에 더할 수 없는 행복을 끼쳐 주는 영광의 전투임을 알리로다.

이 격문을 받아 읽는 자들은 모두들 나라를 위하여 원수를 물리칠 대책을 십분 상의하여 각자가 가진 심력을 다할지라! 지혜를 가진 자는 계책을 드리고, 용력을 가진 자는 용력을 바쳐라! 재산을 가진 자는 군량을 바치고 노력을 가진 자는 대열을 보충하라! 즉시로 각 지방 책임자에게 보고하여 명단을 작성하고 조직을 정비하라! 다시는 때를 늦추지 말고 이 호소에 다 같이 호응하라! 그리하여 남방의 우리 부대와 연계를 지으면서 협공 작전할 대전투를 준비하자.

만일에 왜적을 치는 데 협력하지 않는 자가 있다면 이는 저 선산 군수, 김해 군수와 같은 무리들로서 원수를 도와 적에게 넘어간 자로 인정하리니 이 전란이 끝나는 날에는 그들의 죄행을 성토하여 중형에 처하리라.

마을마다 주민들을 동원하여 원근 사방에 척후를 배치하라! 원수들의 교활한 행동은 미리 예견키 어려우니 적의 병력이 적을 때는 정병을 매복시켜 불의에 사로잡고, 적의 병력이 많을 때는 여러 고을의 힘을 합쳐 일제히 공격하라!

작은 이득을 탐내다가 우리의 정예 부대를 훼손시키지 말며, 유언비어에 동요하다가 우리의 사기를 떨어뜨리지 마라! 맹세코 섬오랑캐, 왜적들을 이 땅에서 몰아내고 기어코 우리 나라 강토를 완전히 회복하자!

이리되면 그 얼마나 좋을쏘냐! 그 얼마나 다행이랴!

그러지 않고 만일 때를 기다리며 상부의 명령만 기다리다가는 도리어 원수들의 침습만을 받으리니 필경에는 청주의 여러 영웅들이 앉아서 참화를 당한 것처럼 될까 봐 걱정이다. 바로 이 점이 조헌이 피어린 심정으로 소리 질러 호소하는 바이니 기회를 잃지 말고 나라의 원수를 끝까지 소멸하자!

붓을 놓고 나니 도리어 지루하다. 여러 제군들의 양심에 호소할 뿐이로다.

삼가 고하노라.

고경명

高敬命 1533~1592

임진왜란 때 전라도 담양 지방에서 의병을 일으켰다. 자는 이순而順, 호는
제봉霽峰이다. 벼슬을 그만두고 전라도 광주에서 전원 생활을 하던 고경
명은 왜적이 침입하자 아들인 고종후高從厚, 고인후高因厚와 함께 싸웠
다. 적들 앞에서 비겁하게 처신하는 전라 감사를 비롯한 통치배들의 죄행
을 폭로하면서 대오를 확대하였다.

담양에서 김천일 부대와 연합한 그는 도처에서 왜적과 싸우다가 금산 싸
움에서 전사하였다. 맏아들인 고종후는 아버지의 원수를 갚을 것을 맹세
하고 용감히 싸우다가 진주성 싸움에서 죽었으며, 둘째아들 고인후는 아
버지와 함께 금산 싸움에서 전사하였다.

문집으로《제봉집霽峰集》이 전한다.

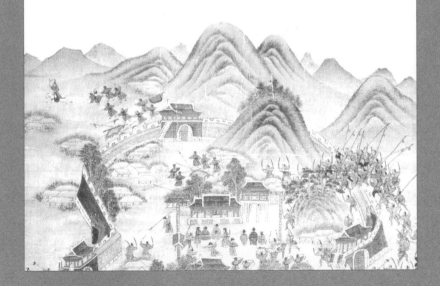

하곡과 동강에게

몇 번을 말을 달려 북행길 걸었더니
북방에서 만나 봄도 좋은 연분 때문이리.
세월은 흘렀거니 옛사람들 간 곳 없고
강산만 의구하여 새 인재를 기다리네.
어지러운 남방 소식 백성들 눈물짓고
끊임없는 노랫소리 연기마냥 맴도는데
가소롭다 서생에게 오히려 담력 있어
갑 속에 든 용천검이 때때로 울고 있네.

用嘉平館韻 奉呈荷谷東岡

朝鑣幾幷九街天　遼海同遊亦好緣
歲月難尋華表鶴　江山應待玉堂仙
蠻牋錯落蛟人淚　湘管縈回錦燭烟
自笑書生猶膽氣　匣中時覺吼龍泉

침상에서

해 기울어 산촌이 어두워지니
으슥한 울안에선 까마귀 우네.
높다란 다락방은 성문 같은데
저 멀리 성안에선 다듬이질 소리
달 솟으니 창문이 먼저 밝누나.
바람 불어 대숲은 설레는데
등 밝히고 홀로 앉아 잠 못 이루니
고향을 생각하는 마음 간절해.

枕上恨吟

日入千山暝　鴉嗁一院深
樓高猶戍角　城逈更淸砧
月上窓先覺　風來竹自吟
燈明殘夢夜　偏是異鄕心

호음의 운에 차운하여

허리에 큰 칼 차고 불평을 하소하니
한밤중 성루 위엔 검은 구름 뒤덮네.
이 세상 장부 할 일이 왜 없으리.
귀한 몸 부질없이 욕되게 하지 말게.

次湖陰

雄劍腰間訴不平　危樓中夜瘴雲暗
男兒生世非無謂　莫把長身枉自輕

동강의 운에 차운하여

아득하다 황주로 통하는 저 길
쓸쓸해라 초가집 초라한 마을
가는 길에 보이는 건 괴로운 형편
나그네 깊은 시름 술에 부치네.

들판은 아득해라 거칠었는데
산들은 머금었네 지는 노을을.
걱정 많은 이때에 대책 없으니
멈춰 서서 말없이 넋을 사르네.

謹次東岡沙里院偶吟

漢漠黃岡路　蕭蕭白屋村
征途多苦況　客恨付淸樽
野入寒蕪逈　山銜塞日昏
憂時無短策　佇立默傷魂

부벽루

평양성 동쪽머리 대동강 기슭
한가운데 솟았구나 높은 다락이.
한줄기 푸른 산은 면면히 솟고
천 년 세월 흰 구름 변함없어라.

방황하는 나그네 지나가는데
기린마 탄 하늘 손자 어데로 갔나.
구름 속에 피리 소리 들려오니
옛 고을 풍경 속에 시름 잦노라.

浮碧樓

箕城東畔浿江頭　中有縹緲之飛樓
靑山一帶來袞袞　白雲千載長悠悠
徉袍仙子此時過　麟馬天孫何處遊
玉簫吹徹綵霞盡　古國烟波人自愁

연광정

연광정 높은 누대 강가에 서 있는데
십 리나 넓은 강물 거울을 펴 놓은 듯
먼 고장 수림 속에 해오라기 날아 예고
아슬한 성벽 가에 푸른 하늘 맴도누나.

옷자락에 바람 부니 하늘에나 오르련 듯
돛배에 구름 일어 먼 고장에 가 닿을 듯
호걸스런 이 기상 무지개를 내뱉으니
지는 해도 나를 위해 서산에서 맴도누나.

練光亭

練光高閣臨江渚　十里平湖寒鏡開
遠樹飛低白鳥盡　危城影抱靑天回
風袂狂思挹喬晉　雲帆直欲超登萊
酒酣豪氣素蜺吐　落日爲我國徘徊

별감 권준덕에게

형제간 좋은 사이 우애라 하고
어버이 잘 모심을 효도라 하네.
권 별감의 가풍인 우애와 효도
온 고을이 마땅히 따라야 하리.

*

이웃에 집을 잡고 살아가노니
늦은 저녁 돌아와도 먼 줄 모르네.
동생이 잔 권하면 형도 부으니
즐거울손 이 삶에 한 될 일 없네.

*

술이라도 생기면 서로 부르고
옷가지 모자라면 나눠 입거니.
뜰 안에는 언제나 봄바람 일어
고상한 그 기풍은 소문 높구나.

*

봄바람이 이는 동산 아가위나무
술두루미 앞에는 동생과 형님
늙어서도 변치 말자 기약했거니
준덕이란 그 이름 부끄럼 없네.

*

형제는 비유하면 사지와 같아
하나라도 부족하면 사람 아니리.
슬프다 형제간의 오늘의 원한
그지없는 심혼을 갈기갈기 사르네.

贈權別監峻德 五首[1]

善兄弟曰友　善事親爲孝
權家孝友風　一郡宜則效
　　　　*
接屋喜聯倫　昏回無胥遠
弟勸兄亦酬　怡怡絶嗟怨

---

1)《제봉집》권5에는 모두 여덟 수가 있는데, 그중 다섯 수를 실었다.

有酒輒相呼　無衣亦同澤

紫荊鎭留春　高風動鄕國

*

棠棣春風好　尊前弟與兄

相期保晚節　無愧德爲名

*

兄弟如手足　缺一乃非人

鴒原此日痛　各傷無限神

밤에 앉아서

촛불이 꺼져 가는 한밤중에 홀로 앉아
평생 일 탄식하며 속마음을 읊조린다.
귀찮은 부슬비는 먼 포구에 내리는데
미친 듯 노한 파도 높은 성새 뒤흔드네.

변방 땅 고을살이 부귀공명 박하건만
머리 위엔 백발이니 빠른 세월 놀랍구나.
나라 은혜 갚자 하나 몸과 마음 다했어라.
늙은 아내 날 기다려 돌아올 날 헤아리리.

夜坐

泣殘官燭坐深更　彈鋏高吟思不平
瘴雨霏微連極浦　狂濤吼怒撼危城
天涯五斗功名薄　頭上三霜歲月驚
圖報主恩心力盡　老妻應悉未歸情

해운대에서

신선은 떠나가고 빈 누대만 남았는데
누대 곁에 산차들은 제 스스로 꽃피누나.
신선은 오지 않고 흰 구름만 아득하니
맑은 하늘 어느 곳이 그들 사는 봉래일까.

海雲臺有感

海雲仙去只空臺　臺畔山茶獨自開
笙鶴不來雲渺渺　天淸何處是蓬萊

진사 송유순의 운을 밟아

병석에서 일어난 몸 유람 길 떠났더니
봄바람은 불어 불어 뱃길을 재촉하네.
산천이 울울하니 옛 나라의 원한인가.
성곽은 쓸쓸해라 반월성은 수심 깊네.
꽃 지던 낙화암은 푸른 이끼 어려 있고
잔치하던 소연대엔 강물이 에둘렀네.
바라노라 그대 부디 백제의 일 말을 마라
옛 생각 봄 시름에 머리카락 세거니.

次宋進士惟諄韻[1]

病起回人作遠遊　東風吹夢送歸舟
山川鬱鬱前朝恨　城郭蕭蕭半月愁
當日落花餘翠壁　舊時巢燕繞江樓
憑君莫話溫家事　弔古傷春易白頭

---

1) 《제봉집》 권5에는 모두 세 수가 있는데, 그중 세 번째 시다.

면앙 송순의 운을 밟아

흰 구름 우러르니 고향 생각 간절쿠나.
눈길은 하염없이 기러기 떼 따르노라.
산에 올라 바라보는 가련한 이 마음
언제면 공 세우고 고향으로 돌아갈까.

次俛仰宋參判韻

白雲歸思不禁長　眼逐飛鴻入渺茫
陟岵可憐瞻望苦　金鷄何日快還鄉

미쳤노라

동래성 성벽 위엔 북소리 요란하고
동래성 성벽 밖엔 구름이 몰려든다.
바람은 불 듯 말 듯 파도는 노호하고
눈비는 올 듯 말 듯 하늘은 캄캄해라.

노련[1]의 고운 얼굴 다시 보기 어려운데
서복[2]의 아이놈들 어느 곳에 있다던가.
해운대에 이르러서 늙은이 붙들거든
동해의 아침 해에 검은 머리 쪼여 주리.

---

1) 노련魯連은 노중련魯仲連으로 전국시대 제齊나라 사람이다. 조趙나라의 한단邯鄲이 진秦나라 군에 포위당했을 때 기지를 발휘하여 포위를 풀게 하였으며, 제나라가 연燕나라에게 빼앗긴 땅을 되찾을 때도 연나라 장수에게 편지를 보내어 스스로 물러가게 만들었다. 제나라 왕이 상을 주려 하자 바닷가로 피했다고 한다.

2) 서복徐福은 진 시황 때 불사약을 캐러 동해에 동남동녀 3천 명씩을 데리고 갔다고 전해지는 사람이다.

狂吟

東萊城上鼓角喧　東萊城外雲若屯
是風非風海波怒　欲雪未雪天氣昏
魯連玉貌不可見　徐福童男何處村
行當拉取海雲老　綠髮曉曬扶桑暾

승선 류근에게

아득한 바다 너머 대마도 있어
맑은 날 바라보면 눈썹 같아라.
나라에선 원대한 책략 있거니
너희들 하려는 것 무엇이더냐.

천에 하나 골라 뽑은 군사들 있고
백 척 깊이 해자 가엔 성벽 솟았네.
때마침 해야 할 일 적지 않은데
부끄럽다 이내 몸 늙어만 가네.

*

고향 생각 그리워 꿈을 이루랴.
나라님 걱정되어 낯빛 흐리네.
마음속에 맴도는 건 나라 생각뿐
집안일에 대해서는 감감 잊었네.

갈꽃 핀 언덕에는 밀물 넘치고

기러기 앉은 못엔 하늘 비쳤네.
하염없이 강물을 바라보노니
괴로운 맘 그지없어 머리 빠지네.

＊

고개 위의 나무숲 눈길 막는데
변방이 걱정되어 낯빛 흐리네.
늙으면 가야 할 줄 알았더니만
일하기 어려움을 깨달았노라.

꿈에서 깨어나니 등불 춤추고
한밤이 지나가자 비는 오는데
막막한 회포 속에 한숨 잦으니
미친 듯 홀로 앉아 수염 만지네.

柳承宣根承奉審眞殿之命 到鷄林馳書 要余次舊贈韻　三首[1]

馬島滄溟外　天清抹一眉
聖朝勤遠略　爾輩欲何爲
士集千夫長　城臨百尺池

---

1) 《제봉집》 권5에는 모두 다섯 수가 있는데, 그중 세 수만 실었다.

正逢多壘日　空愧婦生髭

*

不作思鄉夢　長瀕戀闕眉
但知惟國耳　焉用以家爲
潮潤兼葭岸　天低雁鶩池
瘴江吟望若　凋盡數莖髭

*

嶺樹遮雙眼　邊愁鎖兩眉
空知老宜去　漸覺事難爲
夢罷燈搖幔　宵殘雨漲池
冥懷頻遞嘯　癡坐獨搯髭

저녁에 봉화를 보고

구름 가에 타던 봉화 하나 둘 꺼져 가고
별들만 깜박깜박 차가운 빛 뿌려 주네.
고향으로 가려 하니 변방 걱정 아직 있어
칼 짚고 홀로 서서 남쪽 하늘 바라보네.

見夕烽有感

烽火雲邊落點殘　星星滅沒照人寒
將歸尙有憂邊念　獨立南簷倚劍看

남쪽으로 가는 벗을 보내며

시골에 사는 것이 소원이더니
어이하여 울울하게 아직 있었나.
고향 땅은 천 리라 갈 길이 먼데
한가을 떠나는 몸차림 서글퍼.

웅진 나루 나무숲 늙었으리라.
마한 옛터 성벽들도 무너졌겠지.
노을이 불타는 날 성에 오르면
아마도 날 생각해 걸음 멈추리.

送宣正卿歸南

江海平生志 安能鬱鬱居
故鄕千里地 行色九秋餘
樹古熊津界 城荒馬郡墟
登臨應落日 爲我故踟躕

김천장에게

생각이 미칠 때면 눈물지더니
글월을 받아 보니 슬픔 더해라.
창밖에 달 솟으면 꿈속에 들고
고개 위에 구름 일면 넋이 날아가.

풀벌레 목을 놓아 하소연하고
병든 잎들 우수수 사정하는 듯
세상 한끝 혼자 몸 생각 깊거니
외로이 그대의 시 읊어 보노라.

寄贈金千長

念至頻揮涕　書來只益悲
夢回樑月夜　魂斷嶺雲時
咽咽寒蟲訴　蕭蕭病葉辭
天涯萬慮集　獨立詠君詩

집에 쌀이 떨어졌다는 말을 듣고

뱃속에는 삼천 권 책이 있어도
한때의 굶주림은 구제 못하네.
밥을 찾아 행패하는 어린아이들
무엇으로 내 감히 위안을 하랴.

家人告以米罄戲題

腹有三千卷　無因救一飢
門東索飯怒　何以慰驕兒

저녁연기

거무스름 넓은 들판 하늘에 닿았는데
뽕잎 핀 마을에선 저녁연기 피어나네.
나무 끝에 바람 자니 엉킨 채 남았다가
노을빛 머금고서 시냇물에 잠겨 드네.

蒼枏暮烟[1]

一村桑柘一村烟 野色蒼然接暮天
風定樹梢凝不散 半啣殘照鎖平川

---

1) 《제봉집》 권3에 '저녁 연기〔蒼浪六詠〕' 여섯 수가 있는데, 그중 두 번째 시다.

안분당

따뜻하면 남은 옷 소용이 없고
배부르면 남은 쌀 필요 없다네.
분수에 따른다면 편안하거니
영화며 욕될 일이 전혀 없으리.

安分堂

暖不求餘衣　飽不求餘粟
隨分常晏如　無榮亦無辱

을축년 봄에 회포를 적노라

지나간 일 아득하여 말하기 어렵구나
늘그막에 시골에서 개돼지 쫓는 이 몸.
산천은 곳곳마다 변함이 없건마는
늙은이들 오늘날엔 반 나마 간데없네.

연못가의 푸른 물은 예대로 남았으나
변방의 흰 구름은 아침저녁 앞을 막네.
세상일 아예 잊고 시구나 생각하네
봄바람 불어올 때 탁주 병 앞에 놓고.

乙丑春 書懷 示舍弟

往事悠悠未易論　暮年鄕社逐雞豚
溪山到處俱無恙　父老如今半不存
靑草池塘餘物色　白雲關塞阻晨昏
世情消盡詩情在　料理東風濁酒尊

취벽의 가을 달

쇠 같은 절벽은 검푸르고나
깎아지른 봉우리 까마득한데.
가을바람 불어와 옷깃 날릴 제
동산의 밝은 달을 기다리노라.

秋月翠壁

鐵壁上蒼然　層嶺尺去天
秋風衣欲振　亘待桂輪圓

면앙정 2
몽선의 푸른 솔

만 그루 소나무는 내가 심은 것
푸른 숲 이루고 구름 헤치네.
십 리 송림 한밤중 바람이 불 제
들려오는 바람 소리 사랑하노라.

夢仙蒼松

萬松曾手植　蒼翠拂長雲
最愛淸霄臥　寒濤十里聞

면앙정 3
칠천의 기러기

변방 땅에 찬 서리 내려 덮이니
쓸쓸해라 물가에 가을이 왔네.
볕을 따라 남쪽으로 나는 기러기
기름진 먹이만이 그리워서랴.

漆川歸鴈

霜信初橫塞　蕭蕭水國秋
隨陽自南去　未必稻粱謀

면양정 4

심통사의 참대 숲

구름을 헤치면서 자라난 참대
심통사 절간 터에 숲을 이뤘네.
바람 불고 비 내려 씻기면서도
신선들 사는 고장 길이 지키네.

心通修竹

千畝捎雲竹　心通古寺墟
風吹兼雨洗　長護地仙居

면양정 5

죽곡의 맑은 바람

우수수 불어오네 산골바람이
푸른 참대 숲 헤집으면서.
서느러운 기운은 방에 들어와
찌는 듯한 무더위 씻어 주누나.

竹谷淸風

瀏瀏風生壑　蒼蒼竹擁簷
餘涼來千枕　淸籟洗蒸炎

면앙정 6

광야의 누런 벼

기름진 들판은 아득하구나
일망무제 누런 벼 가득 안고서.
농사 집 이즈음엔 웃음뿐이라
가을 두레 아마도 돼지 잡으리.

曠野黃稻

沃壤彌南極　黃雲一望齊
田家多喜氣　秋社賽豚蹄

회포가 있어 *

달이 비낀 찬 샘물 밤새워 주절대고
구름 어린 나무숲에 가을이 깊었구나.
쫓겨 가는 이내 몸 바닷가를 하직할 제
그리운 님 저 멀리 강남 땅에 남아 있네.

有懷石川蘇齋兩先生

瀉月寒泉夜咽　連雲萬木秋酣
遷客初辭海上　美人遠在江南

■ 이때 석천石川 임억령林億齡은 벼슬에서 물러나 집에 있었고, 소재蘇齋 노수신盧守愼은
성은을 입어 북쪽으로 옮겨 갔다.

160 | 임진년 난리를 당하매

황량한 성

평퍼짐한 들판에 낡은 성 하나
서쪽으로 아득히 바라뵈누나.
맑은 날 없거니 날씨 나쁜데
바다 위엔 언제나 바람 세차라.

연기가 오르는 건 모두 어부 집
시골 풍속 묻노라 비천한 사람.
그래도 산수만은 볼만하건만
아깝다 그 누구와 함께 즐기랴.

荒城

荒城渺平楚　西塞望中窮
天苦少晴日　海常多大風
人烟接鮫戶　土俗問傖翁
山水可登眺　惜哉誰我同

괴로운 비

남쪽 개울 물이 불어 동쪽 강과 맞닿았고
옛 물이 안 졌는데 새 물이 다시 붇네.
미친 바람 집 허물고 큰 나무 넘기는데
낙숫물은 울리누나 창문과 사립짝을.

苦雨悵吟[1]

南溪水接東溪平　舊漲未殺新漲生
顚風揭屋大木偃　簷溜倒射窓扉鳴

---

1) 《제봉집》 권2에는 모두 세 수가 실려 있는데, 그중 셋째 수다.

국화를 읊노라

빛으로는 노랑색이 귀하다지만
모양은 흰 국화가 기이하구나.
세상 사람 구경하며 가려 보지만
모두가 찬 서리를 이겨 내는 꽃.

詠黃白二菊

正色黃爲貴　大恣白亦奇
世人看自別　均是傲霜枝

숙성령에서

길은 어이 우불구불 에돌았는고
하늘까지 화살도 통할 듯한데.
세상에선 차령이 험하다지만
어데인들 검문처럼 웅장할쏜가.

낡은 성벽 칡넝쿨에 덮여 있고
낭떠러지 안개 속에 잠겨 있는데
말 세우고 멀리서 바라보노니
언제면 험한 걸음 끝이 나려나.

遇宿星峴

路作羊腸繞　天纔箭筈通
謾傳車嶺險　何似劍門雄
古壘寒藤蔓　懸崖宿霧籠
停驂遙悵望　危棧幾時窮

회포를 읊노라

초가집에 등잔불 한밤에 깜박일 제
별 드물고 달 진 밤 은하마저 기울었네.
시름 속에 사는 사람 잠인들 쉬이 오랴
성안에서 엿듣노라 물시계의 흐름 소리.

*

바람에 쫓긴 구름 눈이라도 퍼부으려나.
쇠같이 찬 이불에 밤은 일 년 맞잡이라.
창 밖의 참대 숲에 우수수 바람 불어
시름겨운 나그네의 선잠을 깨우누나.

觸懷吟 二首[1]

茅屋寒燈永夜淸　星稀月落曙河傾

1)《제봉집》권1에 모두 여섯 수가 실려 있는데, 그중 첫째, 넷째 수다.

愁人元自不知睡　聽盡山城長短更

*

風劍頑雲雪勢顚　衾稜如鐵夜如年
窓前有竹偏蕭散　撩却愁人睡不圓

단옷날의 감회

젊을 때는 단오 명절 몹시도 즐겼노라.
흰 모시 새 옷 지어 몸에 맞게 떨쳐입고
창포 꺾어 띠 만들고 땅에 철철 끄당기며
날마다 미친 듯이 하루 백 번 그네 뛰었지.

端陽日感懷

少時每喜端午來　新衣白紵襯身裁
菖蒲作帶垂着地　狂踏秋千日百回

사창*의 벽 위에

문 앞의 한길을 기억하노라.
열 번도 오고 갔을 그 길이었지.
산천도 이내 얼굴 알아보는지
곳곳에서 머리 돌려 나를 보는 듯.

題社倉壁上

記得門前路　分明十往來
江山如識面　隨處首堪回

나그네

성 안에 봄 왔으나 열흘 동안 비바람 부니
한식날이 되었건만 꽃은 전혀 뵈지 않네.
나그네로 지내는 몸 새 풍물이 그립구나
귀밑에는 부질없이 옛날 백발 날리는데.

고향으로 가자 하니 꽃 핀 들판 유정쿠나.
저잣거리 닿은 고장 늦까마귀 날아 예네.
생각노라 두 해 전에 거쳤던 이 고장
양양 땅 한길 가와 호숫가의 그 물결을.

客中

春城十日風和雨　寒食今年不見花
客裏易驚新物候　鬢邊無賴舊年華
平蕪歸思連芳草　近市人烟接晩鴉
却憶二年經過地　襄陽之路洞庭波

회포를 적노라

눈 들어 바라보니 감개가 무량해라.
산천은 타향이나 풍경은 다름없네.
녹다 남은 눈 있으니 봄은 아직 이르고나.
매화꽃 향기 이니 섣달은 지났으리.

쓸쓸한 절간에서 홀로 앉아 비 맞으니
다급한 여행길에 강물이 앞길 막네.
왕손이 돌아갈 길 강물로 막혔는데
밝은 달 비치는 곳 미인은 시름 잦네.

書懷

擧目其如感慨多　風光不改異山河
雪留殘白春猶早　梅吐幽香臘已過
歲律坐窮蕭寺雨　鵠程行阻錦川波
王孫歸路淹江漢　明月高樓嚬翠蛾

한밤에 읊노라

나그네 밤 추위에 일어나 앉으니
이 밤 따라 별들은 유난하구나.
한밤중 들려오는 절구질 소리
숲 속에서 등불이 가물거리네.

산골짜기 시냇물 급히 흐르고
깃을 찾는 까마귀 떼 지저귀누나.
창문 안에 누워서 잠 못 드는데
솔숲에 찬 이슬 마루에 지네.

夜吟

客子寒亦起　天星此夜繁
疎春帶霜遠　孤火隔林昏
澗水由來急　栖鴉有底喧
窓間人來宿　松露下空軒

소몰이꾼을 그린 그림에

앞산에 보슬비는 그치었는데
강을 따라 한길에는 긴 참대 숲
뉘 집의 애어린 목동이더냐.
늙은 소 몰아서 길을 지나네.

한 손에 채찍 들고 몸에는 뉘역
그것이면 살림살이 만족한가 봐.
날 저물어 집으로 돌아가누나.
채찍질은 안 해도 길은 익숙해.

늙은이 들에 나와 마중하는데
소의 배 불렀는가 먼저 묻고서
내일은 어디에서 소 먹일는지.
제 또래 동무들과 약속하라네.

題牧牛圖

前山小雨收　江路多脩竹
誰家三尺童　御此老觳觫
一鞭一簑衣　生涯隨意足
日夕各知家　不鞭路自熟
老翁出近郊　先問果牛腹
因之約同伴　明朝何處牧

옛 시를 본떠서

봄 추위 싸늘하다 깁 적삼 얇거니
사람 없는 울안이나 주렴은 드리웠네.
처마 위의 제비는 왔던가 안 왔던가
열흘 동안 봄바람에 살구꽃 다 졌네.

效一庭風雨自黃昏體

春寒惻惻羅衫薄　深院無人掩珠箔
雕梁燕子來不來　十日東風杏花落

포석정¹⁾에서

주인 없는 낡은 정자 못가에 서 있는데
잔 띄우던 굽인돌이 터만이 남아 있네.
푸른 이끼 반 나마 포석정을 가렸어도
옛날에 놀던 모습 의연히 기억나네.

鮑亭感懷²⁾

古亭無主枕枯池　曲水流觴古有基
鮑石半浸苔蘚碧　風流猶記舊遊時

---

1) 신라의 서울이었던 경주에 있던 정자. 927년 9월 어느 날 신라의 55대 왕인 경애왕이 이
   정자에서 잔치를 차리고 놀았는데 후백제의 왕 견훤이 쳐들어와 그를 죽이고 약탈을 감행
   하였다.
2) 《제봉집》 권1에 '계림영鷄林詠' 여덟 수가 있는데, 세 번째, 다섯 번째, 여섯 번째, 일곱
   번째, 여덟 번째 시를 옮겨 실었다.

분황사

탑은 이미 풀에 묻혀 찾아보기 어려워도
사람들은 말하누나 옛날의 절이라고.
김생이 글 쓴 비석 비바람에 닳았으니
이끼를 헤치면서 글자를 찾아보네.

芬皇廢寺

草沒浮屠路易迷　野人傳道古招提
金生碑字磨風雨　强拂苔痕檢舊題

계림영 3

오릉[1]

나라 망한 산천에 초목은 무성하고
학 탄 신선 돌아오니 고향 땅은 변했구나.
번성하던 옛 시절 속절없이 지나가고
오산 봉우리에 달빛만 처량해라.

五陵悲弔

國破山河草樹繁　鶴歸華表換丘園
繁華舊業消磨盡　留得鰲山月一痕

---

1) 신라의 시조인 박혁거세의 무덤.

계림영 4
남정[1]

시냇물 흐르는 곳 저잣거리 황폐한데
왕궁의 꽃동산에 잡풀이 무성했네.
남정에 올라서서 머리 돌려 바라보니
연기 어린 풀밭에 저녁 노을 비끼었네.

南亭淸賞

水聲東去市朝荒　苦國名園禾黍長
一上南亭回首望　淡烟衰草政斜陽

---

1) 신라의 서울이었던 경주에 있던 정자.

피리 소리를 들으며

나라의 흥망성쇠 노을아 너 아느냐
산천은 예대로나 사람들 간곳없네.
깊은 가을 옛 성에서 들려오는 피리 소리
영웅은 눈물 흘려 옷깃을 적시노라.

聞玉笛聲

古國興亡幾多暉　山川良是昔人非
深秋古壘休三弄　長使英雄淚滿衣

혈기 있는 그대들의 의기를 기다리노라
檄諸道書

임진년 6월 모일에 전라도 의병장 절충장군 행 의흥위 부호군 지제교折衝將軍 行義興衛 副護軍知製敎 고경명은 삼가 각 도 수령과 백성들과 군인들에게 급히 통고한다.

최근에 나라의 운세가 불행하여 섬오랑캐가 불의에 침입하였다. 처음에는 우리 나라와 약속한 맹세를 저버리더니 나중에는 통째로 집어삼킬 야망을 품었다. 우리의 국방이 튼튼치 못한 틈을 타서 기어들어 하늘도 무서워하지 않고 방자하게 치밀고 올라왔구나! 그런데 우리 장군들은 갈림길에서 헤매고 있고 수령들은 도주하여 산속으로 들어가 숨어 버렸다. 적들의 포위 속에 부모를 버려둠이 이 어찌 차마 할 노릇이며, 임금에게 나라를 근심케 함이 너희들 마음에 편안하냐? 어찌 수백 년간 교화된 백성들로서 단 한 사람도 의기 있는 사나이가 없단 말이냐?

의롭지 못한 군대를 끌고 남의 나라에 깊이 들어옴은 본래 병법에 어긋나는 일이건만 유구한 역사를 가진 이 나라 백성들로서 왜적의 침입에 아무런 대책이 없이 그대로 앉아서 보고만 있을쏘냐! 산천이 준엄한 것도 믿기가 어렵구나. 교활한 원수들은 벌써 서울까지

기어들었다. 나라에 인재가 적다는 비웃음도 진실로 마음이 아픈 바라. 원수들이 제 마음대로 덤벼드는 일이 옛날만이 아니었구나.

아, 우리 임금은 서울을 버리고 북쪽으로 거둥하였으나 이 또한 국가의 장래를 위한 일시적 전술인지라, 지방 관료들의 한동안 수고로움이야 일러 무엇 하리오. 불길한 전방의 소식으로 인하여 임금의 얼굴에는 깊은 근심이 어렸고, 높은 산, 험한 고개에 임금의 행차는 고생도 많았으리라. 나라에 영웅이 없을쏘냐! 임금은 우리들을 믿고 있나니 그러기에 임금의 간곡한 교서는 오늘도 계속 내려오고 있다.

무릇 혈기 있는 사람으로서 어찌 통분한 나머지 목숨을 바치려는 생각이 없겠느냐?

어쩌면 일을 그르쳐 나라 형편을 이 지경에 빠지게 하였느냐?

피난 간 임금의 수레는 아직도 돌아오지 못했는데 용인으로 올라오던 우리 부대들은 패전하여 흩어지고 말았다. 저 땅벌과 같이 추한 것들을 천참만륙하여 죽이지 못한 탓으로 원수들이 서울 안에서 숨을 쉬고 있으나 차일 안에 집을 지은 제비와 무엇이 다르며, 경기 일대에서 둥지를 틀고 있으나 우리 속에 뛰노는 원숭이와 무엇이 다르랴! 명나라 응원군과 협력하여 소탕전을 할 것은 예견되어 있지만 흉악한 무리들이 한 놈도 살아가지 못하도록 하기는 어려운 일이다.

나 고경명은 비록 늙은 선비지만 나라에 바치려는 일편단심만은 그대로 남아 있어 밤중에 닭의 소리를 듣고는 번민을 이기지 못하여 칼을 뽑아 마음속으로 맹세를 다지면서 스스로 고결한 절개를 지키려 한다. 한갓 나라를 위하려는 성의만 품었을 뿐, 자기 힘이 너무나 보잘것없음을 모르는바 아니지만 이에 의병을 규합하여 곧

추 서울로 진군하려 한다.

옷소매를 떨치고 연단에 뛰어올라 눈물을 뿌리며 대중을 격려하니, 맹수도 사로잡을 만한 용사들이 풍우처럼 몰려오고 바다를 가르고 산을 뛰어넘을 만한 역사들이 구름처럼 모여든다. 모두가 강요해서 왔거나 억지로 모여든 사람들이 아니다. 백성 된 자로서 충성과 의리를 지키는 것은 사람의 당연한 도리니, 나라의 존망이 위급한 이때에 어떻게 감히 하찮은 제 몸만을 아끼려고 하겠느냐!

의리를 위하여 떨쳐 나선 군대거니 신분의 귀천과 직위의 고하에 상관될 바 없으며 사기는 충천하고 장엄하거니 무장의 우열은 논할 바가 아니다. 모든 사람들이 협의한 바 아니나 다 같이 뜻이 같아 원근 지방에서 소문을 듣고 함께 분발하여 나섰다.

아, 각 고을 수령들과 각 지방의 인사들이여! 어찌 나라를 잊어버리랴? 마땅히 목숨을 저버릴 것이다. 혹은 무기를 제공하고 혹은 군량으로 도와주며 혹은 말을 달려 선봉에 나서고 혹은 쟁기를 버리고 논밭에서 떨쳐 일어서라! 힘 닿는 대로 모두 다 정의를 위하여 나선다면 우리 나라를 위험 속에서 구해 낼 것인바 나는 그대들과 함께 있는 힘을 다할 것이다. 임금이 피난 간 곳은 저 먼 북쪽 땅이나 국가는 곧 회복될 것이니 어찌 북쪽 땅에서 오래 머무를 것이냐.

초기에는 비록 불리했으나 나라의 형편은 바야흐로 돌아서고, 이 나라를 수호하려는 백성들의 마음은 더욱 간절해지고 있다.

호탕하고 용감한 사람들은 제때에 시국을 바로잡아야 하나니 부질없이 앉아서 한탄한들 무슨 소용이 있으랴! 우리 백성들은 이 나라의 회복을 손꼽아 기다리고 있다. 의기와 정력을 쏟으면서 앞장설 것이다. 나의 진심을 토로하여 널리 고한다.

우리 전라도 사람들에게 호소하노니

檄道內書

임진년 6월 1일 절충장군 행 부호군 고경명은 도내의 각 읍 선비들과 백성들에게 급히 통고한다.

본 도에서 서울을 보위하러 가던 관군이 처음 금강에서 한 번 실패하고 대열을 새로 수습하려던 차에 여러 군에서 또다시 패전하였다. 처음 지시할 때에 아마도 방어 전술 병법을 어기고 군사 규율이 문란하여 유언비어가 거듭 전파되고 민심이 소요해졌던 까닭인 듯하다. 이제 비록 흩어진 병력을 수습한다 하더라도 사기가 꺾이고 주력이 약화되었으니 이로써 어떻게 위급한 사태에 대처할 수 있으며 실패를 만회하게 할 수 있겠는가?

매양 생각하노니 임금이 멀리 피난을 갔건만 관리들은 제 노릇도 변변히 못하고, 서울이 잿더미가 되었는데 관군은 아직도 왜군을 숙청하지 못하고 있다. 이 말을 하는 중에도 통분이 뼛속까지 사무친다.

우리 전라도는 본래부터 병사도 말도 정예롭고 강하다고 일러 왔다. 태조의 황산 싸움에서의 대승리[1]는 다시금 전국을 안정시켰고 명종 때의 낭주朗州[2] 싸움에서는 적의 쪽배 한 척도 돌려보내지 않았다. 이런 옛이야기들은 지금도 사람들의 이목을 끈다. 그 당시 용감한 선봉대가 되어 적장을 무찌르고 적의 깃발을 뽑은 것이 우리 전라도 사람이 아니었던가? 하물며 근래에는 유학이 흥성하여 사람들이 모두 힘써 배웠나니 나라 섬기는 큰 의리를 누가 세우려 하지 않겠는가? 오직 오늘에 이르러서 정의의 목소리가 작아지고 자기 희생을 두려워하여 누구 한 사람도 용기를 내어 적과 싸움에 나서려고 하지 않고 제 몸만을 돌보고 처자를 보전할 계책에만 앞을 다투어서 머리를 움켜쥐고 가만히 도망치며 서로 뒤질까 두려워하니, 이렇다면 전라도 사람들은 나라의 은혜를 저버리는 것만이 아니라 또한 제 조상을 욕되게 하는 것이다. 지금 왜적의 세력은 크게 꺾이고 나라의 기세는 날로 확장되고 있으니 이는 바로 대장부가 공명을 세울 기회며 나라에 보답할 때다.

나, 고경명은 글자나 아는 졸렬한 선비로서 병법도 똑똑히 배우지 못한 터에 대장으로 추대되어 나섰으나 사졸들의 산만해진 마음을 수습하지 못하여 여러 동지의 수치가 될까 두려워한다. 오직 전투에서 피를 뿌림으로써 나라의 은혜를 조금이라도 보답하고자 하여 이달 열하루를 의로운 거사의 날로 약속하는바, 무엇보다도 우리 전라도 사람들은 부모는 아들을 타이르고 형은 아우를 격려하여 의병 대열을 조직하여 모두 함께 성전에 나서라!

바라건대 신속히 결심하여 옳은 길을 좇을 것이요, 주저하다가 자신을 그르치지 말 것이다. 이에 충고하노니 격문이 도착하는 대로 분발하여 떨쳐 나설지어다.

---

1) 조선 태조 이성계李成桂는 조선을 건국하기 전인 1378년부터 1380년에 걸쳐 지리산과 해주, 황산 등에서 왜구를 크게 무찔렀다.
2) 조선 명종明宗 10년 1555년, 왜구가 전라도 남해안 일대에 침입하여 노략질을 하였다.

충신과 선비가 몸 바쳐 싸울 때가 왔다

通諸道文

　전라도 의병 대장 휘하에 있는 성균관 학유 유팽로柳彭老 등은 삼가 절하고 충청, 경기, 황해, 평안 등 네 개 도내 각 고을과 향교, 당장[1], 유사[2]들에게 통고한다.

　생각건대 섬오랑캐가 불의에 침입하여 임금의 수레가 멀리 피난하고 서울은 화염에 뒤덮였으며 백성들은 도탄에서 헤매고 있다. 진실로 이것은 고금에 있어 본 적이 없는 사변이다. 정의에 불타는 충신들과 선비들이 나라를 위하여 몸 바쳐 싸울 때가 바로 이때다.

　군대를 징발하라는 조정의 명령서가 한두 번만 하달된 것이 아니건만 각 도의 관찰사들은 기회만을 엿보면서 머뭇거리고 앉아 있어 아직껏 어느 한 사람도 나라를 위하여 목숨을 바쳤다는 소문을 듣지 못하였다. 오늘의 관료들은 완전히 나라를 저버렸다고 하여야 할 것이다.

　호남 지방은 정예 부대가 많다고 일러 왔는데 이 정의롭고 강한

---

1) 당장堂長은 서원에 딸린 사내 종.
2) 유사有司는 단체의 사무를 맡아보는 직무, 또는 그 사람을 말한다.

병사들이 조정을 보위하려고 동원되어 겨우 금강에 이르자마자 서울은 벌써 함락되고 유언비어만 도처에 떠돌고 있다. 그렇다 하여 우두머리 장수는 대중들의 여론도 듣지 않고 갑자기 철퇴 명령을 내려 수만 명의 군사들이 까닭 없이 되돌아오니 민심이 물 끓듯이 들끓었다. 그 후 또다시 부대를 조직하려고 하나 이젠 백성들이 그 명령에 복종하려 하지 않으니 이렇듯 안타까운 근심 걱정을 차마 다 말할 수 있으랴!

다행히도 나라의 은덕과 조상의 유훈에 힘입어 흩어졌던 군사들이 다시 모여들어 군세가 크게 확장되어 서울을 도로 찾고 임금의 수레를 맞을 것 같더니, 계책이 잘못되고 나라에 불행이 아직도 남아 있어 남은 적들이 나타나자 대군은 붕괴되어 군량을 버리고 도망쳐 버려 도리어 적들에게 도움을 주고 말았다.

아, 수백 년간 역대로 우리 나라에서 백성들을 가르쳤건만 어찌하여 한 사람도 적개심이 강한 신하가 없단 말이냐? 조정의 고관들이 제 구실을 못하여 의견이 아래에서 제기되게 함은 예로부터 잘못된 현상이라고 일러 왔지만 초야에 묻힌 우리들이 의병을 일으키자는 것은 실로 사세에 부합되게 하자는 것뿐이다. 나라가 전란 속에 있는데 다른 것을 생각할 겨를이 있겠느냐?

거듭 생각건대 영남, 호남, 호서가 실로 우리 나라의 명맥을 이루었다. 허나 영남은 의병이 비록 일어나기는 하였으나 중부 지역이 적에게 차단되어 곧바로 처올라가서 수도를 보위한다는 것은 어려운 일이다. 또 호서 천 리 땅에도 어찌 의기 있는 용사가 없겠는가마는 적의 살육과 약탈에 대항하여 제 향토 지키기에도 겨를이 없을 것이다. 오늘 서울과 지방에서 믿을 만한 곳은 오직 호남 한 지방뿐이 아니냐? 우리 참모부가 결사하는 계책을 작성하여 도내 군중들이 힘을 내도록 격려한다면 조국을 생각하여 무수한 용사들이 구름처럼 모여들 것이다.

장차 북쪽으로 쳐올라가면서 요괴한 무리들을 소탕할 수 있을 것이나, 천 리 길에 군량을 운반한다는 것은 우리들만의 역량으로써는 힘에 겨운 것이다. 만약에 정의를 지키는 여러분들이 힘을 합하고 서로 돕지 않는다면 이러한 국가 존망의 대사를 어찌 한두 사람의 힘으로 해결할 수 있단 말인가? 오늘 조국 강토의 어느 곳이 이 나라의 땅이 아닌 데가 있느냐? 호서, 호남의 병사들이 서로 힘을 합한다면 능히 조국을 다시 부흥시킬 수 있을 것이다.

간곡히 생각건대 여러분들은 나라를 위하여 몸을 바칠 결의를 서로 굳게 다지고 각각 자기의 가산을 아끼지 말지어다. 제각기 곡식을 내어 군량을 보충한다면 이 또한 군복을 입고 적군과 싸우는 사람의 공로나 다름없을 것이다. 그리고 전투에 유리한 지형을 차지하며 행군에 편리한 도로를 선택하기 위해서는 그 지방 군사들의 도움이 있어야 한다. 이런 조치가 취하여지지 않는다면 불의의 공격을 모면하기 어려울 것이다.

만약에 지방 백성들까지 다 불러 모아 우리의 부대를 한층 더 보충하여 준다면 이로써 나라의 치욕을 씻을 수 있을 뿐만 아니라, 천추의 원한을 품고 적에게 희생된 그들과 그들의 부모 형제들도 저승에서 눈을 감을 수 있을 것이다.

오늘의 나라 형편에 대하여서는 비록 무식한 백성들까지도 모두 통탄하여 마지않는데 하물며 나라의 은덕을 입고 있는 각 고을 수령들이야 어찌 남의 일 보듯이 앉아서 보고만 있겠느냐? 반드시 군복을 떨쳐입고 궐기할 것이다. 옛말에도 "나라의 밥을 먹는 사람은 나라의 일에 죽어야 한다." 하였으니 만약 이 통보를 받은 즉시 결의를 다지고 군사를 거느려 달려오는 사람이 있다면 모두 함께 피로써 맹세하여 함께 구국의 큰일에 종사할 것이요, 혹시 군량과 무기만을 부대로 수송해 준다면 이 또한 큰 도움이 되는 것이니 어찌 갸륵한 일이 아니겠느냐!

해서, 관서는 비록 교통이 두절되었으나 신임할 만한 사람들을 골라 사잇길을 이용하여 일각도 지체 없이 서로 전달하게 한다면 원근이 다 듣고 신심을 다짐으로써 두려워하지 않을 것이다.

통문이 도착하는 날에 각 고을 향교의 당장, 유사들은 이 격문을 각각 한 통씩 베껴 제 고을 백성들에게 선전하여 그들로 하여금 모두 다 알게 하라!

전라도 순찰사는 당장 군사를 모으시오

橄全羅道都巡察使書

전라도 의병장 절충장군 행 부호군 고경명은 삼가 전라도 순찰사에게 통고하노라.

섬오랑캐가 불의에 침입하여 임금의 수레가 멀리 피난하고 서울과 지방에서 믿을 곳은 다만 호남뿐이었는데 나라의 명령을 받고도 동원했던 부대를 해산시키고 말았으니 당신의 생각에는 반드시 무슨 까닭이 있을 것이나 그 행동을 변명할 수 없을 것이다. 조정의 명령은 두절되었을망정 도내 백성들의 여론은 무시할 수 없을 것이다.

지난번에 용인에서 패전한 것도 실상은 선봉대가 실패했기 때문인데, 당신 자신이 주장했으니 그 책임을 면치 못할 것이다. 그러면 당신은 오늘날 어떻게 행동을 하겠는가? 만약 과거의 실책을 수습하여 조정의 근심을 덜게 한다면 기왕의 잘못을 씻을 수 있을 것이며 결함을 고쳐 가는 모범이 되어 앞날의 사업에도 반영될 것이니, 이는 나라의 전란을 평정할 수 있는 자격을 가지는 것이 될 뿐만 아니라 또한 당신의 과오를 바꾸어 성과로 만들 기회도 될 것이다.

본 도 의병이 처음에는 북쪽으로 향해 나가서 왜적들을 섬멸하고 임금의 수레를 맞아들이려고 하였더니 도중에서 통보를 듣건대, 윤

좌상이 서북의 정병을 거느리고 서울과 개성의 원수들을 섬멸하여 북방 일은 거의 근심이 없다고 한다. 그러나 호서 지방에 침입한 적들은 금산으로 기어들고 있는데 방어하는 부대들은 아직도 용계에 머물러 있을 뿐 어느 누구도 이들을 이끌고 앞장서려는 사람이 있을 것 같지 않다.

당신이 이런 때에 만약 널리 군사를 모집하여 군세를 확장하지 않는다면 우리 호남 지방의 백성들은 모두 적의 칼날 아래 희생되고 말 것이다. 그리고 당신 역시 위로는 수도를 회복하지 못할 것이요, 아래로는 직할하는 호남을 방어할 수 없을 것이다. 만일 하루아침에 원수들을 다 소멸하고 임금이 돌아와 교서로 온 나라에 포고한다면 호남 사람들은 천지간에 면목이 없을 뿐만 아니라 당신 역시 무엇으로 속죄를 받을 수 있겠는가?

당신이 만약에 이 원수들이 너무나 포악무도해서 토벌하기 어렵다고 한다면 부대를 나누어 요새를 지켜 그 진로를 차단하고 때때로 불의의 공격을 가해 적들의 예봉을 꺾을 것이다. 그러면 적들은 경솔하고 조급하여 지구전을 하지 못할 것이니 한 달 안에 공을 세울 수도 있지 않겠는가. 우리는 다 같은 이 나라의 신하요, 또 우리가 하는 일은 다 같은 이 나라의 일이니 지위에 상관없이 서로 의지할 것이요, 각기 다른 소견이 있더라도 서로 협의하여야 할 것이다.

서로 작전 계획을 유감없이 세워 뒷날에 후회가 없도록 할지어다.

승리를 가져올 제주 말을 보내 주시오

檄濟州節制使楊大樹書

전라도 의병장 절충장군 행 부호군 고경명은 삼가 제주 절제사 양 공 휘하에 급히 통고한다.

섬오랑캐가 불의에 침입하여 서울이 함락되니 온 나라가 전란 속에 휩싸여서 임금을 근심케 하고 신하들은 자기 가족만 돌보기에 급급하고 있다. 다만 반 걸음이라도 앞에 나서서 먼저 호응하려는 자가 없거니 누가 나라를 위해 목숨을 바치겠는가?

의주로 피난을 간 임금이 돌아오지 못했는데 용인까지 올라왔던 우리 부대들이 흩어지고 말았다. 원수를 소탕하고 수도를 회복할 기일은 아직도 예견키 어려운데 무기와 식량을 함부로 버려서 도리어 도적들에게 도움을 주었다. 그러나 다행히도 백성들의 애국적인 성의만은 변할 리 없어서 이 나라를 구원할 만한 역량이 있기에 경명이 이에 의병의 깃발을 들고 원수를 소탕하고저 한다. 이 통보를 듣고 지방에 숨은 수많은 용사들이 구름처럼 모여들어 예리한 무기를 잡고 앞에서 달리는 자도 있으며 또한 검술에 재간이 뛰어난 무사들도 많다. 다만 한스러운 것은 모두가 보병뿐이요, 말을 타고 달리는 기마병이 없는 점이다.

내가 생각건대 제주도는 말의 산지로서 중국의 기북 지방과 마찬가지다. 제주도 말은 산골짜기를 넘나들면서 사냥하는 데만 능란할 뿐 아니라 싸움마당에서도 잘 싸워 승리를 가져오게 할 것이다. 만약에 배에 가득 실어 보낸다면 우리 군사들의 사기는 바야흐로 하늘을 찌를 듯할 것이다.

당신은 나라의 은혜를 깊이 입었으며 지금 제주도를 맡아 다스리고 있으니 이 글을 보고 충심으로 동의하여 나설지어다. 전 도내의 백성들이 호응하여 일떠설 것이라, 팔을 걷어붙이고 군중 앞에서 호소한다면 어찌 성의 있고 충성이 지극한 많은 사람들이 달려 나오지 않겠는가!

만일 의병에 참가하겠다는 용사까지 나온다면 세세한 절차에 매이지 말기를 바란다.

금산에 있는 왜적을 치려 하니

檄海南康津兩郡書

    임진년 6월 모일에 전라도 의병 대장 행 부호군 고경명은 의병을 거느린 해남, 강진 두 지방관에게 급히 통고한다.

    내가 전날 의병을 일으키던 초기에 불타는 가슴을 피력하여 고을 수령들에게 통고하여 함께 국가의 환난을 구제할 것을 바랐건만 내 자신이 정성이 부족한 탓으로 외치기만 했고 호응해 나선 사람은 없었다. 초야에 묻혀 있던 나 같은 사람이 빈주먹이나 휘둘렀을 뿐 무기와 군량을 보장할 좋은 계책을 얻지 못하였다. 듣건대 의병을 일으킨다는 두 분의 격문이 멀리에 전달되면서 정예한 부대들이 계속 호응하여 일어선다고 하니 호남 오십 고을 지방관들 중에서 오직 두 분만이 있을 뿐이다. 이 소식만을 들어도 사기가 저절로 배로 올라 두 분의 부대가 원수를 소탕하게 될 것을 고대하던 중 뜻밖에 도원수가 위급한 격문을 보내어 부른다니 두 분의 행동이 창발적으로 전개되지 못할까 염려된다.

    이제 금산의 적들이 청주와 진안의 적들과 서로 성원하고 협동하여 한 패는 이미 용담을 함락시켰고 또 한 패는 다시 무주를 함락시켜서 세 개의 소굴을 만들어 가지고 완산(전주)을 침범하려고 획책

하고 있다. 생각건대 완산은 비단 호남의 중심지일 뿐 아니라 여기
에 경기전慶基殿이 있으니 왕조의 발상지다. 때문에 나는 우리 의병
의 진공 방향을 바꾸어 적의 선봉을 맞받아 꺾으려 했다. 허나 다시
생각하니, 적들의 교활하고 간사한 꾀를 예견키 어렵고 진산의 우
리 부대는 고립되고 약해서 만약 적들이 진산과 연산의 요새지를
넘어 은진과 여산의 평탄한 대로로 나온다면 어찌 호남만이 앞뒤로
적들의 공격을 받고 말겠는가?

금강에 주둔한 우리 부대*들도 장차 위험을 느끼게 되어 호서 지
방이 영영 가로막히고 적들의 기세는 더욱 왕성해질 것이니 그렇게
된다면 호남의 군량은 어떻게 수원까지 운반하며 조정의 소식은 어
떻게 사방으로 통하겠는가? 그러니 곧 부대를 이동하여 진산에 들
어가서 금산에 침입한 적을 뒤에서 쳐부수어 용담과 무주에 침입한
적들의 후방이 무너져 기세를 펴지 못하게 하였다가 서서히 우리
두 부대를 합세하여 곧바로 적의 소굴을 들이친다면 원수들로 하여
금 진퇴양난의 궁지에 빠지게 할 것이다. 이것은 조정을 보위하는
상책일 뿐만 아니라 또한 완산을 구원하는 묘책이 될 것이다.

그러나 당신들이 이제 만약 종전의 견해를 고집하고 임기응변할
변통수를 생각하지 않는다면 내가 거느린 의병들은 부대가 고립되
고 힘이 미약해서 경솔하게 움직이기 곤란하게 될 것이니 호남의
적들을 소탕하지 못할 것은 물론이요, 수원에 있는 우리 부대도 공
연히 시일만을 보낼 것이다.*

■ 이때 우도 의병장이 부대를 거느리고 충청도에 있었다.
■ 이때 전라도 도원수가 부대를 거느리고 수원에 도착하였다.

생각건대 도원수의 부대란 모두 호남 사람들이니 만약 원수들이 오늘 어느 지방을 통과하고 내일 어느 고을에 들어갔다는 소문을 듣는다면 실지로 군량이 공급되지 못할 형편일 뿐만 아니라 병사들의 형세가 흉흉해질 것이다. 바로 이것이 눈앞의 위급한 정세라는 것을 지혜가 없더라도 명확하게 판단할 수 있을 것이다. 그렇다면 두 분이 금산의 적을 협동 공격하는 것이 비단 호남을 방위하는 계책이 될 뿐 아니라 역시 도원수의 부대를 성원하는 계책이 될 것이다.

옛사람의 말에, "장수가 지방에 와 있을 때는 임금의 명령도 받지 않을 수 있다."고 하였으니 요컨대 임기응변을 잘할 것이요, 정세에 대한 정확한 판단이 없이 작전 계획을 세우지 말아야 할 것이다. 더욱이 우리 도원수는 멀리 천 리 밖에 있어서도 호남 지방의 위험이 경각을 다투고 있다는 것을 알 수도 있으니 어찌 눈앞에 침입한 적을 놓쳐서 후회가 되도록 하겠는가?

만약 두 분이 위로는 수원에 도달할 기한을 어기고 아래로는 금산 공격의 약속을 저버린다면 당신들이 금산 전투를 모면하기 위하여 회피했다고 떠들지들 않겠는가?

스스로 좋은 계책을 생각하여 남의 말을 덮어놓고 듣지 않도록 하라!

고종후

高從厚 1554~1593

고경명의 아들. 1570년(선조 3) 진사가 되고, 1577년 별시 문과에 급제
하였다. 1591년 지제교知製教로 기용되었으나 탄핵을 받아 광주로 내
려갔다. 임진왜란이 일어나자 아버지 고경명의 의병군에 합류하였다.
고경명이 금산에서 방어사 곽영郭嶸과 왜적을 막고자 하였으나 패했으
며, 이때 아비와 아우 고인후가 전사하였다. 이듬해 다시 의병을 모아
관군과 함께 진주성을 사수하였으나, 성이 함락되자 북쪽을 향해 두 번
절한 뒤 김천일, 최경회와 함께 남강에 투신하여 순절하였다. 이들 세
사람을 '삼장사三壯士'라고 했다. 시호는 효열孝烈이다.

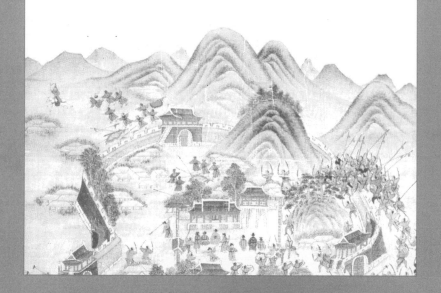

슬픔을 참고 병을 이겨 원수를 갚을 것이다

檄道內 一

처참한 때를 만나서 집안에 미치는 앙화가 끝이 없으니 거상 옷을 입은 나는 시골 구석에 병으로 누워 있으면서 이 도적들과 한 하늘을 이고 있다.

이제 첨지 홍계남洪季男이 먼저 의병의 깃발을 들고 각 도에 호소를 보내 원한을 품고 통분해하는 사람들과 함께 도적들을 소탕하려고 하니 복수전에 일떠서는 것은 사람마다 같은 생각이라, 그 누가 일떠서지 않겠는가? 조완도趙完堵는 의병 대장 조헌의 아들로 반드시 아버지가 거느리던 부대를 수습하여 호서에서 깃발을 들 것이다.

내 비록 사람은 변변치 못하나 아버지의 장례도 이미 끝나서 이 몸 또한 유감스러움이 없으니 슬픔을 참고 신병을 이겨 가며 본 도의 여러분과 같이 군사를 모으고 병기를 마련하여 나라를 위해 왜적과 결사전을 하고저 하니 여러분 역시 기꺼이 호응하리라 생각한다.

아, 구차하게 살아서 오늘까지 이르니 인륜이 없어진 셈이다. 단지 한스럽게도 사람됨이 미욱하고 힘이 약해서 선두에 서서 일을 하지 못하고 있었는데 지금 여러분이 이미 의병을 일으키고 있으니 내 어찌 수수방관할 수 있으며 벽장 밑에서 늙어 죽는다면 땅 밑에 들어가서라도 무슨 면목으로 아버지를 뵙겠는가. 홍계남의 명성이 이미 널리 알려졌으니 그를 중심으로 능히 대사를 도모할 수 있다. 태인, 장성, 진원의 지방관들도 철천의 원한을 품고 이 도적들과 함께 한 하늘을 이고 살지 않을 것을 맹세했으며 도체찰사도 부대를 합세해서 원수를 갚을 것이요, 조그만치도 세세한 절차에 매이지 말라고 지시했다. 군량과 병기는 아무 걱정이 없는데 오직 여러분이 호응하느냐 않느냐에 달려 있을 뿐이다.

호서 사람들만이 일을 같이 할 것이 아니다. 내 생각에는 서울 근방의 선비들로서 가속을 거느리고 남쪽으로 내려온 사람들 중에도 그들의 부모 형제의 원수를 갚으려는 사람들이 어찌 없겠는가! 비록 적에게 희생되지 않았다 하더라도 파란곡절을 겪다가 객지 풍상에서 몸이 상하여 돌아갔다면 이 또한 원수들 때문이라는 것을 잊을 수 없을 것이다.

거듭 생각건대, "부모의 원수와는 하늘을 같이 이고 살지 않고, 형제의 원수와는 한 나라에 같이 살지 않으며, 친구의 원수와는 싸움에서 군사를 돌이키지 않는다."는 옛말도 있다. 돌아가신 아버님께서 추성秋成에서 의병을 일으켰을 때 남쪽 땅의 여러 선열들이 나라를 위하여 함께 목숨 바칠 것을 약속하고 향불을 피우고 하늘에 맹세하면서 아버님을 대장으로 추대하였으니 우리들은 애초부터 형제와 같은 의리로 맺어져 있는 것이다. 불행하게도 아버님은 대사를 성공하지 못하고 돌아갔으나 우리의 의리가 어찌 범연할 수 있겠는가? 그 당시 그 휘하에 집결하였던 병사들은 이미 모두 의병 대열에 소속되어 있을 것이지만 혹은 집에 들어앉았거나 혹은 다른 직분으로 일하는 사람들이 있거든 나를 어리석다 여기지 말고 추성에서 피로 맹세하던 옛일을 회고하여 국가의 대사를 함께 도모함이 어떠한가?

여러분이 만약 찬성한다면 광주에서 모두 모여 서로 맹약하기를 간절히 바라고 또 바란다.

하나. 복수하려는 뜻은 있으나 몸이 약하여 싸움에 나설 수 없는 사람들은 병기로써 도울 것이며, 혹 건장한 장정들을 대신 보내거나 혹은 쌀과 포목을 내거나 혹은 안장과 말을 내도 좋다. 크면 크게 돕고, 작으면 작게 도와서 지위가 낮거나 빈궁한 사람들에 이르기까지 한 되의 쌀, 한 치의 쇠붙이라 할지라도 모두 원조해야 할 것이다.

아, 정위精衛라는 새도 돌을 물어다 바다를 메우려고 했고, 삼태기로 흙을 날라 계속 쌓아 올리면 산을 이룬다 하였으니, 오직 성의에 달려 있는 것이요, 반드시 많아야만 하는 것은 아니다.

둘. 피난하여 온 사람들은 맨몸, 맨손이니 자금이나 기재로서 돕지 못할 것이므로 몸소 의병 대열에 참가하든지 아니면 군량을 마련하여 가지고 올 것이요, 수수방관하지는 말 것이다. 모두 다 한 몫의 힘을 바치는 것이 어떠한가?

의병이 굶주리는데 재물을 아끼겠는가

檄道內 二

임진년 12월 모일에 원수를 갚으려는 의병장 전 임피臨陂 현령 고종후는 피눈물을 머금고 머리를 조아려 절하면서 삼가 각 고을의 의병청 여러분들과 지방의 제군들에게 급히 통고한다.

나는 하늘에 사무치는 통분을 씻고저 분연히 일어나 노비들의 장수가 되려 하나 수많은 노비들이 사방에 흩어져 살아 나로서는 고을을 두루 돌아다니며 살펴볼 겨를이 없다. 오직 아전들이 도와줄 것을 기대했지만 그것도 때를 어겨 군사 행동에 지장이 될까 봐 염려된다. 마침내 가슴속에 가득 품은 심정을 정의로운 여러분들께 통고한다. 체면이 없는 일 같으나 바라건대 장부를 들추어 유의하여 봐 줄 것을 바란다. 이것이 부득이한 계책이라고는 하겠지만 역시 죄스러운 일이라는 것도 알고 있다.

나는 본래 가난하여 무너져 가는 초막이 있을 뿐 성질도 또한 거칠고 우매하여 집안 살림을 돌볼 줄 모르지만 이 원수들에 대한 원한은 잊을 길이 없다. 그래서 상제의 예도를 어기고 병기를 휘두르며 갑옷을 떨쳐 입고 싸움터에 나왔다. 하지만 호매한 용사들이 와서 돕지 않으면 누구와 더불어 나라와 집안의 원수를 갚으랴! 재물이 부족하면 군사를 모을 수 없고 병기가 예리하지 못하면 적을 막을 수 없다. 아무리 큰 소리를 외쳐도 쌀이 나올 수 없고 아무리 땅바닥을 쓸어도 돈이 나올 수 없는 것이니 만약 군사가 굶주리게 된다면 어떻게 용기와 힘을 얻겠는가?

이 땅을 밟으며 이 하늘을 이고 살면서 이 한 몸만을 위해 살아가려고는 생각하지 않건만 빈주먹만 쥐고 싸움에 뛰어든다면 천 리원정에 끝내 승리를 거두지 못할까 두렵다. 돌아간 부형을 위하여 한번 원수를 갚고저 함에 있어서 어찌 유력한 사람이 도와줄 것만 생각하리오마는 도내의 여러분들치고 누가 우리의 형제자매 아닌 사람이 있겠는가?

단에 올라 피로써 맹세하던 지난날에는 돌아가신 나의 아버님께 결의를 다졌거니와 또한 이제 어깨를 걸고 손길을 맞잡아 싸움터에 나서게 된다면 상제인 나와도 교분을 맺게 될 것이 아닌가! 비록 우리들이 서로 얼굴은 익히지 못하였으나 명성을 들어서 알고 있은 지는 오래다. 백대가 떨어져 있어도 서로 한겨레임을 느낄 수 있는데 하물며 같은 시대에 태어난 우리들이겠는가!

전번 6월의 싸움은 결사적인 싸움이었다. 먼저 나간 병사들이 비록 생전에 영광을 누리지는 못하였지만 정의를 고수한 그 절개가 죽은 후에 더욱 빛나리라! 이것은 어느 한 사람의 사사로운 말이 아니고 참으로 온 세상이 공인하는 바이다. 저 길 가는 길손도 눈물을 흘릴 것인데 뜻있는 선비들에게 있어서랴! 만약 정의를 사모하여 의로운 일을 하려는 사람이라면 재물을 아끼지 말고 의병들에게 원호를 힘써 할 것이다. 재물을 아껴 수전노가 될 것이냐? 마땅히 이런 위급한 일에 쓰리라! 아버지는 아들에게 타이르고 형은 동생에게 권면하라! 어찌 강 건너 불 보듯 하랴!

현은 그 경계를 넘어서고 군도 그 경계를 넘어서라! 제 일이 나의 일이 아니라고 하지 말라! 이 나라 백성들은 모두 다 형제가 아니냐! "한 말의 쌀도 나누어 먹을 수 있고 조그마한 마을에도 충신이 난다."고 옛말에도 있나니 여러분들은 들으라!

한 삼태기씩 흙을 날라도 산을 이루고, 한 치의 쇠붙이로 사람을 죽일 수 있으니 제각기의 힘대로, 정성대로 제공하라! 반드시 충분한 것만 보라 하겠느냐. 의병청을 설치한 의도도 바로 여기에 있으니 백성 된 도리로서 어찌 마음에 느낌이 없겠는가!

충심에 품은 뜻을 다 표현하지 못해서 말은 이것으로 그치려 한다. 목숨을 바쳐 싸운 장수의 전기를 읽으면 아마도 책을 덮고 눈물을 뿌릴 것이요, 큰일을 위하여 가산을 던진 사람들을 안다면 그에 감동하여 궐기하게 될 것이다.

행여 재물과 병기로 도우려거든 여기에 서명할 것을 바란다.

건장한 노비들을 내게 보내라

告列邑義兵廳

    나는 제 힘을 헤아리지 않고 방금 첨지 홍계남과 조헌의 아들 완도와 함께 복수할 계책을 세웠다. 그랬더니 도체찰사 상공은 나를 노비들의 장수로 등용하였다. 내가 비록 지혜가 없고 계책이 부족하여 돌아가신 아버님의 뜻을 그대로 계승할 수는 없을지언정 하늘에 사무친 이 원한을 씻지 않을 수 없다. 비록 상복을 입은 몸이라도 국란을 당해서는 칼을 잡고 나서서 기어코 이 원수들과 한 하늘 아래서 살지 않을 것을 맹세한다. 여러분도 또한 마음속에 느끼는 바가 있을 것이다.

    생각건대 노비들의 명단은 책이 한 권 될 만큼 많으나 늙고 허약한 자를 골라내는 일을 오로지 관리들의 수중에만 맡겨 둔다면 간교한 여러 폐단이 반드시 일어날 것이다. 내가 의병을 일으키는 중요한 목표가 바로 노비들을 동원하자는 것인데 만약 노비들을 단합시키지 못한다면 강한 군사가 될 수 없다.

    바라건대 여러분은 몸소 관심을 돌려 관리들이 농간하지 못하게 하며 건장한 자들이 뇌물로 누락되는 일이 없도록 하라! 그래야만 이 일을 옳게 수습할 수 있을 것이다.

내가 비록 자신의 원수를 갚는다 하더라도 실상은 나라의 원수를 갚는 일이다. 바라건대 여러분들은 수고로움을 헤아리지 말고 거룩한 그 뜻을 어김없이 이룰지니 어찌 내 한 집의 감격으로만 되겠는가?

다시 한 번 바라노니 조금이라도 내 뜻을 이해하여 준다면 천만다행일까 한다.

승려들이여, 병기를 잡고 절에서 나오라

通諸寺僧徒文

　원수를 갚으려는 전 임피 현령 고종후는 휘하의 유격 승장 해정解政을 파견하여 도내 여러 고을에 있는 절 승려들에게 통고한다.

　내 집안의 망극한 원한은 오직 도내 선비들뿐만 아니라 승려들도 들으면 모두 원통히 여길 것이다. 나는 내 힘을 헤아리지 못하고 바야흐로 원수 갚을 대사를 도모하던바, 위로는 도체찰사 상공의 격문을 받들고 옆으로는 홍계남의 군사와 연계를 맺어 사방에 격문을 보내서 의병을 일으키려고 하였는데, 태인, 진원, 장성, 세 고을의 지방관들도 부친의 원한을 씻고저 같이 거사할 것을 약속하였다. 그런데 우리 나라 사람들이 육박전에 경험이 없으므로 근일에 여러 부대들이 용감한 승려들을 뽑아서 사기를 돋우려고 한다. 나도 또한 산간의 기벽 있고 호걸스러운 용사들을 얻어서 기어코 철천의 원한을 씻고저 한다.

　요즘 우리 고을의 의로운 승려 해정이 또한 왜적에게 학살된 자기 형의 원수를 갚고저 스스로 부대를 찾아와 대오에 앞장서서 무기를 잡고 싸울 것을 청하였다. 내 서로의 원통한 처지를 동정하여 마주 서서 눈물을 흘렸고 곧 그날로 체찰사에게 급히 보고하여 승병의 유격 대장으로 삼았으며 그의 동료들을 널리 모집케 하여 별군을 조직한 다음 나의 지휘를 받도록 하였다. 그리하여 행군할 때는 군영을 연결하여 서로 호위하도록 하였고 전투에서는 방어선을 나누어 담당하게 하였다.

용감하고 건장한 사람들은 서로 이끌고 모여 오라!

군량은 본 부대에서 공급하여 주는바 저 관군들이 절간을 뒤져 해결하는 것과는 다르다. 생각건대 불교의 교리는 자비로써 근본을 삼았거니 나의 오늘의 처지가 어찌 슬퍼할 일이 아니겠는가? 더구나 내 비록 가문의 원수를 갚는다고 하지만 실상은 나라를 위해 적을 치는 것이다. 생각건대 절의 승려들도 이 땅에서 만든 옷을 입고 이 땅에서 나는 음식을 먹지 않는가? 개인으로 보나 국가로 보나 어찌 수수방관할 수 있겠는가!

원컨대 격문이 이르는 날로 병기를 잡고 절에서 나오라!

멀든 가깝든 동지들이 함께 모여 큰 공훈을 이룬다면 지극히 다행한 일로 되리라!

창고를 열어 무기를 보충해 주시오

再檄道內

원수를 갚으려는 전 임피 현령 고종후는 피눈물을 머금고 머리를 조아려 두 번 절하면서 계원장繼援將 정자正字 조수준趙守準을 시켜 서신으로 도내 각 고을의 관리들과 의병청 여러분에게 급히 통고한다.

불초한 이 몸은 싸움에 나가 기세를 떨치지 못한 채 하루하루 구차한 날짜만 보내고 있으니 위로는 아버님을 저버리고 아래로는 동생에게 부끄럽게 되었다. 마땅히 하늘이 천벌을 내리고 사람이 형벌을 줄 것이건만 아직도 목숨이 남아 있어 이렇게 살아가고 있다. 정의와 불의를 판단하기 어려워 백성들은 아직도 의병을 돕는 데 일떠서지 않는다. 나는 살아 있는 것이 도리어 증오스러워 죽음을 가볍게 여기는 바이다.

하늘은 높고 땅은 넓은데 오직 정의를 위하여 병을 무릅쓰고 무기를 잡았다. 위로는 도체찰사의 격문을 받들고 옆으로는 홍계남의 군사와 연계를 맺어 도내의 노비들을 인솔하고 골수에 사무친 깊은 원한을 씻기로 맹세하였다. 태인, 진원, 장성의 세 지방관들도 또한 망극한 원한이 있어 반드시 원수를 칠 것을 함께 맹세했다. 하지만 사무가 바빠서 드나들기 어려울 것을 염려하였더니 다행히도 정자 벼슬로 있던 태인 현감의 형이 난리를 피하여 남으로 왔다가 손을 맞잡고 토의하던 끝에 계원장이 되어 부족한 군량과 군기를 보충해 주겠다고 청원해 나섰다. 이는 하늘이 도운 바라 백성들도 들으면 기뻐할 것이다. 군사들을 보충하고 군량을 저축하여 수많은 병사들에 대한 후방 사업도 강화했다.

의병이 일어났다는 소문을 듣고 자원하여 나서는 사람들이 있으니 작은 고을에도 충신이 있다는 것을 알게 되었다. "필부도 자기 원수는 갚는다."는 옛말이 있는데 같은 나라에 사는 신하들로서 어찌 남의 일 보듯 하겠는가! 내 마음 속을 털어놓고 여러분의 응원을 청한다.

현 정세는 마치 물에 빠지고 불에 타는 것 같아서 옛사람들이 궁하여 굶주리던 정도에 비길 바가 아니니 어찌 평소에 친분이 있는 사람에게만 청원하겠는가? 재산을 아끼지 말고 사소한 것이라도 한데 모으자! 내 다만 전쟁터에서 끝까지 싸우다가 죽어 지하에서 아버님을 뵈옵고저 하노니 어찌 감히 잠시라도 요행을 믿으며 공명을 바라겠는가!

작은 새가 돌을 물어 날라 큰 바다를 메우려 했고, 어미 닭이 병아리를 안으면 미친 개도 쪼려고 덤벼든다. 아들이 아버지를 위하여 무엇을 못하겠는가! 사람이 양심이 있으면 어찌 이러한 사변을 당해 참고만 있겠는가! 남에게 옷을 주고 먹을 것을 주는 일은 수전노가 즐겨할 바가 아니나 제 부모 존대하는 마음을 미루어 남의 부모를 존경하는 것은 사람의 천품이다. 재물을 남에게 나누어 주려거든 창고 안에 마련한 물건을 아끼지 말라! 원수를 쳐서 승리를 거두려면 예리한 병기가 없이 승산이 있겠는가? 나는 여러분에게 정당한 공론을 듣고저 한다.

이 어찌 다만 나만의 소원만이겠는가! 한 줄의 글을 쓰면서 만 줄기 눈물을 흘려도 내 마음속을 속속들이 털어놓지 못하고 다만 세 번 재계하고 두 번 절하면서 이 글을 보내니 용서하기 바란다.

하늘과 땅과 신령도 우리를 도울 것이니 궐기하라!

아, 여러분이시여!

제주 말은 싸움터로 달려야 하나니

檄濟州

원수를 갚으려는 의병장 전 임피 현령 고종후는 피눈물을 흘리며 머리를 조아려 절하면서 군관 고경신高敬身을 보내 삼가 제주 절제사 이 공과 제주 판관과 대정大靜, 정의旌義의 두 지방관과 세 고을의 선비, 백성 여러분들에게 통고한다.

전번에 돌아가신 부친은 일개 초야에 묻힌 몸으로 7도가 붕괴하는 날을 당하여 먼저 의병을 일으켜 간악한 원수를 소탕하려 하였다. 오직 나라만이 있을 뿐 가정은 꿈에도 생각하지 않았다. 비록 의병의 기세는 하늘을 찌를 듯 충천하나 보병은 기병만 못한데 육지는 좋은 말이 없으니 이를 어쩌랴! 이런 처지에서 편지를 띄워 멀리 천리마 팔준마를 구하였더니 모두들 혼연히 그중에서도 좋은 말만 골랐다.

이 말이 겨우 제주에서 나왔으나 일은 이미 글렀다. 장수 별이 금계에 떨어지자 부자가 함께 희생되었으니 온 나라 사람들이 모두들 원통히 여겼다. 그러나 저 도적놈들이 겁을 먹고 피하여 달아나게 된 데는 이 말의 공로가 깃들어 있다 할 것이다.

불초한 이 몸은 목숨이 살아 있으면서도 처음부터 싸움마당에서 죽음을 무릅쓰고 싸우지 못하였다. 이제 내가 나의 아버지를 잊어버리고 어찌 낯을 들고 세상 사람들을 대하겠는가? 그리하여 적은 힘을 헤아리지 않고 대사를 도모코저 한다. 저 해와 달을 보면 한없는 원한을 잊을 수 없다. 죽어 차라리 귀신이 될지언정 어떻게 제 한 몸을 아끼겠는가. 원수의 격문을 받고 일어나 노비의 부대를 거느리게 되었다.

이 땅에 사는 사람치고 누가 이 나라 백성이 아니며 온 나라 사람들은 모두 동포 형제다. 제주도의 땅도 바로 이 나라 강토에 속한다. 이백 년 동안 바다 물결은 잔잔하고 생활은 안정되었으니 이 또한 이 나라의 은덕인 것이다. 수천 마리 좋은 말이 계속 번성하였으니 그중에는 반드시 준마가 있을 것이다. 애초부터 물산이 풍부하고 가축이 많았으니 어찌 한 나라의 부력만 못하겠는가?

아, 나라는 난리를 만났다. 관리들이여! 햇빛이 밝아야 백성들이 행복하지 않겠는가?

지금 왜적들이 평양에서 숨을 붙이고 있으나 가까운 시일에 나라가 다시 편안하여질 것이다. 모두가 떨쳐 일어날 것을 바란다. 우리 함께 의리로 서로 돕고 적과는 함께 살지 않을 것을 맹세하자!

이름난 용사들이 출정하리니 어찌 홀로 노복들만 불러 모으리오. 좋은 말은 싸움터로 달려야 하나니 어찌 모름지기 마구간에만 매어 두겠는가! 글로써 통고하는 것이 얼굴을 대하는 것만은 못하나 충성스러운 마음이 천성에서 나온 것이니 팔소매를 걷어붙이고 일떠설 자가 있으리라고 믿노라. 어찌 섬이라고 영웅이 없을쏘냐!

채찍을 잡고 나서라, 천하에 준마가 없다고 말하지 마라!

고씨, 양씨, 부씨 세 가문은 본디 한 형제였으니

通濟州三家文

원수를 갚으려는 전 임피 현령 고종후는 피눈물을 흘리며 머리를 조아려 제주, 정의, 대정 세 고을의 고씨, 양씨, 부씨 세 가문의 여러 어른들에게 통고한다.

옛날 옛적 세상에 아직 인간과 만물이 형성되지 못하였을 때에 하늘에서 세 신선이 한라산에 내려왔는데, 한 사람은 고씨라고 하였고 또 한 사람은 양씨라고 하였으며 다른 한 사람은 부씨라고 하였다. 다음에 미녀와 송아지와 망아지를 보내 주어 그 지역에 터를 닦고 조상이 되게 하였는바, 지금 모여 사는 수많은 사람들과 번성하는 가축은 모두 그 세 신선의 은덕이다. 후세의 자손들이 혹 바다를 건너 사방에 떠돌아다니다가 여러 곳에 흩어져 살게 되니 세상에서 이르는바, 제주 고씨와 제주 양씨는 모두 그들의 후예다.

나의 선조는 일찍이 고려 때에 장흥이라는 본을 받아 장흥 고씨가 되었고, 부씨의 후손은 지금도 부씨라고 하지마는 시초의 부씨는 그 누구도 알 수 없다. 지금은 비록 서로 갈라지고 생소하여져 기쁜 일, 슬픈 일에 서로 소식조차 알 수 없지만 초기에 세 신선이 하늘에서 내려온 상서로운 일과 형제간의 정의로 서로 화목하던 친분은 지금까지도 모든 사람이 다 잘 알고 있다. 세상 사람들이 모두 즐겨 이 말을 하는데 하물며 그 자손들이야 어찌 옛일을 생각하지 않고 서로 남 보듯 하겠는가! 전번에 돌아가신 부친은 적이 서울로 쳐들어오고 7도가 붕괴하기 시작하였을 때 먼저 의병을 일으켜 몸소 원수의 칼날과 맞섰다가 부자가 한꺼번에 나라를 위해 희생되니 조정이 슬퍼하고 애석히 여겨 특별히 표창하였고 길 가던 사람도 이 말을 듣고 눈물을 흘렸나니 하물며 한 조상의 피를 이은 우리들이 어찌 원통히 여기지 않겠는가!

불초한 나는 지략과 기술이 보잘것없어서 돌아가신 부친의 사업을 계승하지는 못하지만 한없는 통분을 씻지 않을 수 없다. 그리하여 노비들의 부대를 거느리고 원수 갚을 일을 계획하였으나 본 도의 관청이나 개인 집들의 재산은 거의 다 소모되어 군기와 군마를 변통할 길이 없다. 생각건대 그곳 세 고을에는 재물과 인력이 그대로 있을 것으로 믿고 정부에서 내려온 격문을 보내 그곳 노비와 백성들을 격려하는 바이다.

몇 번이고 되풀이하여 생각해도 동성 사이에는 진실로 몇만 년이 지나더라도 영원토록 잊지 못할 친분이 있는 것이다. 양씨와 부씨 두 가문도 그 시초가 다 한 형제간이었으니 한마디 인사말을 서로 나누지 않을 수 없는 정분이라. 내 마음속을 털어놓으니 이 통보를 받고 반드시 정의를 위하여 일떠서기를 바란다.

원컨대 세 가문의 여러분들은 나의 청원을 들어 주기를 바란다. 각자는 자기의 역량과 재물에 따라 혹은 군마를 내고 혹은 힘을 합쳐 서로 도와서 큰 것으로는 큰 일을 이루고 작은 것으로는 작은 일을 이루어 위로는 하늘에서 내려왔던 신선의 뜻을 잇고 아래로는 일가의 죽은 사람들과 산 사람들이 희망하는바에 성의로써 대답하여 줌이 어떤가?

정곡이 사무쳐 할 말을 제대로 못 하게 되니 어찌할 바를 모르겠다.

이정암

李廷馣 1541~1600

임진왜란 때 의병을 거느리고 연안성延安城을 지켜 싸웠다. 자는 중훈
仲薰, 호는 사류재四留齋다. 한때 연안 부사를 지냈는데 왜적들이 쳐들
어오자 동생인 이정형李廷馨이 개성을 함께 지킬 것을 권고하였다. 그
러나 자연 지리 조건이 좋은 연안성으로 자리를 옮긴 다음 격문을 내어
의병을 불러 모아 왜적의 침입을 막을 계책을 세웠다. '분충토적奮忠討
賊'이라는 구호를 내걸고 어려운 조건에서도 끝까지 왜적을 막아 싸워
전쟁 승리에 크게 기여하였으며 연안성 싸움은 '연안대첩'으로 역사에
기록되었다.

문집으로《사류재집四留齋集》이 있다.

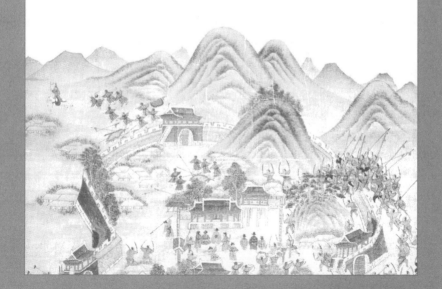

밤에 성을 지키면서

뭇 산에는 눈이 가득 하늘에는 달 가득
성 지키던 군사들 잠자리에 들었어라.
외로운 성 지원 없다 무엇이 두려우랴
차가운 달 높이 떠서 나의 충성 비추거늘.

守城夜吟

雪滿群山月滿空　樓頭戍卒臥如弓
城孤援絶何須恨　雪月昭昭照我衷

회포를 읊노라 1

일찍이 타향으로 떠다녔거니
이곳이 어찌하여 집이 되랴.
시름 속에 홀로 앉아 잠 못 드는데
새벽닭은 추워선지 울지 않누나.

*

사람들 나무 곁에 집을 세우니
누가 묻나 제비 둥지 숲에 있다고.
죽지 않고 있는 것이 누가 되누나
왜적의 침략을 당하게 되니.

德薰次寄八詠詩 更步其韻述懷 二首[1]

他鄕曾踏遍 是處豈爲家

---

1)《사류재집》 권1에는 모두 여덟 수가 실려 있는데, 그중 다섯째와 여섯째 수다.

獨夜愁無寐　晨鷄凍不歌

*

人今依樹屋　誰問燕巢林
未死眞爲累　長遭外患侵

옛 시를 읽고 느낀 것이 있어

나라 위한 붉은 마음 얼마 남았나
머리 위에 덮인 백발 천만 올인데.
이 한 몸 세상 밖에 멀리 있거니
무슨 수로 이 위험을 건지어 내랴.

*

마구 안에 있는 준마 서글프구나.
날 저무니 해바라기 눈물겹구나.
떠나온 고향 산천 소식 없으니
단 하루도 그리움 없는 날 없네.

讀杜詩 至時危思報主 衰謝不能休之句 有感於懷 因以其字
作十絕 二首[1]

丹心餘一寸　白髮亂千絲
身遠江湖外　何方濟世危
　　　＊
伏櫪悲駬驦　傾陽泣露葵
三巴消息阻　靡日不相思

---

1) 이 시는 《사류재집》 권1에 모두 열 수가 실려 있는데, 그중 두 수만 옮겨 실었다.

옛 시를 본떠서

대문을 열고 보면 넓은 바다요
집 뒤에 붙어 선 것 푸른 산이라.
예로부터 무진장한 자연의 혜택
그것을 누리면서 살아가리라.

                *

동쪽 창문 열어 놓고 달구경 하고
북쪽 창문 기대서서 바람을 맞네.
느지막 흥취가 정말 좋구나
강에선 또 어부들 노래 부르니.

                *

갯가 마을 해 저무니 숲 으슥한데
꾀꼬리는 곳곳에서 주절대누나.
이 세상 하 많은 일 말을 말아라
오늘도 기쁨으로 보내었거니.

*

나라 위한 한마음 변함없거니
머리 위엔 백발만 자라나누나.
강변에서 북두성 바라볼 때면
밤마다 깊어지는 생각 있어라.

用杜老養拙江湖外 朝廷記憶疎詩字 作十絶 四首[1]

滄海在門前　靑山臨屋上
從來無盡藏　取以資吾養
　　　*
待月開東戶　迎風倚北窓
晚來淸興足　漁唱起寒江
　　　*
綠暗江村晚　黃鶯處處謠
休論人世事　且樂送今朝
　　　*
耿耿一寸心　蕭蕭千丈髮
西江對北辰　夜夜長相憶

---

1) 《사류재집》 권1에 열 수가 실려 있는데, 그중 네 수만 옮겨 실었다.

귀뚜라미

바구니에 들어가 있을 적에는
밤마다 맑은 소리 흥 돋우었지.
천추에 남긴 원한 하소하는 듯
밤 나그네 지금은 잠 못 드노라.

       *

사람이란 시절 따라 느낌 있거니
평온치 못하면 슬피 우노라.
저 벌레는 무엇이 못마땅해서
한가을에 원망의 울음 우느냐.

蟋蟀　二首[1]

曾入金籠裏　淸聲助夜絃

---

1) 《사류재집》 권1에는 모두 다섯 수가 실려 있는데, 여기에는 두 수만 실어 놓았다.

千秋訴遺怨　宿客未能眠

*

人心有感觸　不平則悲鳴
微物緣何事　三秋送怨聲

단천에서

산 이름은 칠보산, 고개는 마천이라
젊어서 유람한 것 다행으로 여겼네.
늦은 가을 병들어 말 머리를 돌리려니
오늘토록 남은 유감 단천에 차 넘치네.

題端川

山名七寶嶺磨天　自幸奇遊在少年
多病窮秋回馬首　至今遺恨滿端川

청허루[■]

깊은 산속 다 다녀도 사람 종적 못 봤더니
놀랍구나 호숫가에 단청빛 웬일인가.
달 밝으면 선녀들과 이 풍경 구경하리.
세상 소식 끊긴 곳에 밤은 정녕 고요하니.

清虛樓

行盡荒山不見人　忽驚丹碧照湖湑
月明還共仙娥賞　此夜淸遊更絶塵

■ 주천현酒泉縣에 있다.

죽서루[■]

하늘에 닿은 파도 바다는 아득한데
참대 숲 우거진 곳 성 하나 솟아 있네.
아낙네들 어이하여 사랑가만 부르는고.
누에 오른 이 나그네 마음만 산란하네.

竹西樓

雲海茫茫浪接天　孤城一帶竹林邊
佳人莫唱凌波曲　遠客登臨意惘然

■ 삼척부三陟府에 있다.

소공대[■]

익성공[1]의 유적들은 산기슭에 널려 있고
울릉도 우산국은 눈앞에 보이누나.
해 솟는 동해 바다 구경을 하려거든
그대들 오르시라 여기 있는 소공대에.

召公臺

翼成遺跡在山隈　鬱島于山眼底開
欲見東溟紅日出　請君須上召公臺

■ 교하역交河驛의 북쪽에 있다.
1) 익성공은 황희黃喜의 시호다. 소공대는 황희가 강원도 관찰사로 있을 때의 선정을 기려
　만든 것이다.

경포대[■]

감호[1)]와 경포대는 맑기를 다투는 듯
관동에서 좋은 경치 여기가 으뜸일세.
해질 녘에 시험 삼아 대 위에 올랐더니
널다리와 내 그림자 한길 속에 사라지네.

鏡浦臺

鑑湖爭似鏡湖明　形勝關東獨擅名
落日試登臺上望　板橋人影盡中行

■ 강릉부江陵府에 있다.
1) 고성 삼일포 남쪽에 있는 호수 이름.

낙산사[■]

꿈속에서 놀던 곳 어찌하여 성 되었나.
은은한 종소리 하늘에서 들려오네.
한스럽다 나의 유람 늦은 가을 되었거니
배꽃은 안 보이고 달빛만 드맑구나.

洛山寺

一夢仙遊豈化城　雲端隱隱暮鐘聲
我行恨値秋風晚　不見梨花夜月明

[■] 양양부襄陽府에 있다.

삼일포[■]

금강산의 푸른 물 한 줄기 흐르는 곳
내 일찍이 가을날에 배 띄우고 구경했네.
매향비 한 곁에는 붉은 글씨 남았으니
여기가 그 옛날 신선 놀던 자리라네.

三日浦

一派金剛碧玉流　蘭橈曾泛海天秋
埋香碑畔丹書在　此是群仙昔日遊

[■] 고성군高城郡에 있다.

총석정[■]

귀신이 다듬었나 면마다 꼭 같은데
돌기둥 높은 곳에 정자 하나 우뚝해라.
예로부터 여기 경치 몇 사람이 읊었던가
내 지금 지은 시 볼 것 없어 한하노라.

叢石亭

鬼斲神雕面面同　一亭高峙石爲叢
古來吟賞知多少　到此偏傷句不工

■ 통천군通川郡에 있다.

청평산

청평산[*] 풍치 좋아 소문난 지 오래건만
나랏일 하도 바빠 찾아보지 못했어라.
동녘을 바라보니 지금은 한이 되어
그대를 보내면서 자기 신세 탓하노라.

淸平山

淸平山水聞名久　王事忽忽未暇尋
東望至今餘一恨　送君空賦白頭吟

---

[*] 춘천부春川府에 있다.

회포를 읊노라 2

하늘 이치 어이하여 인자하지 못하던가
외로운 우리 백성 돌봐 줄 줄 모르거니.
세 해 동안 싸움 겪고 역병까지 겹쳐 오니
들려오는 소문이란 죽었다는 말뿐일세.

*

초당 시 읽으면서 눈물을 흘렸더니
이런 난리 겪을 줄을 그 누가 알았으랴.
나라와 집 망하는 것 한 가닥 실 같거니
천 년 전의 노중련을 스승으로 여기노라.

*

강산은 예 같은데 내 스스로 시름 잦네.
유구한 세월이라 시절은 거침없네.
늙은이의 이 마음은 술로나 위로하나
사방이 가난하니 누구더러 청해 볼까.

책과 검 두 가지 일 하나도 성공 못 해
처음 맹세 저버리고 세상에 나섰노라.
보이는 건 창과 방패, 안식할 곳 없으니
천지간에 홀로 서서 이 생을 슬퍼하노라.

詠懷十首 寄尹季初令公 四首[1]

天道如何太不仁　孑遺無復惠吾民
三年兵火兼瘟疫　已報潢池殺越人
*
平生淚下草堂詩　誰料親逢此亂離
國破家亡餘一縷　魯連千載是吾師
*
江山如舊自生愁　歲月悠悠春復秋
欲瀉老懷惟是酒　四隣懸磬與誰謀
*
書劍風塵兩不成　强顏於世負初盟
干戈滿目無歸處　獨立乾坤哀此生

---

1)《사류재집》권2에는 모두 열 수가 실려 있는데, 그중 네 수를 실어 놓았다.

육공칙에게

포위당한 외로운 성 반 년 동안 견디거니
빼어난 지략 많아 임기응변 싸웠노라.
하남 땅 차지함이 내 할 일 아니건만
북쪽을 바라보며 눈물을 흘리노라.

遙贈陸公則

孤城半載困重圍　多賴英謀早趁機
忝轄河南非我事　北望惟有涕沾衣

태인의 객사에서 쓰노라

정원에 봄 왔어도 매화꽃 안 보이니
쓸쓸한 이내 심사 누구와 나눠 볼꼬.
내일 아침 길을 떠나 강남 땅을 밟으려니
가없는 하늘가의 흰 구름만 바라보네.

題泰仁客舍

春到庭梅未吐芬　蕭條客思與誰云
明朝更踏江南路　杳杳天涯望白雲

구름

산에서 나와서는 어데로 가나.
하늘로 떠가거니 찾을 길 없네.
사람들 그 언제나 자기 일 바빠
오가는 구름에는 무심하구나.

雲[1]

出岫知何向　行天不可尋
世人常役役　來往自無心

---

1) 《사류재집》 권1에는 구름[雲]과 새[鳥]와 소나무[松], 국화[菊]를 읊은 네 절구가 있는
데, 그중 구름과 소나무를 읊은 두 수만 옮겨 실었다.

솔

골짜기에 나서 자란 늙은 소나무
가지는 구름 속에 솟아 있구나.
따사로운 봄볕이야 그 얼마랴만
봄바람은 예나 지금 마찬가질세.

松

孤松生絶壑　老柯入雲深
春光幾時盡　淸風無古今

정월 초하룻날 회포를 두 아들에게

거친 세상 풍파 벗어나지 못한 이 몸
쉰아홉 해 회고하면 모두가 잘못이라.
벼슬에서 물러남이 평생 나의 원이거니
이제라도 마음 돌려 고향으로 돌아가리.

元日述懷示二子[1]

白髮風塵未拂衣　回頭五十九年非
急流勇退平生願　從此田園定得歸

---

1) 《사류재집》 권7에 두 수가 실려 있는데, 그중 첫째 수다.

정주에서 1

옛날에 살던 고장 불에 타서 재뿐이니
눈앞에 펼쳐진 산천 모두가 눈물겹네.
백발에 여윈 얼굴 내 모습 웃지 마라.
오늘부터 도롱이 쓰고 어부들을 따르리라.

貞洲漫詠[1]

灰燼遺墟訪舊居　江山滿目淚沾裾
蒼顔素髮休嫌我　簑笠從今逐釣漁

---

1) 《사류재집》 권2에 세 수가 실려 있는데, 그중 둘째 수와 셋째 수를 옮겨 실었다.

정주에서 2

지난날에 장수 되어 성 하나를 지켰더니
갑 속에 든 한 쌍 검이 오늘에도 놀라누나.
나라 은혜 조금이나마 갚고 돌아갈 곳 찾지 못해
바다 기슭 여기로 와 농사일을 배웠노라.

貞洲漫詠

曾將偏師救一城　至今雙劍匣中驚
君恩粗報歸無處　碧海前頭學耦耕

취하여 읊노라

싸움 속에 세월 흘러 다섯 해가 지났고나
피는 흘러 해자 되고 뼈는 쌓여 산 같은데.
내 몰라라 하늘의 뜻 지금은 어떠한지
마을마다 방구리에 술 많은 게 다행일세.

                         *

서풍이 불어 불어 갈꽃을 날리는데
해진 옷 감싸 쥐고 기러기 떼 우러르네.
고금의 흥망성쇠 모두가 한 가지라
힘없는 이 선비는 부질없이 백발 됐네.

醉吟 二首[1]

百戰乾坤度五秋　血盈壕壍骨成丘

---

1) 《사류재집》 권2에 모두 다섯 수가 실려 있는데, 그중 둘째, 넷째 수다.

只今天意眞難料　何幸村村酒滿簌

*

西風吹捲荻花洲　鳧鴈聲中擁弊裯
興替古今同一轍　腐儒空自白渾頭

왜적을 격파하였다는 소식을 듣고

번개 치듯 폭풍 일듯 지나온 이 한 해에
물고기 잡아 꿰듯 적의 머리 매달았네.
개선가 높은 곳에 파도 소리 잦아드니
머리 흰 이 신하도 기쁨이 그지없네.

*

부모 잃고 남편 잃은 우리 백성 그 얼마랴.
마른 뼈 들을 덮고 피는 흘러 늪 되었네.
남해에 별 떨어졌다 소식 또 들리더니
애석해라 눈먼 화살 수군 사또 맞혔구나.■

■ 수군절도사 이순신이 전사했다는 말을 들어 이렇게 말한 것이다.

聞天兵破賊 喜而有賦　二首[1]

電擊風馳此一年　長纓懸馘似魚穿
凱歌聲震鯨波息　白髮孤臣喜欲顚

＊

何限吾民哭寡孤　枯骸遍野血咸湖
南邊又報長星隕　可惜中流失一壺

---

1)《사류재집》권2에 여섯 수가 실려 있는데, 그중 둘째와 여섯째 수다.

약밥

신라 때 생긴 풍습 천 년 세월 전해져서[1]
향나무로 찰밥 지어 새벽상 차려 놨네.
황량한 마을이라 까막까치 안 보이니
내 몰라라 그 어데를 은하수라 이르던가.

香飯

新羅遺事到千年　糯米炊香薦曉筵
寥落小村烏鳥散　不知何處是天泉

---

1) 신라의 왕이 까마귀 덕분에 왕비와 승려의 역적 모의를 미리 알게 되었다. 왕은 이것에 감
  사하여 해마다 정월 보름에 향기로운 밥을 지어 까마귀에게 먹였다고 한다.

달맞이

까마귀 떼 흩어지자 연들이 높이 뜨고
쌀쌀한 봄바람이 옷깃을 흔드누나.
병든 눈 비비면서 동쪽 고개 바라보며
솟는 달 가늠해서 이해 농사 점치노라.

看月

亂鴉啼散紙鳶飛　蕭索東風泛客衣
病眼更從東嶺望　月輪高下占豊饑

소가 없어서

강산에 봄이 드니 초목에 꽃이 폈다.
들 가득한 논과 밭 어데인들 안 바쁘랴.
가련하다 병든 몸 살림까지 구차하니
이웃집 소 부림 소리 부질없이 엿든노라.

家有四畜 而農牛闕焉 戱占一絶

春入湖山草木榮　田原何處不宜耕
自憐衰病謀生拙　漫聽隣翁叱犢聲

퇴우재[1]

한평생 마음속에 네 가지 일 그리더니
늘그막의 이내 자취 부평초와 마찬가지.
나라 은혜 못 갚고서 몸 먼저 물러나니
누가 알랴 가슴속에 온갖 시름 지닌 줄을.

退憂齋[2]

心事平生慕四留　暮年蹤迹似萍浮
君恩未報身先退　誰識孤臣尙百憂

---

1) 시름을 잊기 위한 집이라는 뜻이다.
2) 《사류재집》 권2에 세 수가 실려 있는데, 그중 첫째 수다.

호박동을 유람하며

골짜기에 흐르는 물 호박빛 영롱한데
진달래꽃 떨어져서 온 산이 붉구나.
한 곡조 젓대 소리 취중에 듣노라니
내 믿노라 한평생을 꿈속에서 지냈음을.

*

우리 고장 볼 것 없다 그 누가 말했던가.
별천지인 골짜기에 해 조용히 지는구나.
지저귀는 새소리 봄 정적을 깨치는데
활짝 핀 들꽃 속에 내 얼굴 비춰 보네.

遊琥珀洞 二首

洞裏溪流琥珀濃 杜鵑花落滿山紅
一聲橫笛陶然醉 須信浮生在夢中

*

吾鄕誰道欠溪山　壺裏乾坤白日閑
啼鳥數聲春寂寂　野花相映鬢毛斑

앵두

담 밖에선 버드나무 가지마다 춤추는데
집 앞에는 또다시 앵두나무 심었노라.
사람이 늙어지면 정 마른다 말을 마라.
봄바람 부는 때면 버들 앵두 벗 삼노라.

櫻桃

墻外垂楊舞細腰　堂前更植赤櫻桃
休言老子風情薄　長對春風伴二喬

꾀꼬리 소리를 들으며

적적한 산간 마을 봄마저 지나가니
눈앞에 보이는 건 모두가 시름겹네.
버들 숲 어데선가 꾀꼬리 우짖으니
들려오는 그 소리 벗님인 듯 다정해라.

*

궁성의 꽃과 버들 연기 따라 사라지니
춤추고 노래하던 그 시절도 꿈이런 듯.
꾀꼬리도 아는가 봐 이 세상의 흥망사를
해마다 봄이 오면 시름겨워 주절대니.

聞鸎　二首

寥落山村已暮春　風光滿目總傷神
綠楊何處黃鸝語　入耳淸聲似故人

*

鳳城花柳逐烟空　舞榭歌臺一夢中
黃鳥亦知興廢恨　年年愁醉嘺春風

들녘의 정자

호숫가의 보슬비

해 저문 호숫가에 보슬비 내리는데
안개 어린 하늘 위엔 백조가 날아가네.
언덕 위의 꽃이며 풀 그건 해서 무엇 하리.
노을 지면 어부의 배 여기로 돌아오리.

들에서 밭갈이 구경

메마른 두메 밭을 반 나마 묵혔더니
하늘이 단비 주어 백성들을 위로하네.
한 되누나 시골에 뒤늦게야 돌아온 걸.
농사일 별수 없이 내 손수 배우노라.

野亭

南湖細雨¹⁾

平湖細雨晚霏霏　烟外茫微白鳥飛
汀草岸花渾不管　夕陽時見釣船歸

西疇觀稼

原隰今年半起陳　天教時雨慰餘民
田園却恨歸來晚　農事無由手自親

---

1) 《사류재집》 권2에 '들녘의 정자〔野亭〕' 네 수가 있는데, 그중 첫 번째와 두 번째 시를 옮
    겨 실었다.

부질없이 1

다북쑥 자란 곳에 사립문 닫혀 있어
한여름 뜰 안에는 새들조차 날지 않네.
고개 위의 흰 구름만 약속이 있었던 듯
아침마다 찾아와서 예전처럼 바라보네.

漫吟[1]

蓬蒿深處掩柴扉　長夏庭際鳥不飛
江嶺白雲如有約　朝朝相望故依依

---

1) 《사류재집》권2에 '부질없이〔漫吟〕' 두 수가 있는데, 그중 첫 번째 수다.

연안성 사람들이 비석을 세운다는 말을 듣고

난리 때 성 지킨 것 참말로 우연이니
어찌 감히 비문 남겨 후세에 전해 주랴.
부탁하노라 그대 부디 여러 의견 듣지 말게
이전 날의 공적까지 없어질까 두렵거니.

*

옛날에 양양 태수 억지로 세운 비석
오늘까지 사람들은 그걸 보며 비웃거늘
역사에 올랐으니 그것이면 만족한데
부질없이 조각돌은 세워 놓아 무엇 하리.

聞延城士子因立碑 惹起紛紛 戲占一絶 寄示止之 二首

當日全城亦偶然　敢求文字要流傳
煩君勿聽紛紛議　却恐前功盡廢捐
　　　　*

襄陽太守强沈碑　人到于今冷笑之

自有一篇靑史在　區區片石不須爲

새해

이 빠지고 머리 빠진 늙고 병든 이 몸
근래에는 두 눈마저 흐리터분 안 뵈건만
한평생 지니고 산 나라 위한 마음 있어
새해를 맞이하고 풍년 들기 바라노라.

新年

齒豁頭童一病翁　邇來兩眼又曚曚
平生戀主丹心在　猶向元朝祝歲豐

일찍 일어나

나라 은혜 갚고저 평생을 보낸 이 몸
늙어서도 그 마음은 조금도 변함없어.
지난밤 술에 취해 강변에 누웠더니
꿈속에 학을 타고 대궐에 갔노라.

早起漫題

平生絲髮盡君恩　老去微誠矢不諼
昨夜醉眠湖海上　夢隨鵷鷺入金門

매랑*의 시첩에 쓰노라

왜란이 끝나기 전 오랑캐들 또 쳐오니
탄식하네 어느 누가 나랏일 맡았던가.
나라 은혜 갚고저 한 목숨을 바치리라.
푸른 저 하늘은 이 마음을 알아주리.

題梅娘詩帖[1]

東氣未熄又胡塵　嘆息何人秉國鈞
酬了聖恩惟一死　此心終始證蒼旻

■ 매랑梅娘은 기생 죽간매竹間梅로, 금성錦城 사람이다.
1) 《사류재집》 권2에 '매랑의 시첩에 쓰노라〔題梅娘詩帖〕' 여섯 수가 실려 있는데, 그중 여
   섯 번째 시다.

삼월 그믐날 비를 맞으며

젊을 때는 긴 봄날을 그리도 즐겼더니
늘그막엔 봄이 짧아 그것이 걱정이네.
봄바람도 아는가 봐 전란 속의 이 고장을
좋은 풍경 거두어서 딴 곳으로 향했으니.

*

한나절 부슬부슬 가랑비 내리거니
꾀꼬리 울지 않고 제비들도 날지 않네.
서글퍼라 봄바람아 너 어데로 가 있느냐.
비 속에 지는 눈물 옷깃을 적시노라.

三月晦雨中　二首[1]

年少偏憐春日長　老來惟覺送春忙

---

1) 《사류재집》권2에 '삼월 그믐날 비를 맞으며〔三月晦雨中〕' 다섯 수가 있는데, 그중 두 수
를 옮겨 실었다.

東君似識干戈地 收拾風光向異方

＊

崇朝一雨灑霏霏 黃鳥無言燕不飛
惆悵東君何處去 不禁和雨淚沾衣

영보정의 운에 차운하여

날이 갠 호수여라 난간 앞은 아득한데
오월이니 제비 날고 꾀꼬리들 노래하네.
어이하면 바람 몰아 큰 파도 깨칠런가.
왜놈 소굴 들이치고 오랑캐들 쳐부수리.

次永保亭韻

晴湖渺渺畫欄前　燕舞鶯歌五月天
安得長風破巨浪　直窮倭窟掃蠻烟

아흐렛날 형님 집에서

시절이며 만물은 예대로인데
마음만은 다르구나 이전 날과는.
높은 곳에 올라가 즐기노라니
벗님들도 찾아와서 반겨 주누나.
들국화 천만 송이 만발했는데
단풍나무 한 가지 물들었구나.
타향에서 지내는 끝없는 시름
한 가락 젓대에 부쳐 보노라.

九日遊伯氏家園追述二律寄呈[1]

節物渾依舊　情懷異昔時
登高作樂事　朋酒且相隨
野菊黃千蘂　霜楓錦一枝
他鄕無限恨　分付笛中吹

---

1) 《사류재집》 권3에 두 수가 있는데, 그중 두 번째 시다.

정유년[1] 섣달 그믐날에

아노라 이 저녁이 어떤 날인지
입춘이니 낡은 해에 새봄 들었네.
서울의 대궐 안엔 해와 달 밝고
변방 땅 천 리에선 적들을 몰아냈네.
곳곳에서 밭갈이 시작되었고
집집마다 노랫소리 들려오는데
내 여생을 이 속에서 늙어 가리라
산촌의 안개 속에 몸을 숨기고.

丁酉歲除日 乃立春 寓居豐鄕有詩

今夕知何夕　新春入舊年
九重明日月　千里掃腥膻
處處還耕鑿　家家鬧管絃
餘生霑聖化　送老白雲邊

---

1) 1597년.

윤기부의 운에 화답하여

전란이 멎은 뒤로 잠이 없어져
옷 벗고는 새벽을 못 기다리네.
추위는 봄눈처럼 다 사라지고
시름은 백발같이 더해 가는데.

높은 벼슬 내 소원이 아니었노라
소를 몰아 밭갈이나 하여 보고저.
한평생 숨어 살던 처사 그도
생의 기쁨 농군들과 나누었거니.

　　　*

들었노라 전해 오는 서울 소식을
아침마다 임금은 경계한다네.
오랑캐의 난리는 멎었다지만
나라가 당한 치욕 새삼스럽네.

장수들은 가렴주구 업으로 삼고

날마다 들놀이로 세월 보내니
나라 운명 건져 낼 사람 없구나.
호의호식하는 사람 그 누구던고.

    *

바람이 고요하니 바다 자는가
창문이 밝아지니 새벽인가 봐.
정월이 다 지나니 추위 풀리고
절기는 한봄이라 새로웁고나.

지팡이에 의지하여 걸음 옮기니
갈매기들 날아드네 반겨 주는 듯.
여기서 살아가는 재미 붙이니
들가에 오는 손님 그치었어라.

起夫有和 復次之 三首[1]

亂後元無寐　披衣不待晨
寒隨春雪盡　愁入鬢根新

---

1) 《사류재집》 권2에 있는 '재첩再疊' 두 수 가운데 첫 번째 수와 '사첩四疊' 세 수 가운데
둘째와 셋째 수를 옮겨 실은 것이다.

軒冕非吾願　耕犁自可親
平生陶處士　幽興在農人

*

聞說京城事　鑾輿每戒晨
妖氣雖暫息　主辱痛方新
將帥誅求急　郊迎日夕親
無由紆國步　肉食問何人

*

海晏知風定　窓明覺日晨
寒隨正月盡　節入仲春新
竹杖扶來穩　沙鷗近却親
無能眞有味　野外斷來人

강화에서 찾아온 안대도에게

이별한 지 어느 사이 세 해 되었네
이 세상의 온갖 근심 갖추 겪으며.
누가 알랴 머리 센 두 늙은이
날 저문 강 언덕에 마주 선 줄을.

근력은 물어봐서 무얼 할쏜가.
어려운 세상살이 걱정 않거니
마음속에 은근히 부탁하는 말
국화꽃 피는 가을 다시 보자네.

安大道自江都來訪 書贈

一別經三載　餘生飽百憂
誰知雙白鬢　相對暮江頭
筋力何須問　艱難不足愁
慇懃重寄語　莫負菊花秋

처자를 데리고 찾아온 송정광에게

여덟 해 계속되던 싸움의 나날
갖가지 재앙인들 얼마이던가.
그 속에서 살아온 우리들이라
후대들을 생각하며 고난 겪었지.

만나 보니 기쁜 마음 한량 없구나.
이별하면 또다시 그리워지리.
참말로 늘 만나 볼 생각 있으면
찾아오게 연풍이 하룻길이니.

*

싸움을 치르고 난 지금인지라
살았거나 죽었거나 모두 불쌍해.
여느 때는 많아 뵈던 아들과 딸들
그 사이에 몇몇이 황천길 갔나.

이별이란 참말로 쉽게 못 하리.

늙은 이 몸 눈물 잦다 놀라지 말게.
가을바람 슬픈 생각 보태 주는데
차가운 하늘에선 기러기 우네.

宋廷光携妻子來見 書贈 二律

兵戈垂八載　餘孽尙縱橫
潦到宜吾輩　艱難念後生
相逢宜可喜　旣別若爲情
政欲常常見　延豊一日程

*

喪亂今如此　存亡俱可憐
異時多子女　幾箇隔重泉
未忍輕相別　休驚涕自涓
西風助凄切　一鴈叫霜天

부질없이 2

책과 검 아무 데도 소용없구나
이 세상 쓸모없는 선비이거니.
젊을 때는 재주 있다 말 들었어도
늙고 나니 궁한 처지 한스럽구나.
흥이 나면 부질없이 붓대나 들고
자기 잊고 때때로 술집을 찾네.
봄이 오니 답답한 맘 풀 길 없구나.
안개 어린 바다에서 배나 탔으면.

漫吟[1]

書劍俱無效　乾坤一腐儒
少年添俊造　老去恨窮途
寓興憑枯筆　忘形托酒壚
春來終鬱鬱　意欲泛烟湖

---

1) 《사류재집》 권3에 두 수가 있는데, 그중 두 번째 시다.

눈에 보이는 대로 1

궁색한 늙은 이 몸 어데 맡기랴
바닷가 마을을 찾아왔노라.
고양이와 엇바꾸어 자리에 눕고
청삽살개 불러들여 밥을 나누네.

흥취를 보내고저 시구를 찾고
시름 없애려 술 마시는데
봄바람은 나그네를 잊지 않고서
사립문 앞 버드나무 움을 틔우네.

卽事

窮老身何托　來依海上村
伴猫相替臥　呼犬更分飧
遺興憑詩句　消愁付酒樽
春風不負客　柳色動柴門

전원에서 겨를이 있어

앞길이 아득한 줄 알지 못하나
지나간 일 그릇됨을 내가 아노라.
외로운 소나무는 바람 맞서고
짝을 잃은 날짐승 구름 뚫는데.

시골에 묻힌 이 몸 늙어 가누나
거문고며 술두루미 흥미 없거니.
들판에 봄이 들어 일감이 많아
농부들 때 놓칠까 걱정하노라.

     *

구름 따라 산 위에 올라와서는
지팡이 옮기면서 맑은 샘 찾네.
만물은 좋은 계절 맞이했거니
내 밭에도 농사일 시작되었네.

이 세상엔 나의 벗 전혀 없으니

아이들만 문 앞에 모여드누나.
이것이 나에게는 기쁨이어라.
다른 것은 더 물어서 무엇 할쏜가.

*

고향 길에 막대 짚고 걸어가노니
봄날이라 바람세 따사로워라.
부귀를 탐낼 마음 전혀 없거니
거문고와 책 속에서 낙을 찾노라.

대문 밖을 나갈 때는 술을 지니고
높은 산에 오를 때면 수레를 타네.
세상일 어떤가를 묻지 말아라
모든 것이 나와는 관계 없으니.

*

사람 마음 미혹됐다 깨닫게 되고
세상일엔 옛날 있고 오늘 있나니
솔과 국화 나와 함께 늙어 가는데
술, 거문고 언제나 즐거웁고나.

길은 멀어 지팡이에 몸 의지하나

집이 멀어 찾아오는 사람 없다네.
대문 안을 거닐면서 한숨 지을 제
맑은 바람 불어와 날 위로하네.

*

머리 들고 나는 새 우러러보고
즐거운 마음으로 농부들 찾네.
차례진 운명대로 살아가거니
부귀는 구름처럼 생각하노라.

막대 짚고 때때로 산에 오르고
대문 닫고 외로이 소나무 어루만지네.
세상 만물 무심히 대한다 하나
봄바람 맞고 나니 마음 서글퍼.

*

세상일에 묻혀서 사람들 늙어 가지만
밭이 없어도 나는 이미 돌아왔노라.
창문에는 너울너울 구름이 날고
나무 위엔 구구 깍깍 새 우짖는데.

동이에 술 있으면 마음 즐겁고

바람 맑고 날 좋으면 웃음 짓건만
기구한 앞길 못내 걱정스러워
지팡이 세워 놓고 주저하노라.

昔東坡 集淵明歸去來辭字 作詩十首 余於田園暇日 復效其
體 作十三首[1]

未覺迷塗遠　行知萬事非
孤松倚風傲　獨鳥入雲飛
丘壑容將老　琴樽樂旣歸
西疇有春事　農老願無違
　　　＊
尋雲登遠岫　携杖引淸泉
萬物迎時化　三農及我田
交游無宇內　稚子有門前
是事聊爲樂　何心問老天
　　　＊
策杖鄕園路　春風化日舒
無心求富貴　有樂寓琴書
出入常携酒　登臨或駕車
休將時事問　吹萬不關余

---

1) 《사류재집》 권3에는 모두 열세 수가 실려 있는데, 그중 여섯 수만 실었다.

*

人情迷復悟　世事古猶今
交老松還菊　親知酒與琴
路迷常杖策　室遠絶來尋
舒嘯西關內　風吹淸我心

*

矯首瞻孤鳥　怡顔向老農
行休任天命　富貴寄雲容
携杖時尋塹　關門獨撫松
無心觀物化　惆悵倚東風

*

有役人將老　無田我已還
松窓雲翳翳　春木鳥關關
撙酒常爲樂　風光復悅顔
崎嶇前路盡　植杖獨盤桓

버들개에 배를 대고

밤 사이 강 위에 비가 내리니
일망무제 강물은 아득하구나.
가을바람 돛대를 밀어 주는데
지는 해 서쪽으로 기울어지네.

시냇길 건너기는 수월하지만
세상 시름 잊기란 참말 어렵네.
물가에서 머리 들고 바라보노니
멀리로 보이는 건 잎 진 버들 숲.

舟泊柳浦

江上夜來雨　一望秋水長
西風吹桂棹　落日到柴桑
用路非難越　時憂不可忘
汀洲試回首　衰柳影茫茫

옛 집으로 돌아와

강변에 세워 놓은 옛 초가집
십 년 전에 마련한 집이어라.
전날에 오늘 일을 예견했건만
오늘에야 비로소 돌아왔노라.

세상일 어지러워 첫 뜻 어기고
동서남북 살 곳 찾아 헤매었어라.
가을바람 불어와 옷깃 스치니
시골에 온 이 마음 쓸쓸하구나.

旋還故廬有懷諸弟

江上有故廬　經營十載餘
從前知已矣　此日賦歸歟
塵路違初計　參商成索居
秋風吹几杖　野興轉蕭疎

객사의 쌍매화

뜰 가에 서 있는 두 그루 매화
사람들의 흰머리 재촉하누나.
이 봄에 접어들어 병든 이 몸
만 리라 떠다니는 부평초랄까.

메마른 그 모습은 나와 같건만
미친 듯이 읊는 것은 누가 따를까.
은하수 기울고 달도 졌는데
나 홀로 외로이 생각 깊구나.

咏寓舍雙梅

庭畔雙梅樹　催人白盡頭
一春傷肺病　萬里任萍浮
瘦影堪同伴　狂吟孰可酬
參橫仍月落　獨立思悠悠

동상 허백기의 운에 차운하여

한 번 병이 들어 석 달 앓노라.
차가운 서재 안에 홀로 누워서
어버이 있어도 만나 보지 못하고
나그네로 떠나려니 생각 많구나.
대숲에 부는 바람 잠을 깨우고
섬돌에 지는 낙수 마음 산란해.
언제면 이 싸움 끝이 나려나
잔 들고 그대와 노래 부르리.

次東湘韻[1]

一病連三月　寒齋獨擁襟
有親將未得　爲客思還深
疎竹風驚夢　空階雨碎心
何時金革定　把酒對君吟

---

1) 《사류재집》 권3에 세 수가 있는데, 그중 첫 번째 시다.

동상 허백기에게

묻노니 헤어진 후 몇 년 세월 흘렀던가.
온갖 재난 갖추 겪은 이 한생을 한하노라.
옛날에 사귄 정의 생각하면 아쉬운데
꿈결에 찾는 그 길 아득하기 그지없네.

들녘에서 지내던 일 어이 다시 있을쏜가.
들려주던 훌륭한 말 잊을 길 바이 없네.
남해의 바닷가도 처참하다 말들 하니
대숲에서 그 누구와 새해의 꽃구경하리.

遙贈東湘許伯起

別來幾度變星霜　堪歎餘生飽百殃
心送舊遊空悵惘　夢尋長路却微茫
留連野酌何由得　往復淸言不可忘
聞道南濱亦悽慘　竹林誰與賞年芳

비 온 뒤에 배를 타고

수양버들 흐늘흐늘 강물은 잔잔한데
나루에서 닻 들었네 자그마한 쪽배 하나.
풍파 이는 물길 평소 잘도 다니더니
어제 떠났던 길 비 때문에 묵었어라.

나라 생각 여념 없어 백발이 성성한데
장수, 정승 지내 온 몸 헛된 명망 부끄럽네.
물오리며 기러기 떼 한가로이 나는데
변방 외적 숙청 못 해 그것을 한하노라.

雨後登舟

楊柳依依江水平　津頭解纜小舟輕
平時慣踏風波路　好雨還妨昨日行
念擊君親從白髮　身曾將相愧浮名
鳧來鴈去渾閑事　只怕邊塵未掃淸

남원 광한루의 운에 차운하여

피어린 천 리 변방 이 땅에 접했건만
그 누가 남원 땅을 변경이라 믿을쏜가.
간악한 오랑캐들 온 한 해 묵었어도
서울은 머지않아 수복하게 되리로다.

은하수 맑은 물에 갑옷을 씻을세라.
태평세월 다다르면 유람 길 다시 오리.
달 밝은 밤 월궁 항아 이야기를 나누려나.
사다리 지척이나 찾기가 어렵구나.

次南原廣寒樓韻

千里腥塵接戍樓　帶方誰信是邊頭
從敎孼虜窮年據　已報神京不日收
銀漢會須看洗甲　烟花莫遣負淸遊
月明欲共姮娥語　咫尺丹梯未可求

정월 스무아흐렛날에

새해라 모든 사람 기뻐하지만
나만은 외롭게도 슬픔 짓노라.
따사로운 봄 절기 찾아왔지만
눈서리는 아직도 그냥 있구나.

술잔을 손에 들고 생각 잠기니
서글픈 이 마음을 누가 알건가.
생각노라 지난날 태평하던 때
하늘땅은 온갖 혜택 다 베풀었지.

해마다 정월달이 지나가면은
온화한 봄기운 숲에 감돌고
아이들은 눈앞에서 뛰어다니며
형님 동생 저마다 찾아왔다네.

맑은 술 권하면서 명절 맞을 때
그 즐거움 이루 다 형언 못 했네.
그러나 오랑캐들 쳐들어오니

시절도 부질없이 지나가누나.

세상에 버려 둔 몸 늙기 바라랴.
봉새가 날아가니 황새 외롭네.
자식들은 동서남북 흩어졌으니
어디에 가 슬픈 마음 하소해 보랴.

온밤을 지새면서 잠 못 이루고
눈물은 흘러내려 옷깃 적시네.
한생을 잘 지내기 참말 어려워.
한 해를 여읜 것은 무슨 탓인가.

正月二十九日 感懷 錄寄婦娚起夫

新年衆所樂　我獨悲不任
東皇屯惠澤　雪霜長見侵
停觴忽不禦　戚戚誰爲斟
憶昔全盛日　乾坤雨露深
年年正月暮　淑氣滿園林
兒孫羅眼前　昆弟來相尋
淸樽酬令節　爲樂不可禁
妖氣一晦冥　時序空駸駸
捐世不待老　凰飛鳳苦吟

群雛各南北　何處號哀音
終宵不成寐　有淚沾衣襟
莊生眞忍人　叩盆誠何心

봄을 맞으며

나이가 예순 살에 이르고 나니
서산의 해처럼 내 늙었구나.
아름다운 시절을 그저 보내랴.
나그네들 이끌고 올라왔노라.

내리던 비 바야흐로 멎은 뒤라
봄을 맞은 만물이 낯을 내누나.
파아란 풀 비단처럼 깔렸는데
진달래 곱게 피어 아롱졌구나.

먼 곳의 산봉우리 물을 들인 듯
푸른 바닷물은 일렁이누나.
젊은이들 떼를 지어 오고 가면서
한나절을 한가로이 보내는구나.

여기 비록 볼만한 풍경 없어도
술 마시고 노래 불러 돌아 안 가네.
내 다시 깨닫노라 숨어 사는 맛

어찌하여 세상을 그리워하랴.

賞春

行年已六十　暮景迫西山
佳辰不可孤　携客強躋攀
是時雨初霽　春物紛生顔
芳草綠芊綿　杜鵑紅爛斑
遠峰靑似染　碧海澄淸灣
冠童旣相隨　半日博淸閑
雖無蘭亭勝　酣歌不知還
更覺幽居味　何須戀世間

눈에 보이는 대로 2

열흘 동안 장맛비 멎을 줄 모르는데
턱 고이고 홀로 앉아 아침저녁 살피노라.
하늘 위에 고인 물 얼마인지 알 수 없고
북산에 나는 구름 제멋대로 오가누나.

무지개는 속절없이 나타났다 사라지고
해와 달 동쪽 서쪽 솟았다가 다시 지네.
남산이며 한강 물 지금쯤은 어떠하랴
볕 바라던 보릿단 뜰 안에 떠돌거니.

卽事

十日滛霖未肯晴　支頤獨坐看朝暮
昇天積水淼茫茫　艮嶺飛雲恣橫騖
虹霓明滅不可常　日月東西翳復吐
終南漢水今如何　曝麥漂庭安足數

윤기부의 운을 밟아

난리가 끝난 지금 누가 남았나
서로서로 오가는 건 우리 두 사람.
나그네 괴로운 삶 머리 셌는데
방랑하는 신세라 풍진 사납네.
눈서리 사나워도 솔은 푸르고
난초 꽃 묻혔어도 골은 향긋해.
도시락 표주박에 가난 탓하랴.
무릉도원 좋은 곳 사양하리라.

次尹起夫十六韻 [1]

亂後今誰在　相隨我二人
羈棲仍白首　潦倒尙風塵
雪虐松能翠　蘭幽谷自薰
簞瓢甘陋巷　逸想謝桃源

---

1) 《사류재집》 권3에 세 수가 있는데, 그중 첫 번째 시의 일부다.

병들어 퇴직을 빌며 세 동생에게

아아 세상일 서글프구나.
생각하면 내 얼굴 부끄러워라.
벼슬을 그만두니 시름 풀리고
두루미 날아가니 구름 떠오네.

오랜 세월 견디려니 술 그리웁고
서로 마주 보이는 건 산뿐이어라.
부모 안부 물을 길 전혀 없으니
부질없이 내 홀로 눈물짓노라.

因病乞罷 寓扶風 述懷 寄大諫洗馬內翰三弟

咄咄嗟時事　悠悠覷我顔
憂隨官共解　雲與鶴俱還
耐久惟紅友　相看只碧山
無由問溫淸　空復涕流潺

우연히 읊노라

세상에 이바지할 근력은 없고
고향으로 가려 하니 옛정 그립네.
강호에 살자 하니 본분 아닌데
흘러가는 세월을 내 어이하랴.

조용히 지나간 일 생각해 보니
이 한생이 참말로 가소롭구나.
날 저물어 찬바람 불어오는데
외기러기 남쪽으로 날아가누나.

　　　*

솔솔솔 바람 불어 숲은 설레이고
쓸쓸한 저녁이라 해 기울었네.
시름 속에 날 보내니 백발 느는데
절기는 어느덧 가을 되었네.

어지러운 세상에 나그네 되니

타향이 곧 그대로 나의 집일세.
조용한 시골살이 그려 보노니
곧바로 뗏목 타고 달려갔으면.

*

남방의 왜적들이 침노해 오니
한강 물 핏빛으로 변하였고나.
옛날에는 이런 일 적었다지만
오늘엔 어이하여 난리 많은가.

임금과 신하들은 갈 길을 잃고
아버지와 아들들 통탄하누나.
눈물을 삼켜 가며 여생 보내며
무심코 이런 노래 부르는고나.

偶吟 三首

供世無筋力　歸田尙舊情
江湖眞不分　歲月共誰爭
默默追前事　悠悠笑此生
西風日暮起　一鴈向南征

*

瑟瑟林風動　凄凄暮景斜
愁能催白髮　節已到黃花
亂世從爲客　他鄉卽我家
江湖生眼底　直欲泛仙槎

*

火星侵斗極　漢水血成波
在昔如斯少　徂玆降難多
君臣追莫及　父子慟如何
忍淚餘生在　無心賦六歌

함열 촌가에서

병장기 손에 든 지 세 해가 되니
서생이 어이하여 무부 되었나.
그것은 관록 탐내 한 일 아니고
하찮은 이 몸을 아낌 아니네.

어머님 그리워서 지는 해 보고
임금님 생각하여 북쪽 향하네.
바라노라 한마음 한강 기슭에
더러워진 티끌 씻을 그 날을.

題咸悅村庄

伏鉞今三載　書生豈武夫
非關貪末祿　不敢愛微軀
戀母瞻西日　思君望北樞
終要天漢水　一挽洗塵區

배 안에서

바닷물은 밀려들고 밀려나는데
인생은 옛날 있고 오늘 있구나.
오거나 가는 것은 모두 힘드니
빈궁과 영달은 누구나 무심해.
떠나는 배들은 바람세 보고
물고기와 이무기는 굴을 찾는데
이 나라 방방곡곡 전화 겪으니
보이는 곳곳마다 눈물겨웁네.

舟中卽事[1]

海水潮還汐　人生古又今
往來俱爲役　窮達孰無心
舟楫風濤利　魚龍窟宅深
千村兵火遍　回首一沾襟

---

1) 《사류재집》 권3에 세 수가 있는데, 그중 세 번째 시다.

느낀 바 있어서

예로부터 안녕과 위험한 것은
한 사람의 수완에 달려 있나니.
바둑판 씨알 보듯 일정치 않아
희거나 검은 것들 어지럽다네.

나라 안엔 싸움이 안 멎었지만
바닷가엔 세상 문물 모두 새로워.
가을이라 늙은 이 한 몸
백발은 성했으나 마음은 청춘.

有懷

自古安危地　經綸在一人
奕碁紛不定　黑白亂何頻
海內兵猶動　湖邊物自新
天高容一老　白髮又靑春

고부 객사에서 쓰노라

남방 땅의 봄 계절 다 지나가고
노을 속에 성 하나 외로이 섰네.
꽃이라 버들이라 생각 다르랴
바다도 산 경치도 보고 싶은 맘.

술 너무 좋아하니 병이로구나
시구 늘 외우느라 여가 없는데.
머리 들어 흰 구름 바라보노니
어데가 내가 자란 고향이던가.

題古阜客舍

南國殘春後　孤城落照間
無私花與柳　有約海兼山
愛酒還成癖　哦詩似未閑
白雲攪望眼　何處是鄕關

동래 부사 송상현의 죽음을 애도하여

팔 척 신장 늠름한 대장부로 태어나서
문무를 겸비하여 재주도 남달랐네.
그대 장차 남쪽 하늘 떠받들까 하였더니
어느 누가 알았으랴 이 난리를 당할 줄을.

충의로운 혼백은 시퍼런 칼날을 따라가고
추상 같은 절개는 하늘 위에 비치었네.
구름 어린 저 바다는 일찍이 노닐던 곳
슬픔 속에 바라보며 눈물을 흘리노라.

哀東萊府使宋象賢[1]

八尺堂堂男子身　才全文武挺千人

---

1) 《사류재집》 권3에는 두보의 '팔애시八哀詩'를 본떠 임진왜란 때의 장수 여덟 명을 읊었
는데, 그중 한 수다. 뒤에 나오는 '초토사 고경명의 죽음을 애도하여〔哀招討使高敬命〕',
'의병장 조헌의 죽음을 애도하여〔哀義兵將趙憲〕', '창의사 김천일의 죽음을 애도하여〔哀
倡儀使金千鎰〕', '경상 우병사 최경회의 죽음을 애도하여〔哀義尙右兵使崔慶會〕', '충청

擬將鰲柱擎南極　誰料挽搶掃北辰
義魄忠魂隨白刃　秋霜烈日照蒼旻
海雲天外曾遊地　恨望東南淚滿巾

초토사 고경명의 죽음을 애도하여

젊었을 때 그대 이름 문단에 떨쳤거니
써 놓은 문장들은 세상에 알려졌네.
고을들에 인재 없음 그 누가 알았으랴
서생을 보내어서 무술을 시험했네.

금산에서 목숨 잃어 공은 못 이루었어도
격문은 성에 남아 사람들 돌려 보네.
한 집안 부모 형제 충성 효도 겸했어도
명예를 시기하여 무덤까지 화 입었네.

哀招討使高敬命

少日名登李杜壇　筆鋒孤映鶴天寒
誰知列郡無男子　也遣書生試馬鞍
身隕錦山功未捷　檄留遺壘衆傳看
一門父子忠兼孝　毁譽終須待蓋棺

의병장 조헌의 죽음을 애도하여

거친 음식 괴로운 삶 한생을 보냈거니
고생스런 그 행색 사람들은 의심했네.
격문을 띄우던 날 의병을 일으켰고
상소문 드리던 때 피눈물 흘렸거니.

목숨 바친 그의 충성 사람들 우러르고
앞일을 미리 안 선견지명 칭찬하네.
내 몰라라 증산이 지금은 어데 갔나
겨울날 창 곁에서 눈물로 글 쓰노라.

哀義兵將趙憲

食▦攻苦度生涯　行獨人間衆始疑
擧義興師傳檄日　刳肝瀝血上書時
喪元忠烈人爭仰　先見高明世共奇
未識曾山今已矣　雪窓和淚寫哀詞

창의사 김천일의 죽음을 애도하여

남방에서 의병 일 때 그대 먼저 일어났고
서해에서 성 지켜서 나는 요행 보전됐네.
우리 함께 마음 합쳐 나라를 위했건만
이승 저승 갈라질 줄 내 어찌 알았으랴.
수양성에 후원 끊겨 세상을 못 믿으나
곤륜산 불에 타도 흰 구슬은 남았어라.[1]
영특한 그대 영혼 번갯불로 변하여
왜놈의 저 지경을 뽕밭으로 만들리라.

哀倡義使金千鎰

南方擧義公先倡　西海嬰城我幸全
共擬同心扶社稷　寧知死別隔重泉
睢陽援絶天難恃　崑玉炎焚節獨堅
應有英靈轟震電　終敎日域變桑田

---

1) 전쟁이 일어나 몸은 죽었지만 김천일의 굳은 절개만은 남았다는 것을 비유한 말.

경상 우병사 최경회의 죽음을 애도하여

학당에서 보낸 반생 재주를 떨쳤거니
과거에 급제하여 형제가 이름났네.
때때로 여가 타서 무예를 익혔더니
위급한 때 당하여서 시골 군사 거느렸네.

기회를 보아 가며 왜적을 물리치더니
어이하여 갑옷 들고 진주성에 들어갔나.
애석해라 삼군 모두가 죽었으니
장한 절개 그 소문 바람 따라 전해지네.

哀慶尙右兵使崔慶會

半遊泮壁擅才名　仙桂香分弟與兄
餘事應深功武略　難危不免摠鄕兵
乘機自可追殘寇　提甲胡爲入晉城
可惜三軍成一燼　空留壯節樹風聲

충청도 병마절도사 황진의 죽음을 애도하여

일찍이 사신 따라 일본 땅을 다녀올 제
오랑캐들 교활한 꾀 속속들이 알았네.
호서에서 검을 잡고 남 먼저 적 쳤으나
홀몸이라 바닷가를 막아 내기 어려웠네.

금성탕지[1] 함락됨은 인력이 아닐러라.
문관 무관 다 죽으니 저 하늘을 원망하네.
그날의 그대 영화 누가 감탄 안 했으랴.
장군의 높은 명성 강물처럼 영원하리.

哀忠淸兵使黃進

曾隨信使到扶桑　狡虜兇謀調得詳
一劍湖西先獨擊　隻身滄海竟難防

---

1) 금성탕지金城湯池는 견고하여 함락시키기 어려운 성을 말한다.

金湯遽陷非人力　文武同燼怨彼蒼
當日哀榮誰不羨　將軍名與晉川長

충용장 김덕령의 죽음을 애도하여

하늘이 낸 장사라고 세상이 칭찬하니
왜적 물리칠 일 걱정할 것 없건만
공로를 못 이룬 채 몸 먼저 묶이었고
적들은 가득한데 비방이 나돌았네.

긴 성이 무너지니 탄식한들 무엇 하리.
깊은 밤 한 품은들 죄 어이 구명할까.
예로부터 오늘까지 이런 일 있었던가.
하늘도 어두컴컴 가슴이 막히누나.

哀忠勇將金德齡

天生神力世爭稱　掃蕩腥膻庶可憑
功未及成身已縶　賊猶充斥謗先騰
長城自壞嗟何及　厚夜含冤罪莫徵
古往今來寧有此　老天冥漠氣塡膺

통제사 이순신의 죽음을 애도하여

칠 년 세월 창을 들고 배 위에 서 있던 그
당대에는 장군의 공 으뜸으로 일컬었네.
명나라가 원수 칠 줄 그 누가 알았으랴.
변방에서 장군 부고 뜻밖에 들려왔네.

배 반쯤 건넜을 대 돛대 먼저 부러지니
어른이 돌아가자 바다 위는 텅 비누나.
지난날 함께 일해 정의가 깊었거니
서글픈 바람 앞에 눈물을 흘리노라.

哀統制使李舜臣

七年橫槊在舟中　當代斯人第一功
誰意天兵摧大敵　忽聞邊上喪元戎
狂流未半竿檣倒　長子云亡海戍空
同事往時情義在　數行老淚洒悲風

십일월 초엿샛날 서울에 돌아와 청파리에서 묵으며

학이 우는 한밤중에 달 높이 솟았는데
소나무에 맺힌 이슬 푸른 산을 적시어라.
숨어 사는 이 재미 누구와 나눠 볼까.
말 없이 나 혼자서 그 진미를 누리노라.

거룩한 건 숲이로다 술항아리 벗을 삼자.
쓸모없는 글공부 그것 해서 무얼 하리.
다섯 해 붓을 놓고 군사 일을 논했거니
거기서 습관 되어 자네와도 군담일세.

*

동서남북 사방으로 분주히 다니는 몸
난리 끝에 남은 흔적 바람 앞의 안개 같네.
부러워라 그대 사는 아름다운 이 고장
부끄럽네 나의 삶 언제면 배불릴꼬.

세상의 모든 번뇌 마음으로 짓누르며

산속의 그윽한 맛 조용히 즐기노라.
가난한 여생이나 효도로 보내리라.
이 밖에 다른 것은 입에도 안 올리리.

                *

살아생전 못 잊겠네 남산의 그 경치를
만 번을 죽더라도 푸른 산에 돌아가리.
풀에 묻힌 오솔길 옛 흔적 간 곳 없고
텅 빈 정자에는 석양빛 스미었네.

지나간 일 생각하니 애간장이 끊기는데
앞날이 걱정되어 꿈결에도 마음 쓰네.
백발로 만나 봄도 하늘이 준 다행이니
젊었을 적 이야기로 날 가는 줄 모르노라.

                *

영남에서 전해 오는 부질없는 헛소문에
늦은 저녁 산 위에선 봉홧불 껌뻑이네.
사람들 이르는 말 달아남이 좋다 하니
괴로운 이내 마음 그 누가 알아주리.

흥하고 망하는 것 운수 있다 말을 마라.

왜적에게 나라 형편 드러낸 것 안타깝네.
반생을 해 오던 말 오늘 보니 소용없어
형님을 마주하고 말하자니 거북하네.

       *

남산 밑에 자리잡은 거룩할손 우리 서울
하늘 높이 누대 솟아 산발을 가리었네.
비단옷 귀공자들 즐거움 끝이 없고
비녀 꽂은 아낙네들 웃음을 머금었네.

잇속 다투는 저 사람들 뒷날 걱정 잊었고나.
안일 속에 있는 재난 그 누가 알아보리.
나라가 망하는 것 잠깐 사이 벌어지는 일
생각하면 가슴 아파 차마 말을 못 하겠네.

       *

자그마한 나의 집 어데 가서 찾을쏜가.
전화에 불탄 자욱 산 밑에 남았거니
옛일을 말하려니 그리움이 간절쿠나.
할 일을 생각하니 막막하기 그지없네.

성안의 말과 수레 부질없이 오고 가나

세상 밖의 좋은 흥취 찾기는 어려우리.
새벽녘에 잠을 깨니 창문으로 달 비치네.
답답한 이내 심사 누구와 말을 할꼬.

仲冬初六日 入洛寓于青坡里空舍 次權仲悟鶴峰精舍韻 六首[1]

鶴唳三更月正南　松梢露滴濕青嵐
考槃有所誰能共　眞味無言獨自含
樽裡聖賢將作伴　卷中糟粕不須探
五年投筆論兵地　習氣因君又一談

　　　　*

奔走東西與北南　亂餘蹤跡似飄嵐
羨君佳處方樓托　愧我何時得哺含
世上塵勞心上息　峽中幽趣靜中探
殘年菽水當榮養　此外悠悠不足談

　　　　*

此生終是戀終南　萬死歸來對碧嵐
草沒羊場遺址失　臺空禹榭夕陽含
追思往事腸堪斷　默想前遊夢亦探
白首相逢天幸耳　僕更難盡少時談

　　　　*

---

1)《사류재집》권4에는 열 수가 있는데, 그중 여섯 수를 옮겨 실었다.

虛警頻傳自嶺南　夕峰明滅隔烟嵐
妙方皆曰走爲上　苦膽誰知臥則含
休道興亡元有數　可憐虛實敵能探
半生多口今無用　說與哥哥莫浪談

*

千載神都華嶽南　倚天樓觀拂晴嵐
錦袍公子歡何極　珠翠佳兒笑半含
人競刀錐忘遠慮　禍藏安樂孰冥探
黍離麥秀須臾事　慘目傷心未忍談

*

弊廬何處覓山南　兵燹遺墟鎖暮嵐
說到舊情長耿耿　算來時事只含含
城中車馬空相逐　物外天遊未易探
夢罷五更窓吐月　幽懷鬱鬱與誰談

회포를 적어 형님에게

세 해 동안 연속하여 부모 처자 다 잃으니
하늘은 어이하여 이다지도 모진가.
아마도 늙은 이 몸 죄 될 일 많은가 봐
겹쌓이는 재앙만이 끊일 날 없다거니.

형제 서로 마주보니 얼굴 모습 변했는데
의지할 데 없어 어루만지며 둘이 함께 눈물짓네.
조만간 우리들도 저승길 걸으리라.
근심 되는 일 있다면 오랑캐 채찍질 못 한 그 일.

述懷錄呈伯氏留別

三年連哭母妻子　天道如何降割偏
應是老身多罪孽　故敎餘禍更纏綿
相看兄弟容顏變　共撫惸嫠涕泗漣
早晚同歸泉壤裡　只愁吾未着鞭先

맏아들의 생일에

생각노라 그 옛날 너를 낳던 그때 일을
어언간에 세월 흘러 서른여덟 되었구나.
동북에선 너 데리고 가난과 병 겪었고
서남에선 자식 부모 서로 각각 방황했지.

전란이 멎은 뒤엔 부귀공명 꿈 같더니
늘그막에 또다시 시름 걱정 따르누나.
술잔 들고 눈물짓는다 의아하게 생각 마라.
전산을 바라보니 묵은 숲이 새롭구나.

長子生日感懷書示

憶昔爾生初度日　于今三十八回春
扶携東北貧兼病　漂泊西南子及親
亂後功名都是夢　老來憂患苦相因
臨觴莫訝頻揮淚　又見錢山宿草新

관서로 돌아가는 덕훈에게

정유년 난리 때에 헤어졌던 우리들이
참담한 마음으로 기해년에 만났지.
목숨은 남았거니 늙었다고 한탄하랴.
부귀영화 꿈꾸던 일 영원히 저버렸네.
한 이불에 잠을 자니 형제와 다름없고
서로 함께 눈물지으며 술잔도 권하였네.
오늘처럼 단란함도 천만다행 분명하니
뒷날에 풍파 일까 근심될 뿐이로세.

德薰服闋 還向關西 贈別 二律 [1]

蒼黃丁酉奔臨日　慘悢琴祥己亥秋
白髮誰憐頑命在　玄堂永負綵衣遊
披襟共對餘兄弟　拭淚相看且獻酬
此日團欒亦天幸　他時風雨只生愁

---

1) 《사류재집》 권4에는 두 수가 실려 있는데, 그중 첫 번째 시다.

부질없이 3

백 년 세월 빠르다고 그 누가 말하였나.
늘그막의 궁한 여생 괴롭고 지루해라.
젊을 때는 바람과 달 즐겁게 대했더니
이즈음엔 강과 시내 서글픔만 더해 주네.

오래도록 앓은 뒤라 피골이 상접한데
애처롭게 남은 넋은 아차 하면 스러지리.
쓴 회포 잊으려고 술에 마음 붙였건만
군량미 바치려니 굶주림이 뒤따르네.

*

하 많은 시름 속에 깨닫노라 가는 세월
거침없는 세월이라 물 흐르듯 지나가네.
고생살이 힘겨워서 나라 은혜 잊었거니
전란 속에 무슨 겨를 안락한 삶 생각하랴.

바다 도적 전한 소식 근심 속에 들어왔고

명군의 움직임을 걱정하며 보았노라.
초당에 누웠으나 잠들기는 어려운데
하늘 위의 차가운 달 문틈으로 비쳐 드네.

        *

썰물이 다 내리니 강변이 드러나네.
이 고장이 그 옛날 백제의 도읍일세.
하늘땅은 때에 따라 뭍과 바다 바꾸나.
인생은 그 몇 해를 살아서 지나던고.

옛 고을의 무성한 숲 사나이의 원한인가[1]
높은 나무에 비낀 노을 옛 나라의 시름인 듯.
지나간 일 아득하니 어디 가서 물어보랴.
저녁이라 고깃배의 삐걱 소리 들려오네.

漫吟 三首

百年誰道電飛忙　窮老餘生更苦長
風月少時供玩戲　江山此日摠悲涼

---

1) 서리지탄黍離之歎, 맥수지탄麥秀之嘆은 도읍이 밭으로 변한 것을 탄식한 것으로, 나라의
　멸망을 슬퍼한다는 뜻이다.

支離一病空皮骨　零落殘魂乍有亡
消遣苦懷須麴蘗　可堪庚癸作飢荒

*

多憂更覺歲年遒　冉冉光陰水急流
瑣尾不堪違故國　蒙戎何暇念狐裘
愁聞海冠傳消息　憫見唐兵昧去留
孤臥草堂無夢寐　雪天寒月映簾鉤

*

寒江水落見汀洲　此時前朝舊邑州
天地時有更陸海　人生剩得幾春秋
黍離麥秀征夫恨　喬木斜陽故國愁
往事悠悠何處問　暮天咿軋有漁舟

이극번의 운에 차운하여

다닐 때는 말이 없고 사는 데는 집이 없어
반생을 정처 없이 방황하며 지내었네.
강변에 겨우겨우 조상 무덤 모아 놓고
나라 안에 바야흐로 소식 편지 전하였네.

그대 신세 생각하니 방랑 생활 가여운데
이내 몸 돌아보면 지루한 병 애달프다.
시골에서 함께 늙음 참말 좋은 일이건만
다만 걱정되는 것은 속타산이 없을까 봐.

次李生克蕃卜居韻

行無騎乘住無盧　半世遑遑未定居
江上纔營桑梓地　城中方急羽毛書
憐君流落千山外　顧我支離一病餘
共老田園眞好事　只憂心計隨空虛

소를 팔며

집 없고 밭도 없이 백발이 되었구나.
한평생 궁한 삶을 누구에게 탓해 보랴.
공명에 대한 생각 꿈속에 붙였거니
이 경황에 어떻게 할 일 없이 노닐꼬.

종 없는데 소 있으면 생각을 해야 하리.
농사철에 소를 파니 다시 무얼 요구하리.
하찮은 이 맘에도 백성들 걱정되니
봄철이 지나가면 가을이나 바라보리.

賣牛

無宅無田到白頭　一生謀拙又誰尤
功名已付邯鄲夢　身世何緣汗漫遊
失婢得牛應有意　當農賣犢更何求
區區尙切憂民願　長向春天望有秋

팔월 삼일에 번개 치며 큰 비가 내리니

괴롭구나 팔월 장맛비는 여적 안 멎으니
하늘은 어이하여 백성들을 저버리나.
산골 곡식 인제는 열매 맺기 글렀는데
들의 벼도 마침내는 줄기만 남았어라.

능 고치는 큰 부역 어찌 쉽게 끝이 나랴.
군량 조달 어려운 일 계속 하기 힘들구나.
우레 울고 번개 치는 이 광경 보노라니
탄식되네 그 누가 나랏일 바로 할까.

八月三日 大雨雷電 有感而作

八月滔霖苦未晴　天心胡忍負蒼生
山田已矣都無實　野稻終焉只有莖
役巨山陵寧易就　兵艱餓餉奈連營
況看燁燁雷兼電　歎息何人秉國成

이별을 앞두고 윤치원에게

호남 땅 눈서리에 봄볕이 찾아드니
날아왔던 기러기 떼 북방으로 돌아가네.
거울을 마주하니 백발 머리 서럽구나.
고향 땅 그리우나 돌아갈 날 막연해라.

반생 동안 겪은 고생 타고난 운수인데
늘그막의 부귀공명 소원대로 안 되누나.
떠가는 구름 보니 시름이 그지없어
눈물은 흘러 흘러 옷깃을 적시누나.

贈別尹致遠

湖南氷雪動春輝　回鴈何時更北飛
清鏡自憐添白髮　故山無計訪荊扉
半生辛苦隨天分　末路功名與願違
極目停雲愁杳杳　不禁哀淚濕征衣

보리가을을 하며

오월이면 밀 보리 거둬들이고
유월이면 조 기장 천신하거니
생겨서 자라는 것 때가 있어도
하늘이 준 그 운명은 차이 없어라.

밭 갈고 씨 뿌리면 먹게 되는데
내 나이 올해에는 예순이 되나.
아무것도 한 일 없이 먹기만 하니
장군의 마음속을 저버렸네.

이로부터 젖먹이 스승 삼아
먹는 일 아니면 힘쓰지 않으리.
낟알을 끊으려나 재간이 없고
배불리 먹는 것이 소원이어라.
돌아와 목침 베고 드러누우니
새로 짓는 저 밥은 언제 익을지.

刈麥有感

五月收兩麥　六月薦黍粟
生成各有時　天運無差忒
旣耕亦已穮　吾今年六十
無能但哺啜　深負將軍腹
從玆師孺子　不食非其力
絶粒旣無方　一飽願已足
還携木枕臥　新炊熟未熟

한식날에

십 년이라 긴 세월 난리 치르니
무성하던 백양나무 다 없어졌네.
어슷비슷 무덤들만 많이 늘어서
여기저기 산 위에 한 벌 깔렸네.
이 좋은 명절날을 어이 잊으랴.
사나이와 아낙네들 길에 나섰네.

무덤 찾아 흥건히 술을 붓건만
황천에 간 사람들 어이 알쏘냐.
해는 져도 돌아설 생각 않는데
까마귀며 소리개만 날아 에도네.

*

옛 무덤에 풀들이 무성했는데
새 무덤의 풀들도 다 자랐구나.
봄바람이 단 이슬 뿌려 주건만
자손들은 무덤 찾아 서글퍼하네.

제사를 지낸다고 어찌 알쏜가.
그지없는 추억만이 새로웁고나.
술이며 안주들을 차리어 놓고
사나이 아낙네들 벌여 섰구나.

어데 사는 아낙네가 홀어미 됐나
강변에서 서글피 통곡하누나.
남편은 전장에서 목숨을 잃고
대를 이을 자식 하나 못 남겼구나.
그의 넋 불러 본들 돌아올쏜가.
날 저물어 부질없이 방황하누나.

寒食感懷 二首[1]

十年仍兵火　四郊無白楊
丘墳宛相似　纍纍依山岡
佳辰不可孤　男女爭相將
淋漓傾酒食　泉路終茫茫
日斜不忍返　鳥鳶自飛翔
　　　*
舊壟草已宿　新阡草又荒

---

1) 《사류재집》 권5에는 모두 네 수가 실려 있는데, 그중 첫째, 셋째 수를 실었다.

春風滋雨露　怵惕子孫傷
祭之豈知享　追遠未忍忘
酒肴競陳列　男女紛成行
何處有寡婦　哀哀哭水傍
良人死戰場　骨肉未得藏
魂招歸不得　日暮空彷徨

정문부

鄭文孚 1565~1624

임진왜란 때 함경도 지방에서 의병을 일으켜 왜적들에게 커다란 타격을 준 의병장. 자는 자허子虛, 호는 농포農圃다. 함경도 북평사로서 경성 지방에서 이붕수李鵬壽, 최배천崔配天, 지달원池達源 들과 의병을 일으켜 먼저 반역자들을 처단하고 북쪽으로 쳐들어오는 왜적의 무리를 길주吉州, 명천明川 지역에서 물리쳤다. 전쟁이 끝난 후 길주 목사, 형조 참판 등 벼슬을 하였으나 당시 첨예화된 당파 싸움으로 1624년에 옥사했다.

문집으로《농포집農圃集》이 전한다.

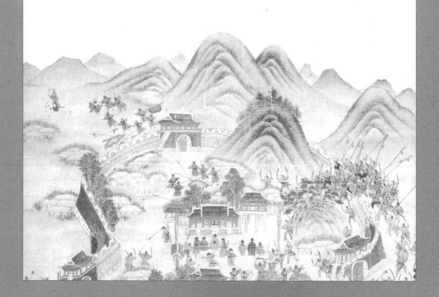

왕숙정의 집 앞에서

성 머리에 떠오른 아침 햇볕이
그대의 집 창문가를 붉게 비치네.
가슴속 붉은 마음 이와 같거니
나라 은혜 보답하고 남음 있으리.

往叔正家坐朝偶吟

朝日出城東　照君窓牖紅
赤心正如此　報國有餘忠

북청을 그린 병풍에

기러기

이끼 어린 냇가에서 깃을 말리고
난초 핀 포구에서 털을 고른 너
해 떨어진 갈대숲에 찬바람 이니
쌍 지어 날다가 어데서 쉬련?

물오리와 참새

물오리 노니는 곳 검푸른 냇물
참새가 깃든 데는 높은 나무 끝
몸 두고 있는 곳은 서로 달라도
저마다 편하기는 매한가지리.

題北靑畫屏

鴈

曝翅坐苔磯　刷毛依蘭渚
日暮蘆風涼　雙飛宿何處

鳧鷖鳥雀

鳧鷖浴深水　鳥雀棲高枝
托身雖異處　得地兩相宜

권응인의 운을 밟아

거친 무덤가에 풀 무성한데
가을날 새벽이라 이슬 내렸네.
효자의 옷깃만을 적시었구나.
절기는 슬픈 마음 더해 주거니.

次權應寅韻[1]

秋草沒幽宮　瀼瀼零曉露
偏霑孝子衣　感物增哀慕

---

1) 《농포집》 권1에 총 세 수가 실려 있고, 이 시는 둘째 시다.

초승달[*]

그 누가 곤륜산의 옥돌 캐어서
직녀의 빗 하나를 만들었던가.
견우와 이별하고 홀로 지내니
시름겨워 허공 중에 내버렸구나.

初月

誰斲崑山玉　磨成織女梳
牽牛離別後　愁擲碧空虛

---

[*] 여덟 살에 지었다.

향오동나무

뜰 안의 오동나무 이름만이 오동인데
봉황새 날아들까 얼마를 기다렸나.
어찌하여 한밤중 가을비 소리 들으니
나그네 애간장을 마디마디 끊어 놓는가.

假梧

庭有梧桐是假名　不堪留待鳳來鳴
如何客夜聞秋雨　等作蕭蕭腸斷聲

온성에 이르러

평퍼짐한 땅 위에 높다랗게 쌓은 성
낚으면 쌍자라요 칼로 치면 고래로다.
나더러 청해수를 다 마시라 한다면
그대 위해 웃으면서 백두산을 기울이리.

到穩城追 次李德哉韻

平臨北極作高城　釣欲連鰲劍斷鯨
容我飮酣靑海渴　爲君談笑白山傾

사월 초하룻날에

초가에서 병이 들어 대문 닫고 지냈더니
바람 불고 비 내려서 온 강산이 변했구나.
어떤 사람 나를 찾아와 봄 간 곳 묻기에
복숭아 꽃잎 뜯어 냇물에 띄우노라.

四月一日

病臥茅堂不出遊　閉門風雨滿山頭
有人來問春歸處　已放桃花逐水流

임덕원의 죽음에

생각나네 지난날 원산에서 사냥할 때
내 한 말 술 들이키고 그대 통돼지 먹었지.
먼지 오른 바람벽 이제 다시 바라보니
활과 화살, 용천검 주인 없이 걸려 있네.

林德源挽

憶曾獵罷元山路　我飮斗巵君彘肩
今日忍看塵壁上　雕弓白羽又龍泉

백탑사 누대에 올라

열두 개 높은 난간 하늘 높이 걸렸구나.
누대 위에 올라서서 동서남북 바라보네.
하늘 끝 한 곳으론 가야 할 삼천 리 길
구름 막힌 고향 땅은 여기서 일만여 리.

登白塔寺樓

十二危欄倚半空　登臨南北更西東
天連客路三千里　雲隔鄉山一萬重

요동에서

장맛비에 강물 불어 옅은 굽이 잃었으니
해종일 배 젓느라 말 탈 생각 잊었네.
고향으로 부쳐 보낸 아침 녘의 편지에선
내 가는 길 안전하다 누누이 말하였지.

追記 次書狀在遼東寄義尹韻[1]

積漲三河失淺灣　撑舟盡日卸征鞍
朝來寄與家書去　猶道吾行萬萬安

---

1) 《농포집》 권1에는 두 수가 있는데, 그중 첫째 수다.

팔주하

가을 시내 물 맑으니 내 정녕 사랑하노라.
더더구나 은빛 고기 그물에 걸리거니.
생각하네 한강 가 고기 낚던 벗님들을
지금은 몇 사람이 배 위에 올랐으랴.

八洲河

秋河淸淺正堪憐 更有銀鱗入網鮮
却憶漢濱釣魚侶　幾人乘月上江船

서장관의 운을 밟아

가을날 차가운 비 나그네 옷 적시는데
강 언덕 성 밖 길엔 인적이 드물어라.
고개 들어 고향 땅 어이 차마 바라보리.
구름 어린 만첩청산 면면히 막혔거니.

次書狀韻

寒雨蕭蕭洒客衣　沙河城外見人稀
不堪回首鄕關隔　萬疊雲山連翠微

옥전에서

아득히 먼 수림은 바다에 닿아 있고
늦은 저녁 기러기 떼 구름 밖을 날아가네.
나에게도 저 새처럼 날개가 있었다면
남쪽 천 리 고향 땅을 하루에 돌아가리.

玉田途中

遠樹微茫接海關　塞鴻聲在暮雲間
若爲借得南飛翼　千里鄕山一日還

무지개를 바라보며

한쪽으론 비 내리고 또 한쪽은 노을 어려
갑자기 긴 무지개 푸른 하늘에 드리우네.
우리 일행 고생할 줄 옥황상제 어찌 알고
아롱진 채색 다리 공중에 걸어 놨나.

留薊觀虹

一邊殘照一邊雨　忽有長虹掛碧霄
玉皇知我乘槎苦　特許空中架彩橋

어머니를 생각하며

편지 써서 전하라고 당부하던 어머님
나랏일 잘 되어서 지금 돌아가옵니다.
세밑에 집에 간다 그것이야 꺼리리까.
보내 주신 겨울옷 행장 속에 있습니다.

憶慈親

裁書爲報慈親道　王事休來兒始歸
莫畏還家落歲暮　行裝猶有密縫衣

구월 초열흘날 옥하관에서

저녁 해를 보내기가 일 년처럼 지루하더니
밝은 달 맞고 나니 잠 또한 들 수 없네.
내 몰라라 고향에서 지내던 그날에는
몇 년 세월 부질없이 해와 달을 보냈던가.

九月十日夜坐玉河館

送盡夕陽如度年　更逢明月奈無眠
不知身在家鄕日　費幾光陰却自然

눈보라 치는 날 밤 사람이 왔다

눈보라 울부짖는 궁벽한 산골 마을
인적도 드문 곳에 개는 어이 짖어 대나.
아노라 뒷산 마을 매화꽃 곱게 피니
개울 건너 사는 벗님 한밤중에 찾아왔네.

風雪夜歸人

雪滿荒村過者稀　如何一犬吠雲扉
定知山後梅花發　溪友尋香昌夜歸

칠석

하늘 중천 가로질러 은하수 흘러가고
견우 직녀 잠깐 만나 평생 시름 나누는데
해마다 불어오는 끊임없는 소슬바람
오동나무 가지 위엔 또다시 가을일세.

七夕

銀河橫絶半天流　牛女平分萬古愁
歲歲金風吹不盡　碧梧枝上又驚秋

게으른 아낙네

귀뚜라미 부질없이 베 짜기를 재촉하나.
나이 찬 누에처럼 낮잠만 자는구나.
낭군님 무슨 일로 남들한테 말을 하나
이별한 이전 아내 어질어서 좋았다고.

懶婦

蛩寒虛促秋宵織　蠶老同爲春晝眠
不識郞君緣底事　逢人常道別妻賢

청학동에서 옛일을 생각하며

뜰 가득 홰나무가 녹음을 드리운 곳
푸른 벼랑 붉은 바위 골짜기는 깊고 깊네.
시 짓고 술 마시던 옛사람들 생각하니
지는 꽃 우짖는 새 모두가 시름일세.

靑鶴洞感舊

滿庭槐杏綠陰陰　翠壁丹崖洞府深
遙憶昔人觴詠事　落花啼鳥摠傷心

운을 밟아

젊은이 나를 보고 백발이라 비웃으나
나도야 옛날에는 너처럼 젊었노라.
이처럼 늙는 것이 어려운 일 아니란다.
가을 달, 봄바람을 맞이하고 보냈지.

次韻

少年欺我白頭翁　我昔韶顔似汝紅
作此凋枯容易事　送迎秋月與春風

양화나루 정자

깎아지른 봉우리 천 길이런가.
아슬한 정자 하나 물가에 섰네.
조수 물 들었나 땅 젖었는데
강 기운 새롭구나 가을이거니.

푸른 버들 숲엔 꾀꼬리 날고
새하얀 모래부리엔 갈매기 숨네.
내일 아침 서울에 들어가면
시끄러운 세상일 나를 괴롭히리.

楊花渡江亭

削立千尋嶂　危亭枕碧流
潮痕晚猶濕　江氣夜生秋
樹綠看黃鳥　沙明失白鷗
明朝京洛去　塵土使人愁

부령 객사에서

변방의 산속에는 눈비 내리고
북쪽 바다 기슭에는 파도 이는데
오랑캐 지경이라 끝이 없는 곳
이 나라의 밝은 달 몇 번 떴나.

나그네 잠자리엔 꿈도 괴롭고
고향 생각 간절하니 눈이 빠지려네.
지난해 말을 타고 오던 나그네
오늘은 술좌석의 신선 되었네.

次富寧客舍韻

雨雪陰山北　風濤渤海邊
胡天無盡處　漢月幾回圓
旅夢魂猶苦　鄕愁眼欲穿
經年馬上客　今日飮中仙

시골에서 회포를 읊노라

가파른 산길 따라 성벽이 솟고
물굽이 임한 곳엔 정자 섰는데
버들 숲 찾아가니 날씨 개나
꽃구경하려 하니 바람 불까 두렵네.

때때로 찾아오는 손님 있으니
술두루미 비었다고 거절 마시라.
앞마을 술집에서 술을 사다가
기꺼이 웃음으로 한때 보내리.

村居詠懷 次李白宮中行樂詞韻

山城依鳥道　江檻俯蛟宮
問柳宜晴景　看花怯晚風
有時迎客至　不敢道尊空
沽得前村酒　欣然一笑同

옛 운을 밟아

백전 장군 인제는 나이 많지만
허리에는 예전처럼 검이 있어라.
고향 땅에 돌아와 방에 앉으니
어지러운 비바람 대문 막누나.

냇물이 가까우니 안개가 잦고
산골이 깊다 보니 해 쉬이 져라.
나라를 걱정하는 붉은 마음에
귀밑머리 올올이 세어 가누나.

次歐陽公廣陵寺韻

百戰將軍老　腰間劍尙存
歸來坐一室　風雨掩重門
江近烟初暝　山深日易昏
丹心憂大國　一一鬢生痕

금성에서 벗에게

만 리 길 북쪽 향해 길손 가는데
가을이라 기러기 떼 남으로 나네.
고향이 그리우니 먼 곳만 보고
이별이 서러워서 말을 세우네.

관가에서 주는 술 그 얼마이랴
산골의 음식이라 별미 없건만.
타향에서 만남도 운수 탓이니
해종일 즐기면서 이야기하세.

金城贈魯瞻

萬里人歸北　三秋鴈向南
鄕心常極目　離思暫停驂
官酒隨多少　山肴雜苦甘
相逢良有數　終日共遊談

행산

황량한 들판에 우뚝한 언덕
올라서서 바라보니 한가을이라.
천 리 변방에는 구름 덮이고
밝은 달 바라보며 고향을 그리는데.

용천검 지녔으니 담기 있건만
거울을 마주하니 낯부끄럽네.
사방으로 떠다니던 평생의 뜻은
오늘에야 비로소 끝을 보누나.

杏山

曠野亦高丘　登臨滿目秋
雲連千里色　月共兩鄕愁
膽氣龍刀在　容華鵲鏡羞
平生四方志　今日始觀周

송경을 회고하면서

고려 임금 성을 쌓고 굳건히도 지키더니
오백 년 세월 흘러 왕도가 걷혔구나.
사람들 간 곳 없고 산만이 우뚝한데
한을 품은 누대 위엔 달빛만 비치어라.

삼국을 통일한 일 얼마나 장하던가.
미색이며 요망한 중 나랏일 그르쳤네.
푸른 솔 시들어서 지금은 없어지니
단풍 든 계림 땅과 매한가지 가을일세.

松京懷古

麗王城此護金甌　五百年來覇氣收
故國無人山獨立　荒臺有恨月空留
三韓一統思前烈　艶色妖僧悼末流
青木至今凋落盡　鷄林黃葉一般秋

북쪽 변경을 순행하며

변방 산천 순행하려니 갈 길은 끝없구나
동해 바다 서쪽에서 백두산 동쪽까지.
새벽꿈 놀라 깨면 고향 집 그리운데
천 리 길에 군복 차림 북풍이 스미어라.

나그네로 지내는 몸 병든 학 신세인데
시름 속에 사는 나날 기러기가 부럽구나.
안타까운 이내 심사 사람들은 모르면서
부질없이 의원 불러 약물만 권하누나.

在北道巡行時作

踏遍關河路不窮　滄溟西畔白山東
五更魂夢迷鄕國　千里戎裝帶朔風
正是客中同病鶴　不堪愁裏聽歸鴻
傍人莫識余心事　錯把醫方勸水雄

난을 피해

마천령 높은 고개 아아히 솟았는데
구름 끝에 잇달린 길 만 리나 뻗었어라.
오랑캐 땅 이웃하니 서리 일찍 내리는데
하늘과 땅 이어져 달빛 더욱 밝아라.

나라 근심 하 많으니 백발만 생기누나.
고국 땅 짓밟혀 숨진 사람 그 얼만가.
한강 가 고향 집을 언제면 돌아갈까.
날아가는 기러기 떼 부질없이 바라보네.

在北道避亂時作

磨天危嶺鬱嵯峨　鳥道連雲萬里賒
地接胡關霜落早　天連鯨海月明多
孤臣髮白三千丈　故國灰殘百萬家
家在漢濱何日到　秋來空送鴈行斜

부령 이의신의 집

그 언제 여기에다 집 한 채 지었던가
산줄기 끊어진 곳 큰 바다 가까이에.
야삼경 높이 뜬 달 황금 물결 비춰 주고
강산에 깊은 가을 푸른 뫼 삼켰는데.

세상일 걱정되니 눈물이 그침 없고
고향 생각 간절하여 술잔만 기울이네.
눈앞의 승냥이 떼 다 쓸어 버린다면
돌아갈 길 멀다 해도 어렵다고 말 안 하리.

富寧李宜臣卜居

卜築何時破鬼慳　層巒斷處控波瀾
三更月照黃金湧　萬里秋涵碧玉寒
世事不禁雙淚下　鄉愁聊借一盃寬
前途若掃豺狼迹　歸路羊腸不道難

쌍성에서 최노첨과 작별하며

맥맥히 쌓인 회포 한잔 술에 부치노니
용흥강 물결 위에 해 벌써 기울었네.
만 겹 푸른 산은 남쪽 손님 바래 주고
천 리 먼 길 따라 봄 기러기 날아오네.

시절과 세속 인심 모두 함께 변하는데
나라 은혜 고향 생각 아울러 맴도누나.
위태로운 이 시국에 쌍성을 맡았거니
나라님 날 버렸다 그 누가 말했던가.

雙城別魯瞻

脉脉幽懷酒一杯　龍興江上日西頹
萬重山送人南去　千里春隨鴈北來
節物世情同變換　國恩鄕思共徘徊
時危猶佩雙城印　誰道明君棄不才

을미년¹⁾ 추석날 온성에서 돌아와

오동잎 날리거니 가을철이 되었구나.
고향의 기쁜 소식 들을 수 있으려나.
못가에서 잠을 자니 푸른 풀 읊게 되고
고개 너머 고향 생각 흰 구름 보게 되네.

나그네로 다니는 몸 주머니는 비었으나
군총살이 오래 하여 허리에는 검이 있네.
비바람 사나운 날 변방의 길가에서
술 있을 때 그대²⁾ 만나 이 정녕 다행일세.

乙未秋夕 還自穩城 到居山驛 逢李德哉

梧葉初飛秋夏分 故園消息若爲聞

---

1) 선조 28년, 1595년.
2) 정문부의 벗인 이성길(李成吉, 1562~?)을 가리킨다. 덕재德哉는 이성길의 자. 1589년 병
   과로 급제한 뒤 1594년 정문부를 따라 의병을 일으켜 왜적과 싸웠다.

池塘殘夢吟靑草　嶺海歸心望白雲

囊乏一錢長作客　腰橫三尺舊從軍

滿天風雨關山路　樽酒如何幸見君

마을에 거처하며

마을 이룬 초가집들 생김새 비슷한데
쓸쓸한 저녁연기 산속에서 피어나네.
사람들 학과 같이 솔 밑에 깃들이고
나그네는 기러긴 듯 찬바람 겁내는데.

대문 앞은 여울이라 물소리 소란하고
창문 위엔 달이 떠서 찬 기운 스미누나.
처마 밑에 나앉아서 베옷을 껴입거니
내일 아침 해가 뜨면 등어리를 쪼이리라.

         *

세상에 태어날 땐 남들과 같았건만
무슨 일로 불안스레 나그네 몸 되었던고.
산과 들의 깊은 회포 노래로 변하였고
하늘땅의 노한 기색 비바람 되었어라.

이 고장은 변방이라 고향 소식 끊어졌고

서울 향한 한길 가엔 나그네 꿈 통하누나.
큰 공적 이루려면 거울을 찾지 마라.
늙은 얼굴 어이 다시 옛날처럼 붉어지랴.

　　　*

이기고서 돌아오니 검 한 자루 남았는데
변방에서 싸우던 일 꿈에서만 그려 보네.
그때에 내 타던 말 눈무지를 꿰뚫더니
오늘은 이 초가집 북풍을 막아 주네.

질가마, 흙 평상도 배부르고 따뜻해라.
시절이며 사람의 일 좋고 나쁨 어이 알리.
촌 늙은이 술 가지고 나를 찾아 문안 오면
시름 많은 얼굴에도 한때만은 꽃이 피네.

村居 次朴季吉韻 三首

茅屋成村結構同　蕭條烟火亂山中
居人似鶴棲松雪　旅客如鴻怯朔風
門對氷灘暮流急　窓含霜月夜寒通
起來擁褐前簷下　占得朝陽曝背紅
　　　*

我生於世與人同　底事棲棲逆旅中
山野襟懷歌且嘯　乾坤氣色雨兼風
地窮胡塞鄉書斷　路走秦關客夢通
勳業不須頻攬鏡　衰顏無復舊時紅

*

百戰歸來一劍同　關河蹤跡夢魂中
當時戎馬衝氷雪　今日荊扉掩朔風
瓦釜土床甘飽暖　天時人事任窮通
村翁載酒來相問　暫借愁顏一醉紅

이성 동헌에서

솔숲

십 리 벌 소나무 숲 빼곡하고 푸른데
사람들 하는 말이 백 년 세월 키웠다네.
바닷바람 불어오면 파도 소리 전해 주고
산기운 뻗칠 때면 눈서리 내린다네.

줄기에는 오랜 세월 도끼날 못 미치나
속심에는 어이하여 좀벌레 자래왔나.
좋은 목수 다다르면 재목으로 쓰이리라.
배가 되지 않는다면 기둥감 되리라.

버들 방천

흔들흔들 하느적 몸 둘 바 모르는데
다사스런 봄바람 가지마다 희롱하네.

하늘 가득 흰 눈송이 가벼운 솜 아니던가.
땅을 치는 누런 금 새 가지 분명쿠나.

매화와 다툴쏜가 아름다운 그 빛깔을
소나무에 양보할까 스러지는 그 자태를.
가련해라 남북으로 오가는 길가에서
정에 겨운 사람들 이별만을 지켜보네.

利城東軒次韻

松林

十里喬松簇翠蒼　居人解說百年長
海風傳響喧濤浪　岳氣通寒飽雪霜
老榦久辭斤斧伐　苦心那免蠹蟲藏
終然合有良工用　不作川舟卽廈樑

柳堤

裊裊盈盈不自持　春風多事弄絲絲
漫天白雪疑輕絮　拂地黃金認嫩枝
不與梅爭全盛色　却於松讓後凋姿
可憐北去南來路　只爲情人堪別離

두류산에서

돌 대문 끊어진 곳 맑은 샘 흐르는데
가파른 바윗길은 오르락 또 내리락
신령 사는 고장이라 나그네 못 오는데
상방에는 오로지 스님들만 거처하네.

폭포수 차가우니 겨울에 용은 없고
골짜기 으슥하니 대낮에 두견 우네.
무슨 일로 산에 왔다 어인 일로 돌아가나
구름 같은 종적이라 동쪽 서쪽 오고 가네.

頭流山 次僧軸韻

石門中斷瀉淸溪　磴路崎嶇高復低
靈境不曾容客到　上方猶自有僧棲
湫寒龍未玄冬蟄　谷邃鵑常白晝啼
緣底入山緣底出　似雲東去復來西

제목 없이

높고 귀한 벼슬자리 좋다고 말을 마라.
세상 인심 때를 따라 변하기 쉬우니라.
양 창자처럼 굽은 길이 걸어야 할 길이 되고
달팽이 뿔처럼 작은 집이 싸워야 할 전장 되네.

가소롭다 밤 소처럼 달을 보고 허덕이니
가을철 기러기라면 볕만이라도 따랐으리.
값진 갖옷, 살찐 말 무엇이 아까우랴.
탁배기와 바꾸어서 취하도록 마셔 보세.

失題

莫說金閨與玉堂　世情容易變炎涼
羊腸已是爲行路　蝸角還能作戰場
可笑夜牛虛喘月　若爲秋鴈强隨陽
金裘花馬何須惜　且換春醪醉百觴

길주에서 객관 벽 위의 운에 차운하여

임진년 전란 때 일 가슴이 아프구나.
남쪽에서 온 재난이 북방 산천 불태웠네.
연못 누대 폐허 되어 흔적만이 남아 있고
비단 장막 해어져서 옛 모습 그립구나.

어지러운 세상이라 도잠[1]처럼 취하리라.
한평생 궁하거니 완적[2]같이 미쳐 볼까.
썩어 빠진 선비라고 사람들 웃지 마라
한 자 넘는 가을 연꽃 몸 가까이 피었거니.

　　　*

변방에서 떠도는 몸 마음이 서글퍼라
하물며 좋은 날에 민둥산에 올랐거니.

---

1) 도연명(陶淵明, 365~427). 중국 진晉나라 때 사람으로, 어지러운 세상에서 벼슬살이를 그
만두고 술 마시고 시 짓기로 한생을 마쳤다고 한다.
2) 완적(阮籍, 210~263). 중국 위나라 사람으로, 어지러운 세상에서 재난을 피하기 위해서
술을 마시고 늘 미친 듯이 행동하였다고 한다.

내 몰라라 우리 형제 어디서 만나려나.
고향 집 울 밑에는 수유, 국화꽃 피었으리.

우연히 얻었던 꿈 시름겨워 깨어나고
어쩌다가 받은 편지 기쁨에 미칠 듯하네.
기러기는 날아가도 이 몸만은 못 가는데
뜰 앞의 나무에선 바람 소리 들려오네.

吉州 次客館壁上韻　二首

歲在龍蛇事可傷　南來兵火爍崑岡
池臺蕪沒成陳迹　羅綺銷沉憶舊香
亂世且爲陶令醉　窮途欲學阮生狂
傍人莫笑吾儒腐　猶帶秋蓮尺許長

　　　＊

天涯遊子足悲傷　況乃佳辰陟岵岡
不識弟兄何處會　遙憐茱菊故園香
偶成歸夢愁仍罷　纔得來書喜欲狂
送盡邊鴻人未去　可堪庭樹葉聲長

요동성에서 느낀 바 있어

외로운 성 한쪽 가에 석양이 비치는데
허물어진 성가퀴에 까마귀 떼 날아 예네.
만약에 학 탄 신선[1] 다시 와 본다 하면
사람만이 변했으랴 성벽도 변했으리.[■]

追記遼城有感

一片孤城當落暉　只今殘堞見烏飛
若令仙鶴重來訪　不獨人非城亦非

---

1) 옛날에 정령위丁令威란 사람이 죽어서 신선이 되었는데, 천 년이 지난 다음 학을 타고 요
동에 와 보니 알 만한 사람이 하나도 없더라는 이야기가 있다.
■ 성첩이 무너졌기 때문에 이렇게 말한다.

화첩에 쓰노라

갈대숲에 외기러기 조용히 날아가네.
가을은 다 지났건만 왜 아직 남았느냐.
옛날에 짝을 지어 함께 날던 무리들은
지금쯤 먹이 좋아 배들을 불렀으리.

     *

물속에는 해오라기 그 옆에는 푸른 연잎
연잎 밑의 물고기들 흰빛에 놀라누나.
세상에 그 누구면 잘 먹기를 안 바라랴.
어부는 너와 함께 아무 생각 없구나.

題畫帖　二首[1]

蘆中一鴈不鳴飛　送盡秋風尙未歸

---

1) 《농포집》 권1에는 모두 일곱 수가 실려 있는데, 그중 두 수만 옮겨 실었다.

舊侶好爲行陣去　只今應占稻粱肥

*

池中鷺傍靑蓮葉　葉底魚驚白雪衣
在世孰非求一飽　漁翁肯與爾忘機

봄을 맞아 객당에

봄이 온들 무엇을 바라볼까
때와 함께 복록이 새로웁기를.
목숨은 강산같이 변함이 없고
나라 은혜 이슬처럼 고르롭거니.

곳곳마다 동이에는 술 차 넘치고
찾아오는 나그네들 마음 좋구나.
노래하고 춤추는 내 나라 땅에
만나는 사람마다 다 좋은 사람.

*

추위가 북녘으로 사라져 가니
봄기운 동쪽에서 새로워지네.
뜰 안의 매화꽃은 향기 풍기고
문 앞의 버드나무 푸르구나.

세월이 바야흐로 태평하거니

봄놀이 잦다 하여 마다할쏘냐.
방 가득 나그네들 술에 취했네.
그들은 모두가 다 편안한 사람.

客堂春帖 二首

春來何所祝 福祿與時新
新壽江陵久 君恩雨露均
淸樽隨處滿 佳客到來頻
歌舞三韓地 相逢盡好人
           *
北陸窮陰後 東風淑氣新
庭梅香欲動 門柳綠初均
世道方看泰 春遊不厭頻
滿堂佳客醉 渾是太平人

회남의 벗에게

고향이 그리워서 누에 오르고
봄날이 아쉬워서 들을 거니네.
가려고 생각해도 가지 못하고
잠깐 동안 놀자 하나 오래 머무네.

고향 땅은 전란으로 길이 막히고
누대에는 춤과 노래 그치었구나.
흘러가는 냇물인가 흐르는 세월
어이하면 붙들어 멈춰 세울까.

次寄淮南友韻

鄕心倚高閣　春思立芳洲
欲往不得往　薄遊成久遊
風塵隔故國　歌舞散靑樓
世事將流水　如何去莫留

낙제하여 고향으로 돌아가는 벗에게

호남 땅 고향으로 낙심하여 돌아가니
슬프다 벗이여 이 이별을 어이하리.
지난해 향시에선 함께 급제하였건만
오늘의 회시에선 낙방할 줄 누가 알리.

허리에는 석 자 길이 보검이 번쩍이고
눈앞에는 마가을의 단풍이 붉었는데
갈림길에 이르러서 다시 만날 기약 물으니
보슬비에 꽃피는 명년 삼월 또 만나리.

贈年友下第還鄕

落魄湖南返舊廬　嗟君此別意何如
去年馬榜連行鴈　今日龍門點額魚
腰下靑萍三尺許　眼前黃葉九秋餘
臨歧爲問重來約　細雨桃花三月初

덕재에게 쓰노라

그대와 고난 겪던 지난날의 그 나날
싸움터의 기치 창검 눈앞에 어려 오네.
금석 같은 속마음은 해처럼 빛나는데
부평초냐 우리 몸 바람 따라 흩어졌네.

변방 땅 바라보며 함께 머리 세었건만
고개 위에 나무들 거듭 막아 소식조차 못 전하니
천 리 먼 곳 그리는 맘 꿈속에서 깨어나서
꺼져 가는 등잔불 새벽 심지 돋우노라.

次季吉韻寄德哉

年前多難與君同　沙塞施旗在眼中
金石心肝猶炳日　萍蓬蹤跡各隨風
關山一望頭俱白　嶺樹重遮信不通
千里相思孤夢罷　五更燈燭伴殘紅

계길의 운에 차운하여

늦으신 어머님과 아내가 있건마는
하늘 한끝 길가에서 누구에게 의지하랴.
시름 어린 나무숲은 구름 속에 잠겨 들고
원한 스민 오랑캐 땅 해마저 기울었네.

고향으로 돌아가려 그 몇 번을 생각했나.
나그네로 지내는 넋 두견새가 되었으리.
쌍성에서 이별한 것 어제런 듯 생생하니
애간장 끊어질라 글을 차마 못 짓겠네.

次季吉哀君實旅櫬韻

堂有孀親室有妻　天涯歸路孰相携
愁連嶺樹黃雲暝　怨入胡天白日低
故里幾思遼鶴返　旅魂應作蜀鵑啼
雙城話別依如昨　唱斷哀些不忍題

강계에서

누대 위에 올라선들 온갖 시름 잊으랴
강 하나를 사이 두고 오랑캐 땅 나뉘는데.
만 리를 거친 바람 청해정[1]에 불어오고
천 년을 지나온 눈 백두산에 쌓였어라.
장군들은 성 위에서 장한 뜻 가다듬고
지사들은 나라 위해 근심을 못 버리니
저 멀리 해지는 곳 거기가 어데던가
나라에선 전날 계획 이룰 수 없는가 봐.

次江界韻

高樓不盡古今愁　漢虜橫分一水流
靑海亭臨風萬里　白頭山戴雪千秋
將軍自倚長城壯　志士猶爲大國憂
遙望日邊何處是　九重無路借前籌

---

1) 전라남도 완도에 있다.

낮에 널다리에서 쉬며

기러기 울음소리 남루에서 들리더니
나무숲엔 바람 높고 낙엽은 흩날리네.
넓은 이 세상에 나그네 신세 되어
만 리 밖 이국에서 홀로 가을을 맞이했네.

약 먹어도 시름은 없앨 수 없거니
술 마시어 걱정을 드러내 보이노라.
누가 알랴 갑 속에는 훌륭한 검이 있어
밤마다 차가운 빛 북두성 치받음을.

午憩板橋

一聲新鴈度南樓　薊樹風高葉欲流
宇宙百年常作客　江山萬里獨悲秋
從知服藥難醫病　只有銜杯可寫憂
誰識匣中雄劍在　猶能夜夜氣干牛

최노첨에게

젊었을 때 조금은 공맹을 배웠건만
나이가 쉰 살인데 견문 없어 부끄럽네.
박한 벼슬 아니건만 내 행실이 옹졸해라.
어지러운 세상이라 귀머거리 싫지 않네.
이럴 때 자라는 건 덧없는 흰머리뿐
옛날에 사귄 벗들 지금은 다 현달했네.
근래에는 마음에 크게 좋은 일 없는데
봄바람 부는 길로 그대와 또 작별하네.

贈崔魯瞻 [1]

少日稍爲鄒魯文　行年五十恥無聞
官非謂薄知吾拙　聾亦何傷厭世紛
長物此時惟白髮　舊交中歲盡靑雲
邇來懷抱無多好　關路春風又送君

---

1) 《농포집》 권1에는 두 수가 있는데, 그중 둘째 수를 옮겨 실었다.

함경 감사와 헤어지며

병들어 누운 이 몸 성 밖에는 못 나가도
종이 위엔 그대 위해 써 놓은 글 있노라.
나라의 영 베풀어서 백성들 보살폈고
좋은 계책 시행하여 나라를 빛냈거니.

오늘 비록 머리 세어 이 고장 떠나건만
지난날 세운 공적 산천에 남으리라.
노쇠하고 옹졸한 나 어디에 쓰일쏜가.
시골에서 편히 사는 이것도 나라 은혜.

奉別咸鏡監司 次洪同知韻

臥病無由餞郭門　小賤惟有贈君言
承宣曾見民風化　籌策須令國勢尊
此日去留靑鬢改　曩時蹤跡白山存
自憐衰拙終何用　窮巷平居亦聖恩

회포를 읊노라

임금 은혜 중하건만 이내 몸 하찮아
보답코저 하나 일마다 그르치네.
대궐에서 꽃을 보니 해바라기 그립구나.
산속에서 약을 캘 땐 당귀¹⁾만을 생각했네.

늙어서 읊조리니 가을 벌레 울음인가
늘그막의 계책이니 석양 녘의 새 떼 같네.
솔숲의 구름과 달 밤마다 꿈꾸거니
꿈에서 읊던 일이 깨어나면 잘못일세.

禁中述懷²⁾

聖君恩重此身微　欲報心將事事違
禁裏看花憐向日　山中採藥憶當歸

---

1) 약초의 한 가지. 한자로 뜻풀이를 하면 '응당 돌아간다〔當歸〕'는 뜻이다.
2) 《농포집》 권1에는 모두 두 수가 실려 있는데, 그중 한 수만 옮겨 실었다.

老吟苦作秋蟲咽　晚計催如夕鳥飛
蘿月松雲夜夜夢　夢時方是覺時非

갠 날에 우연히

숨어 사는 몸 봄빛이 고달파 늦도록 잠자다가
깨어나 창문 여니 맑은 하늘 안겨 오네.
백옥 같은 봉우리엔 묵은 구름 걷히고
금실인 양 버들가지 아침 안개 어리었네.

왕손이 돌아가니 해마다 풀뿐이요
노는 여인 단장하니 걸음걸음 연꽃일세.
천 리 먼 곳 고향 집 생각할수록 아득해라.
흰 구름 저 한끝을 머리 돌려 바라보네.

晴後偶吟

幽人春惱日高眠　覺後開窓霽色鮮
山聳玉峰褰宿霧　柳搖金線帶朝烟
王孫歸恨年年草　遊女新粧步步蓮
遙憶故園千萬里　不堪回首白雲邊

함경도 백성들이여, 강개한 마음을 살피라

倡義討倭諭咸鏡道列邑守宰及士民檄

　듣건대 충성스러운 신하는 한 몸을 버려 나라에 보답하고 지혜로운 사람은 시기를 가려 공로를 세우려고 꾀한다고 한다. 이제 성스러운 우리 나라의 신하와 백성들을 보라. 그 누가 어지러운 이 나날에 충성과 지혜를 떨치는가를.

　생각하건대 나라를 세워 이백 년, 열한 분의 임금이 대를 이어 왔다. 임금들은 모두 명철하여 실덕한 일이 없고, 문화가 발달하여 사람들은 병장기를 알지 못하며, 예의와 문물이 빛나고 창과 방패를 버려두었다. 그런데 어찌 뜻하였으랴. 바다 건너 도적들이 감히 우리 나라를 업신여길 줄을.

　처음에는 서로 오가자는 달콤한 말을 내더니 나중에는 길을 빌려달라는 어려운 청을 하였다. 이웃 나라들 사이에 오고 가는 것은 있을 수 있는 일이지만 이웃 나라를 침범하는 것이야 어찌 용납하랴. 우리가 군사를 불러들인 것이 아니라 저희들이 스스로 독기를 토하였다. 그리하여 온 나라 모든 힘을 기울여 우리 나라를 침습하니 만척의 배는 고리를 맞물었고 긴 창대는 햇빛에 번뜩였다.

　두 편의 군사가 칼날을 부딪치기 시작한 지 한 달이 채 못 되어 조정은 온통 뒤흔들렸고 밀려드는 적들의 선봉은 이미 서울에 다가들어 임금은 피난을 가는 지경에 이르렀다. 진영마다 군사들을 버리고 도망친 장수들뿐이고 어디에도 부하들을 일떠세운 충신은 없다. 나라를 보전할 길을 찾느라고 임금은 왕자들을 여러 길로 떠나보냈고 왕위를 이어 갈 법을 지키니 백성들은 오로지 세자만을 우러러보고 있다.

우리 북방은 왕업을 일으킨 터전이고 하늘이 낸 요새다. 백성들은 잔뼈가 굵어지도록 자라난 덕을 생각하리니 응당 이 고장을 사랑할 것이며, 이웃 종족들은 품속에 안아 키워 준 인자한 정에 감격하거니 어찌 이 나라를 잊을 것이랴. 지세는 우리에게 이로워 높은 산과 험준한 고개뿐이고 물산은 풍성하여 건장한 말과 용맹스러운 사내들이 많다. 오늘날에 왕자가 여기로 찾아오고 재상들이 그를 보호하거니 충의로운 장수는 정예로운 군사를 거느리고서 어찌 나라를 위하는 마음이 없으랴. 용맹스러운 장사들은 건장한 용사들을 이끌고 남 먼저 적들을 치는 싸움에 뛰어들리라.

한 번 북방의 고개를 잃으니 서쪽의 길들이 막혔다. 여러 고장의 군사들을 모아들일 인물 없으니 어찌 여러 사람을 합심하기를 바라며, 임금을 구원하러 떠나가는 충신 없으니 내가 무어라고 누구를 책망하랴. 적군을 보기도 전에 도망하는 자가 있고 병을 핑계 삼아 약속을 어기는 자도 있다. 이런 것을 말하려니 통곡이 앞서누나. 그들은 대관절 무슨 생각을 지닌 것인가. 임금은 어진 인재를 등용하고 재능 있는 신하에게 일을 맡겼나니 글공부도 숭상하고 무예도 장려하였으며 태평스러운 세월에도 조심하라고 경계하였고 조용한 시절에도 변란을 염려하였다.

장차 하늘이 이 나라의 운명을 끊으려 하는 거냐, 아니면 사람들이 제 스스로 자기의 본분을 잊어버렸더냐. 눈을 들어 산천을 바라보노라니 진정 느껴지는 것은 험준한 산천만으로는 나라를 지켜 내지 못한다는 것을 알겠도다. 변방의 진영들이 모두 없어지고 말았으니 무엇으로써 신하 된 도리를 다하였다고 말하겠는가.

그대들 가운데는 간혹 임금님의 친척도 있을 것이고, 공훈을 세운 집 자손들도 있을 것이며, 혹은 재상을 지내다가 고을살이를 나왔거나 혹은 근신에게 병권을 받은 사람도 있을 것이다. 높은 벼슬을 하니 쫓겨난 신하는 아닐 것이며, 많은 녹봉을 받으니 푸대접을 받는 처지도 아닐 것이다. 황금으로 몸을 감싸고 붉은 깃발을 높이 세운다면 이보다 더 큰 영광이 없을 것이니 붉은 가슴을 헤치고 흰 칼날을 받아 죽는다고 하더라도 어찌 감히 사양을 하랴.

내 지금 그대 군사들과 백성들, 늙은이들에게 말하노라.

조상들이 물려준 이 나라를 지켜 내리라 결심하고 모두 떨쳐 일어나 적을 친다면 임금과 신하 사이의 의리가 있게 될 것이며 같은 생각을 가지고 스스로 호응해 나서는 사람도 있을 것이다. 맹명[1]은 세 번 패한 다음에 큰 공을 세웠나니 뒤에 세운 공적은 전날의 잘못을 가려 주며, 소강[2]은 단 한 번의 일로 나라를 일으켜 세웠나니 큰 공훈이 자그마한 고장에서 마련되기도 한다.

저 무도한 왜적의 무리가 우리 나라와 원수를 맺었나니 그 형세

---

1) 맹명孟明은 중국 춘추 시대 진秦나라의 장수. 적국과 싸워 두 번은 참패를 당했으나 세 번째 싸움에서 결정적인 승리를 거뒀다고 한다.
2) 소강少康은 중국 하나라의 임금이었다. 나라가 거의 멸망에 직면한 것을 그가 다시 부흥시켰다.

로 말하면 저놈들이 불리한 형편에 있으며, 그 처지로 말하면 우리는 정당한 처지에 있다. 아무리 뱀처럼 독기를 내뿜어도 반드시 무참한 죽음을 당하고야 말 것이다. 하늘의 이치로 말하더라도 모진 바람과 세찬 소낙비는 한나절을 넘기지 못하며, 엄혹한 추위와 따뜻한 봄볕은 다 각각 차례가 있는 법이다. 사람의 도리로 말하더라도 군사만을 믿고 무리하게 행동하는 것은 망할 조짐이고 깊숙이 침입하여 고립되는 것은 패할 형세다. 하늘의 이치나 사람의 도리로 따지더라도 누가 이기고 누가 질 것인가 하는 것은 가늠할 수 있다.

내 이제 한 장의 글을 날려서 함께 맹세하려고 한다.

임금의 수레가 멀리 떠난 것은 호위하는 장수가 없었기 때문이고, 서울의 성을 지켜 내지 못한 것은 막아 싸우는 사람이 없었기 때문이다. 나라에서 신하들을 믿어 주는 것이 어떠하였기에 신하들은 나라에 보답하는 것이 이 모양이던가. 귀한 것은 의리고, 아낄 것은 임금이 아니던가. 깊은 골짜기와 무성한 숲속에서 혹시 한때 목숨을 보전한다고 한들 푸른 하늘, 밝은 햇빛 아래에서 능히 그 몸을 백 년토록 부지할 수 있겠는가.

아, 그대들 부모 된 자들이여! 나라가 망하면 집을 어이 보전하며, 아버지가 있는데 자식들이 어데로 가겠는가. 부디 자제들을 잘 타일러서 나라를 저버리지 말게 하라. 공로는 누구나 다 이룰 수 있는 것이고 장군, 재상은 씨가 있는 것이 아니다. 하물며 이제는 하늘도 지난 일을 뉘우치고 절기는 한가을에 이르렀으니 북쪽 지방에는 이른 추위가 올 것이고 남쪽 바람이 더는 일지 않을 것이다. 말은 살이 오르고 활은 굳세어지니 병사들은 용맹을 떨칠 마음을 가다듬을 것이며 학이 울고 바람 소리 서글프니 적들은 싸워 볼 용기가 없어질 것이다.

아무개 등은 열 집으로 이루어진 자그마한 마을에서도 충의롭고 믿음 있는 용사들을 모으고 한 고장의 넓지 않은 땅에서도 의롭고 열렬한 사람들을 격려한다. 힘은 약하고 성은 고립되어 비록 위험하고 안전하지 못하더라도 명목이 정의롭고 할 말이 당당하니 한 번 승리는 기대할 수 있을 것이다. 부질없는 의심을 버리고 강개한 마음을 살펴라. 여러분들은 각기 군사를 거느리고 적들을 쓸어버릴 그날을 기약하라. 군사들에게 주는 상의 등급은 나라에서 자세히 알아서 처리할 것이니 아녀자들처럼 부질없는 생각으로 대장부다운 떳떳한 일을 그르치지 말도록 하라.

아, 무엇이 귀중하고 무엇이 하찮은가를 잘 살펴서 값진 것과 그렇지 못한 것을 가려내야 할 것이다. 처자들에게까지 재앙을 끼치지 말고 자손들에게 길이 영화를 전해 주도록 하라. 나라의 법은 엄정하거니 나는 더 이상 말하려 하지 않는다. 모두 다 마음과 힘을 합쳐 이 격문에 어긋남이 없도록 할지어다.

서산대사

西山大師　1520~1604

임진왜란 때 승려들을 거느리고 의병을 일으켜 평양성 탈환 전투를 비롯한 싸움에 참가하였다. 본래의 이름은 최운학崔雲鶴이고, 출가 뒤 이름은 휴정休靜이다. 서산대사란 그가 중이 되어 묘향산에 거처할 때 부르던 이름이며, 호는 청허당淸虛堂이다.

빈한한 양반 가문의 출신으로 어려서 부모를 잃고 남의 도움을 받아 글공부를 하다가 중이 되었다. 금강산, 두류산 등 우리 나라 명산에 두루 거처하다가 만년에 묘향산에 자리를 잡았고, 여기서 임진왜란을 당하여 의병을 일으켰다.

문집으로《청허당집淸虛堂集》이 있다.

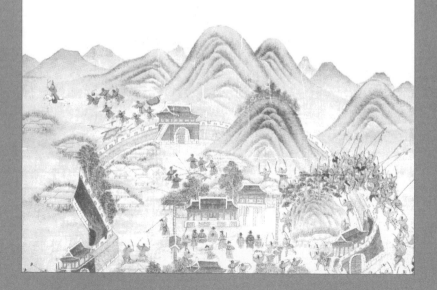

북쪽으로 출전하였던 장수들을 생각하며

고향의 달 밝은 밤 위국 충정 키웠더니
타향에서 봄을 맞아 백골로 묻히었네.
그대 이름 어이하여 사람들에게 알려졌나
오가는 이 그 이름 전해 듣고 왁자지껄 떠들거니.

*

몰아치는 그 기세는 하늘이 움직이듯
바람 이는 검 끝에선 불꽃이 튕기었네.
아쉽다 진영 안에 큰 별이 떨어지니
다시는 얼음 타고 북쪽 강 못 건너리.

哭征北將　二首

丹心故國月　白骨他鄕春
汙入烟中竹　名喧路上人

　　　*

席捲天疑動　霜風拂劍花
軍中大星落　無復渡氷河

사선정[1]

바다가 말랐거니 소나무도 늙었구나.
학들은 간곳없고 구름만 뭉게뭉게
달 속의 신선들은 어데로 갔다던고
서른여섯 봉우리에 가을이 깊었어라.

四仙亭

海枯松亦老　鶴去雲悠悠
月中人不見　三十六峰秋

---

1) 고성 삼일포에 있는 정자. 사선정에서 둘러보면 삼일포 둘레에 솟아 있는 36개의 봉우리
　가 보인다. 신라의 사선인 영랑永郎, 술랑述郎, 안상安詳, 남석행南石行이 삼일포에서 놀
　다 간 것을 기념하여 세웠다고 한다.

서도[1]에서 옛일을 회고하며

전대에 있었던 일 까마득히 지나가고
구슬픈 피리 소리 강물 따라 흘러오네.
천 년 세월 지난 자취 곡조 속에 남아 있어
한가을 바람결에 남은 원한 전해 주네.

西都懷古

鴻去前朝事　江流畫角中
千年竹枝曲　餘怨寄西風

---

1) 평양의 고려 시대 이름이다.

한밤중에 동호에 이르러

한밤중 피리 소리 배 위에서 들었노라.
내 몰라라 늙은 어부 그 어디서 밤새었나.
날 밝자 살펴보니 사람은 뵈지 않고
꽃 붉은 숲 속에서 뭇 새들만 지저귀네.

東湖夜泊

舟中聞夜笛　何處宿漁翁
日出無人見　鳥啼花自紅

남해 바다에서 밤을 보내며

바다 끝 찾아가면 이 세상 벗어나리.
그리로 가는 길을 누구더러 물어보랴.
검푸른 파도 위에 채색 구름 펴나거니
여기가 십주¹⁾인가 우리는 신선인 듯.

*

바다가 일렁이면 은산이 무너지듯
바람이 잠잠하면 푸른 옥이 흐르는 듯
내 몸 실은 작은 배 하늘 위의 집이런가.
달이며 별 무리를 앉은 채로 매만지네.

南溟夜泊 二首²⁾

海通天地外　誰與問前津

---

1) 신선들이 모여 산다는 곳.

紅雲碧浪上 笑語十洲人

*

海躍銀山裂 風停碧玉流
船如天上屋 星月坐中收

---

2) 《청허당집》권1에는 모두 네 수가 실려 있는데, 그중 첫째, 넷째 수다.

저녁에 여강에 이르러

날아가던 기러기 떼 모래부리에 깃들이니
누대 위의 사람들은 일어서서 춤을 추네.
낙엽이 흩날리니 한가을이 분명코나.
여강에 비 뿌릴 제 나그네 잠 청하네.

驪江晚泊

落鴈下長沙　樓中人起舞
清秋一葉飛　客宿西江雨

동도¹⁾를 지나며

푸른 들 바라보며 길손들 한숨짓고
지는 꽃 아쉬워서 철새는 울음 우네.
천 년 세월 흘러 지난 신라의 옛일들이
한 곡조 노래 되어 오늘까지 전해지네.

過東都

客子愁青草　春禽怨落花
新羅千古事　都入一聲歌

---

1) 오늘의 경주를 가리킨다.

소쩍새

흰 구름 날리누나 그 어데라 할 것 없이
산이면 산봉우리 물이면 물굽이에.
어서어서 돌아가라[1] 소리 소리 우는 저 새
먼 길 떠난 나그네의 속마음을 위로하네.

杜鵑

處處白雲飛　山山又水水
聲聲不如歸　只爲遠遊子

---

1) 소쩍새의 울음소리를 '불여귀不如歸'로 쓰는데, 뜻을 풀이하면 '어서 돌아가라'는 의미
  가 된다.

가평 여울에서 묵으며

들판에 황혼 드니 늦은 연기 비단 같고
모래부리에 달 비치니 둥근 달 활짱 같다.
나뭇잎 다 졌어도 강물은 흐르누나.
아득할손 삼각산은 하늘 밖에 치솟은 듯.

宿加平灘

野暗烟如織　沙明月似彎
木疎江不盡　天外落三山

벗을 생각하며

남과 북쪽 한끝으로 헤어진 우리
달빛을 우러르며 생각은 얼마.
한번 떠나간 뒤 소식 없으니
살아생전 그대와는 영 이별인가.

憶友

天涯各南北　見月幾相思
一去無消息　死生長別離

요천을 지나며

저 멀리 나무숲에 마을 연기 어렸는데
물빛 파란 냇가에선 낚시꾼 줄을 감네.
떼 잃은 외기러기 가을 하늘 날아오르고
수많은 까마귀 떼 석양 아래 내려앉네.

過蓼川

遠樹起村烟　碧波人捲釣
一鴈入秋空　千鴉下落照

북쪽 변방을 유람하며

옛길에 행인들 종적 그쳤고
험준한 산속에는 낡은 성 있네.
가을 풀 무성한 곳 집 한 채 있어
어린아이 양 몰고 돌아오누나.

遊塞北[1]

古道行人歇　荒山入亂山
一家隔秋草　稚子牧羊還

---

1) 《청허당집》 권1에는 두 수가 실려 있는데, 한 수만 옮겨 실었다.

화개동[1] 1

푸른 돌의 골수인가 기름진 진흙
늙은 용의 비늘인가 오랜 소나무.
흰 구름 드리운 곳 개들 짖으니
무릉도원 아마도 이 고장이리.

花開洞

泥爲靑石髓　松作老龍麟
犬吠白雲隔　桃花洞裏人

---

1) 두류산頭流山에 있는 동리 이름. 두류산은 지리산의 다른 이름이다.

벗을 만나

하늘에 잇달린 숲 몇천 리런가.
산과 시내 참말로 아득하구나.
만나서 마주 보니 모두가 백발
손꼽아 헤아리네 흘러간 세월.

會友

雲樹幾千里　山川政渺然
相逢各白首　屈指計流年

일암

절벽에 흩날리는 차가운 폭포
무수한 나무숲에 안개 잠겼네.
마음이 쇠돌 같은 이 나그네도
대문 열고 길에 나서 꽃잎 밟노라.

一巖

寒流飛絶壁　深樹鎖烟霞
鐵石肝腸客　開門踏落花

누대에 올라

천 리런가 만 리런가 흰 구름 나는데
잎 나고 꽃 폈으니 고향에도 봄철이리.
해질 무렵 누대에서 먼 곳을 바라보니
아득한 저녁 연기 내 시름을 보태 주네.

登樓

白雲千萬里　芳草故鄉春
落日登樓望　烟波愁殺人

단군대[1]에 올라[※]

구름을 헤치고서 바위 위에 올라서니
아득한 그 옛날의 단군이 생각나네.
푸른 산 모습은 예나 지금 같다건만
인간 세상 흥망성쇠 몇 번이나 있었던가.

登檀君臺

披雲登老石　遙想古皇王
山形一翠色　人事幾興亡

---

1) 묘향산에 있는 고장 이름. 고조선을 세운 단군이 처음 하늘에서 이 땅에 내려올 때 이른
곳이라고 한다.
※ 역사와 요 임금을 함께 말한다.

푸른 바다 흰 모래

검푸른 바다 보니 마음 괴롭다
이 세상 한끝에서 병이 든 이 몸.
가을이라 시냇물에 낙엽 떴는데
기러기는 해를 따라 멀리로 나네.

靑海白沙行

海色傷心碧　天涯一病身
秋來江上葉　鴈趨日邊人

세월의 흐름을 탄식하노라

사람들 평소에 즐기던 곳들
눈을 스쳐 지나가는 세월이 빨라.
흐르는 물을 따라 봄철은 가고
푸른 녹음 좇아 여름이 왔네.

歎逝

人生行樂處　過眼年光催
春隨流水去　夏逐綠陰來

봄이 애달파

버들 숲의 꾀꼬리 주절거리고
하늘에선 제비들 춤을 추는데
봄바람아 너 정녕 야속하다
동산에 만발한 꽃 떨어뜨리니.

傷春

語柳鸎聲滑　飄天燕舞斜
春風惟可惜　吹落滿園花

서산에서 유람하며

해 저문 산속에서 길 잃은 손님
옮겨 짚는 지팡이 소리 새들 놀라네.
서산의 절간에서 종 울리는데
소나무 숲, 참대 밭엔 안개 깊구나.

遊西山

暮山客迷路　筇驚宿鳥心
鐘鳴西嶽寺　松竹碧雲深

부여를 지나며

지나간 옛일들은 자취로만 남았는데
산이며 냇물만이 옛 모습 그대롤세.
의관을 떨치고서 새벽달 우러르니
화초들 무성한 곳 들새가 우짖누나.

過扶餘

往事皆陳迹　山川尙不迷
衣冠晨月上　花草野禽啼

늙어 병들고 보니

나이가 늙고 나니 사람들은 천시하고
병들어 눕고 보니 친구들은 멀어지네.
평시에 떠들던 말 은혜며 의리란 것
지금에 생각하니 모두 다 부질없네.

老病有感吟

老去人之賤　病來親也疎
平時恩與義　到此盡歸虛

봉래[1]에게

산들은 푸릇푸릇 바다는 아득
구름은 너울너울 빗발은 죽죽
어느 곳에 계시는가 그리운 그대
머리 들어 바라보노라 하늘 한끝을.

寄蓬萊子[2]

山蒼蒼海茫茫　雲浩浩雨浪浪
何處美人在　望之天一方

---

1) 양사언(楊士彦, 1517~1584)의 호. 양사언은 해금강의 감호鑑湖에 살면서 금강산의 경치
　를 사랑하여 시도 짓고 그림도 그렸다고 한다.
2) 《청허당집》권1에는 두 수가 실려 있으나, 한 수만 옮겨 실었다.

벗을 기다리며

한밤은 깊었으나 그대는 오지 않네
새들도 잠이 들어 산속은 조용한데.
소나무에 걸린 달 꽃숲에 빛 뿌리니
붉고 푸른 그림자 내 몸에 가득하네.

次蘇仙韻待友

夜深君不來　鳥宿千山靜
松月照花林　滿身紅綠影

홍류동[1]

꽃잎들 흩날리는 늦은 봄날에
무릉도원 찾아서 여기 왔노라.
어데 가면 신선들 만나 보려나.
아득한 수풀 속엔 안개 덮였네.

紅流洞[2]

花飛春暮日　尋入武陵天
何處神仙會　遠林生翠烟

---

1) 경상남도 합천 가야산에 있는 계곡이다.
2) 《청허당집》권1에는 두 수가 실려 있는데, 이는 그중 둘째 수다.

고향으로 돌아가는 지언 대선[1]에게

가르친 정, 기른 정 모두 다 중하거니
스승과 어버이 누군들 홀시하랴.
서울의 고향 집에 들어서는 날
두견새 울음소리 그리워지리.

*

그대가 고향으로 돌아가는 날
이월이라 강남 땅은 봄날이리라.
이 산에서 입던 옷 벗고 가시라.
말발굽의 먼지 묻어 더러워지리.

贈志彦大選之歸寧　二首

敎育恩均重　師親禮豈輕

---

1) 대선大選은 조선 시대 승과에 합격한 승려에게 주던 초급 법계이다.

長安纔到日　聽取子規聲

*

禪子歸寧日　江南二月春
休將山水衲　取染馬蹄塵

옛 도읍지를 지나며

허물어진 성가퀴에 저녁 구름 드리우고
풀 무성한 누대에는 차가운 비 뿌리누나.
푸른 저 산빛은 옛날과 같다건만
영웅은 그 몇 번을 태어나고 죽어 갔나.

過古都

暮雲連廢堞　寒雨洗荒臺
山色靑依舊　英雄幾去來

관탄에서

거친 산속이라 늙은 범 앞을 막고
해 저문 저녁 되어 굶주린 매 슬피 우네.
강 위에 바람 일어 물결은 사나워도
매어 놓은 저 배들 닻 풀 날 있으리라.

冠灘卽事

荒山蹲老虎 落日鳴飢鵰
江上風波惡 泊舟宜及時

두견새 소리를 들으며

만 리라 먼먼 길에 정처 없는 손
한길에서 그 몇 번 새해 맞았나.
푸른 산속에서 들려오는 두견새 소리
늙은 몸 고향 생각 간절케 하네.

聞鵑

萬里飄流客　途中換幾霜
靑山聞社宇　白髮便還鄕

산속에 사노라

산이나 시내에는 주인 있지만
바람과 달을 놓고 다툴 이 없네.
또다시 새봄 소식 싣고 왔는가
매화나무 가지엔 붉은 꽃 활짝.

山居

山河雖有主　風月本無爭
又得春消息　梅花滿樹生

법광사를 지나며

천 간짜리 절간에 비바람 치고
만 금 들인 부처에 이끼 덮였네.
절 앞에 이르러서 이 광경 보니
옷깃에 지는 눈물 금할 수 없네.

過法光寺

風雨千間屋　苔塵萬佛金
定知禪客淚　到此不應禁

금강산에서

천지간 우뚝 서서 웃음 짓노라
푸른 바다 아득히 배 떠가는데.
국화꽃은 젖었구나 아침 이슬에
지난밤 바람 속에 단풍 붉었네.

蓬萊卽事

大笑立天地　滄波渺去舟
黃花朝泣露　紅葉夜鳴秋

옛날의 싸움터를 지나며

산에는 눈 내리고 강은 얼음판
그때에 뉘라서 말을 몰았나.
싯누런 먼지 속에 백골 묻히니
피비린내 나는 풀들만이 봄을 맞누나.

過古戰場

山雪河氷裏　當年飮馬人
黃沙餘白骨　腥草自靑春

하서[1]의 무덤을 지나며

대궐을 하직하며 통곡하던 때
하늘 위의 밝은 해도 빛을 잃었네.
누가 알랴 크지 않은 저 무덤 속에
굴원의 그 마음이 묻혀 있는 줄.

過河西墓

痛哭辭金闕　天邊白日沉
誰知三尺土　埋却屈原心

---

1) 조선 시대 학자이며 관료인 김인후(金麟厚, 1510~1560)의 호.

세상을 한탄하며

흘러가는 세월은 번갯불인 듯
얼굴 곱던 젊은이들 백발 되었네.
산속에서 십 년이라 꿈 많던 나날
생각하면 인간 세상 하루살일세.

嘆世

石火光陰走　紅顔盡白頭
山中十年夢　人世是蜉蝣

봉성을 지나다가 낮에 닭이 우는 소리를 듣고

머리가 세었다고 마음까지 늙었으랴.
옛사람들 오래 전에 이런 말을 남겼어라.
내 지금 한길에서 닭의 울음 듣노라니
장부의 한평생이 인제는 마감인 듯.

*

어쩌다가 다다른 곳 고향 집 아니런가.
만나는 사람마다 한결같이 늙었구나.
천만금 귀하다고 고이고이 간직한 보장[1]
이제 와 생각하니 빈 종이에 불과하네.

---

1) 중생을 괴로움에서 구하는 묘법을 보배에 비유하고, 그 묘법을 쓴 경전을 '보장'이라고
한다.

過鳳城聞午鷄 二首

髮白非心日　古人曾漏洩
今聽一聲鷄　丈夫能事畢
　　　*
忽得自家底　頭頭只此爾
萬千金寶藏　元是一空紙

초당에서 잣나무를 읊노라

밝은 달 둥글어도 보름 못 넘고
해는야 떠오르면 기울어지네.
뜰 앞에 높이 자란 잣나무만이
사시절 어느 때나 푸르고나.

草堂詠栢

月圓不逾望　日中爲之傾
庭前栢樹子　獨也四時靑

생각나는 대로

바람은 안 불어도 꽃잎은 지고
새들은 우짖어도 산은 조용해.
하늘은 흰 구름과 함께 개고
냇물은 밝은 달과 같이 흐르네.

古意

風定花猶落　鳥啼山更幽
天共白雲曉　水和明月流

백운산에 올라서

계수 열매 향기는 달에 풍기고
소나무 그림자는 구름 스치네.
산속이라 기이한 일 이것뿐이라
속된 사람 이것을 모르게 하리.

登白雲山吟

桂熟香飄月　松寒影拂雲
山中奇特事　不許俗人聞

창해에 올라

가을바람은 옷깃에 불어오고
잠잘 새들은 다투어 날아가네.
그리운 님이여 아니 오시니
밝은 달은 빈산만 비춰 주누나.

上滄海

秋風兮吹衣　夕鳥兮爭還
美人兮不來　明月兮空山

운계동을 찾아서

탄금대 바위 밑에 배 지나가고
무학대 꼭대기엔 구름이 이네.
무릉도원 여기서 멀지 않나 봐
흐르는 시냇물에 꽃잎 떴으니.

尋雲溪洞

帆過彈琴石　雲生舞鶴臺
桃源知不遠　流水落花來

여름날

뜨거운 불볕이 내리쬐는 날
백운대 꼭대기에 올라앉았네.
불어오는 바람도 내 뜻 아는지
참대 숲 우거진 곳 스쳐서 오네.

夏日

炎蒸天下日　獨坐白雲臺
淸風會人意　竹林深處來

가을밤

비 그치고 돋는 달 새로웁고나.
밤 깊으니 정신은 더 맑아지네.
이불을 끼고 앉아 잠 못 드는데
나뭇잎 지는 소리 가을 알리네.

秋夜

雨霽驚新月　夜深魂更淸
擁衾眼不得　木葉送秋聲

청간정[1]

청간정 시냇물은 옥 굴리는 듯
소리 소리 사람 마음 씻어 주누나.
가을 해 어느덧 저물었는고.
단풍 든 나무숲에 달이 비치네.

清澗亭

清澗有聲玉　聲聲洗客心
秋天不覺暮　山月照楓林

---

1) 강원도 고성 청간리에 있는 정자로 관동팔경 중의 하나다.

뜰 앞의 오동나무

한밤에 우수수 산비 내리니
서느러운 바람결 꿈을 깨우네.
창문을 열어 놓고 나무를 보니
하많은 잎새들 가을 알리네.

庭梧

半夜鳴山雨　悽然客夢驚
開窓見庭樹　萬聲一秋聲

옛 절을 지나며

병든 나무 위에 매미 소리 처량한데
한산한 연못에는 새들이 날아 예네.
우뚝 솟아 있는 해묵은 전각 안에
놓여 있는 여러 부처는 티끌 속에 묻혀 있네.

過古寺

病樹蟬聲咽　寒塘鳥影回
歸然餘古殿　千佛一莓苔

동해를 유람하며

어느 사이 나의 꿈 깨어났는가.
몸 벌써 바닷가를 거닐고 있네.
찬바람에 흰 이슬 떨어지는데
하늘에는 기러기 높이 떴구나.

遊東海

不覺驚殘夢　身遊碧海邊
西風吹白露　一鴈戾長天

현산 화촌을 지나며

이 땅에서 살아온 지 묻노니 몇 해런고.
세 집으로 이룬 마을 일곱 산을 마주 했네.
창문 밖 대숲에선 새들이 지저귀고
마루 앞 소나무엔 구름이 드리웠네.

過峴山花村[1]

耕鑿何年代　三家對七峰
鳥呼窓外竹　雲宿檻前松

---

1) 《청허당집》 권1에는 두 수가 실려 있으나, 한 수만 옮겨 실었다.

약산모정

내 천성 본디부터 취한바 아니런만
그 누가 말하더냐 내 홀로 깨었다고.
서해에 달이 지니 바닷물 검어지고
북산에 구름 개니 산빛은 푸르러라.

큰 들판 한쪽 가엔 어부의 불 깜빡이고
먼 하늘 한복판엔 새벽 별 반짝이네.
고요한 이 한밤에 내 홀로 앉았자니
하늘땅 한가운데 이 정자만 서 있는 듯.

藥山茅亭

吾性本非醉　誰言我獨醒
月沉西海黑　雲盡北山青
大野惟漁火　長空只曉星
茫茫人夜坐　天地一茅亭

가을날의 회포 *

끝없이 이어지네 하많은 회포들이
아득한 저 하늘은 보고 봐도 끝없는데.
푸른 산빛 속에 새들은 날아가고
붉어진 노을 아래 매미 떼 울어 예네.
머리 검은 젊은이는 늙어 감을 걱정하고
잎 푸른 수풀들은 단풍 시절 괴로워하네.
살아서 이별이란 죽는 것 마찬가지
다른 것 더 물어서 소용이 무엇이랴.

秋懷

渺渺多懷思　悠悠望不窮
鳥飛山色裏　蟬咽夕陽中
黑髮愁人白　靑林病葉紅
生離同死別　何更問西東

---

* 묘향산에 있으면서 두류산의 늙은 스승을 생각하였기 때문에 이런 시흥이 생겼다.

이별

더러워진 이 세상을 일찍이 벗어나니
절문을 굳게 닫고 내 홀로 지냈어라.
천 리 먼 길 마다 않고 오늘 아침 찾아온 손
수천 수만 봉우리의 구름을 헤쳤어라.

들판에 나서 보면 기린인 양 짝이 없고
산속으로 들어오면 학처럼 떼를 잃네.
배나무 정자에서 이제 한 번 이별하면
달빛을 우러르며 그대를 생각하리.

次李方伯韻別

早脫紅塵網　招提獨閉門

今逢千里客　來破萬山雲

出野麟無族　歸巖鶴失群

梨亭從此別　對月更思君

중 민에게

오랫동안 한남사에 거처하고 지내던 몸
관서 땅 경치 찾아 유람 길 떠나가네.
언덕 위에 선 단풍 물들기 시작하고
흩뿌리는 가랑비는 강물 위를 지나는데.

외로운 그림자는 어데로 가는 건가
하많은 산봉우리 구름 위에 떠 있는 듯.
천하를 다녀 봐야 이로울 것 없을 테니
모름지기 들어앉아 좋은 꿈 기다리게.

贈敏禪子

久住漢南寺　關西一勝遊
岸楓初染日　疎雨過江秋
隻影歸何處　千山遠欲浮
周流無所益　須鎖六彌猴

감사 이식의 운을 밟아

누런빛 용 한 마리 바다 베고 누웠는데
하늘은 만들었네 금강산의 중향성[1]을.
밝은 달 솟아나니 봉우리들 고요하고
무성한 숲 으슥하니 새들도 많지 않네.

푸른 안개 자욱하여 참대는 모습 잃고
산골 시냇물 맑은데 꽃 비쳐 아름답네.
이 세상에 태어나서 한가한 몸 되었어라.
숲과 시내 하 좋으니 여기서 한생 살리.

次李監司拭韻

黃龍頭枕海　天作衆香城
月出千峰靜　山深一鳥鳴

---

1) 유마경에 나오는 말인데, 모래처럼 많은 부처님의 나라를 지나면 향적불香積佛이 다스리
는 '중향'이 나온다고 하였다.

蒼烟迷竹色　淸澗照花明

宇內爲閑客　林泉畢此生

유정대사 [1]에게

부처 교리 통달한 한 쌍의 그대의 눈
광휘로운 빛발로 사방을 비춰 보네.
탁월한 그 모습은 왕의 손에 검이랄까
허심한 그 마음은 누대 위의 거울 같네.
구름 밖 검은 용도 움켜서 가져오고
공중에 나는 봉황 때려서 잡아 오리.
모든 방술 통달하여 죽음도 삶도 뜻대로니
하늘땅 이 세상도 하나의 티끌이리.

贈惟政大師

一隻沙門眼　光明照八垓
卓如王秉劍　虛若鏡當臺
雲外拏龍去　空中打鳳來
通方能殺活　天地亦塵埃

---

1) 제자인 사명당을 가리킨다.

철성의 성루에 올라

구름 덮인 남쪽 하늘 기러기 소리
나그네 탄 외로운 배 멀어져 가네.
바닷물은 하늘보다 더 푸른데
흰 갈매기 쌍쌍이 날아 예누나.

아득하고 아득해라 먼 옛날의 일
성 밑에는 부질없이 강물 흐르네.
누가 알랴 산속에서 나물 캐던 몸
오늘은 혼자서 여기에 오른 줄을.

登鐵城城樓有感

一聲楚雲鴈　孤帆遠客舟
海色碧於天　兩兩飛白鷗
悠悠萬萬古　城下水空流
誰知采芝人　今日獨登樓

사선정에서 유람하며

뗏목 타고 놀아 보자 사선정에서
바다 놀이 어째서 영랑[1]만 하랴.
보슬비 서쪽 산에 자취 감추고
큰 파도 북쪽 하늘 맞붙었구나.
하늘땅은 본래부터 끝이 없거니
바람과 달 그 역시 가이 없는 것
삼생[2]에 벌어지는 일 생각하노니
팔백 년 신라 역사 떠오르누나.

遊四仙亭

乘槎遊海上　何必永郎仙

小雨藏西嶽　長波接北天

乾坤元不極　風月亦無邊

却想三生事　新羅八百年

---

1) 영랑永郎은 금강산의 삼일포를 몹시 사랑하였다는 신선.
2) 삼생三生은 전생前生, 금생今生, 후생後生을 의미한다.

내은적암

두류산에 자리 잡은 암자 하나
그 이름 내은적이라 불리워 오네.
산골짜기 깊으니 시내도 깊어
나그네 들어오면 찾기 어렵네
동편과 서편에 서 있는 누대.

누대는 좁다 해도 마음 안 좁아.
청허라는 주인이 있어
하늘과 땅으로 집을 삼았네.
여름이면 솔바람에 마음이 끌려
누워서 구름 빛을 바라본다네.

內隱寂

頭流有一庵　庵名內隱寂
山深水亦深　遊客難尋迹
東西各有臺　物窄心不窄

清虛一主人　天地爲幕席

夏日愛松風　臥看雲靑白

향로봉을 유람하며

걸음을 옮겨 가네 걷고 또 걸어
깎아지른 낭떠러지 몇 겹이더냐.
깊은 골에 흰 구름 피어오르니
향로봉은 그 모습 잃어버렸네.

시냇물 길어다가 나뭇잎 태워
찻물을 끓여서는 배를 불리네.
밤 들면 바위 밑에 잠자리 잡고
꿈에는 용을 타고 하늘 나네.

이튿날 이 세상을 굽어보리라
하많은 나라들은 벌집 같으리.

遊香峰

步步又步步　層崖幾重重
白雲生洞壑　忽失香爐峰

汲澗燃秋葉　烹茶一納胸
夜來巖下睡　魂也御飛龍
明朝俯天下　萬國列如蜂

원효암에서 묵으며

온갖 꽃 피어나는 삼춘 봄날에
좋은 경치 찾아서 호계를 건넜네.
솔솔 부는 미풍 속에 꽃잎 날리고
한적한 산골짝에 새가 우짖는데
흐르는 시냇물은 거문고 소리
우중충 봉우리는 검날 같구나.

구름이 자욱한 곳 중들 사는데
소나무 고삭으니 학은 떠나가네.
바둑 두던 신선들 어데로 갔나
이끼 덮인 골짜기 길 흔적 없네.
밤 들어 단꿈에서 깨어나 보니
배나무에 걸렸던 달 창 밑에 있네.

宿元曉庵

芳草三春日　尋眞過虎溪

花飛風弱力　山靜鳥能啼
鳴澗琴常奏　層峰劍不齊
雲深僧入定　松老鶴移棲
著局人何去　封苔路欲迷
夜來淸夢罷　梨月向窓低

명감, 상주, 언화 등 여러 제자들에게

집 떠나 불도 닦는 그대들에겐
재색을 멀리 함이 첫째이어라.
여럿이 모일 때면 입을 삼가고
혼자서 지낼 적엔 마음 다잡게.

밝은 스승 언제나 위에 모시고
못된 친구 한자리에 들지 말아라.
말할 때는 부질없는 농담을 말고
잠잘 때는 깊은 잠에 들어선 안 돼.

법도가 거북 잔등의 나무라면은
이 몸은 바다 밑의 바늘이어라.
자기 몸을 회고함은 참말 즐거워
어찌 차마 세월을 허송할쏘냐.

평소에 바라는 일 산과 같거니
언제든지 이튿날을 기다려 보리.
스승을 맞이하고 벗을 사귀며

지혜를 키우면서 슬기 얻어라.

앉을 때는 반드시 서쪽 향하고
다닐 때는 반드시 발 밑을 보라.
병들면 언제나 하루 한 끼요
밤잠은 언제나 삼경에 들라.
불경은 손에서 놓지를 말고
유경[1]은 마음속에 두지를 마라.

모두들 인간 세상 즐겁다 하나
죽음이야 언제든지 놀라운 사실
우리들은 실제의 일 논해야 하리.
어찌하여 빈 이름만 숭상할쏜가.

示明鑑尙珠彦和諸門輩

出家修道輩　財色最先禁
群居須愼口　獨處要防心
明師常部席　惡友勿同衾
語當離戱笑　睡亦莫昏沉
法如龜上木　身若海中鍼

---

1) 유교의 경전을 가리킨다.

回光眞樂事　忍負好光陰
宿願如山海　期超大覺城
擇師兼擇友　精妙更精明
坐必向西坐　行須視地行
療身常一食　許睡限三更
金書不離手　外典莫留情
人世雖云樂　死魔忽可驚
吾儕論實事　安得尙虛名

중 인오가 글을 요청하기에

십 년이나 지팡이에 의지해 다니며
산속에서 물, 구름과 살아왔다네.
암자에 앉았자니 적막도 한데
창가에 비친 달도 외롭구나.

고향 땅은 천 리 밖 머나먼 고장
초막집엔 부모님들 살아 계시네.
푸른 바다 저 멀리론 낯선 이국 땅
넓은 하늘 저쪽에도 남의 나라라.

불도는 사랑을 끊는다지만
그렇다고 고향 집 몰라볼쏜가.
내 신세 풀잎의 이슬 같다면
세월은 달려가는 망아지랄까.

무엇을 이루려면 분발하여라.
불법을 위하려면 몸을 잊어라.
생동한 말마디로 의심 깨쳐야

바야흐로 대장부라 이름 떨치리.

賽印悟禪子求偈

十年飛榔標　雲水與江湖
獨坐庵猶靜　虛窓月亦孤
故鄉千里遠　萱室兩親俱
碧海遙連禁　青天半入吳

雖稱割愛釋　忍負賣柴盧
身世凝朝露　光陰過隙駒
做工先發憤　爲法便忘軀
活句疑團破　方名大丈夫

회포를 읊노라

하늘땅은 하나의 객사라면은
이 한 몸은 그 속에 밥붙인 신세.
삼신산에 솟은 달 대숲 비칠 때
홀로 앉아 듣노라 비취새 소리.
봄비 내린 못가에는 개구리들뿐
울어 대는 그 소리 음률이런 듯.
마음을 가다듬고 경서 읽으나
생각이야 그 어찌 글에 있으랴.

한평생 재주 없이 살아온 이 몸
일찍이 배운 것은 산속의 단잠
잠 속에 깊이 들면 넋까지 변해
때때로 나비처럼 날기도 하네.
꿈속에선 몹시도 바쁘던 나날
깨어 보면 조용해 아무 일 없네.
허허허 소리 내어 크게 웃노라
온갖 불법 진실로 아이들 놀음.

詠懷

乾坤逆旅中　露電身如寄
明月三山竹　獨坐聞翡翠
春雨一池蛙　出入當鼓吹
念念轉千經　何須讀文字
平生沒伎倆　早學林下睡
睡熟漸交魂　變作蝴蝶翅
夢裏甚紛紜　覺來寂無事
呵呵開大笑　萬法眞兒戲

풍악산

장하고도 장하도다 풍악산이여
우뚝이도 솟았구나 하늘 드높이.
비바람 그 몇 번을 거치었건만
산줄기는 오랜 세월 굽지 않았고
눈서리 그 몇 번을 겪었어도
거연히 창공 향해 솟아 있구나.
소나무와 잣나무 그 속에 자라
검푸른 바닷물과 기맥 통했네.

지체 높고 틀이 있는 옛사람들도
풍악산 마주하면 공경하였네.
이 세상에 태어난 대장부라면
절개와 의리를 배워야 하리.
내 한번 이 산 위에 올라왔더니
하늘의 붉은 해 저물어 가네.
탑 곁의 빈 방에서 홀로 잠드니
마치도 용의 무리 울부짖는 듯.

楓嶽山

壯哉楓嶽山　截然高屹屹
幾經風與雨　脊梁長不屈
幾經雪與霜　落落扶天立
亦多老松杉　青海通雲濕
珍重古之人　與山猶相揖
天生大丈夫　節義要先習
我來一登臨　天邊紅日入
獨宿塔寺空　如聞龍象泣

한강에서 노닐며

아침 녘 내린 비에 버드나무 푸르렀네
봄바람 살랑대니 강물은 안개런 듯.
한 가락 피리 소리 뱃전에서 울려오니
어부들은 가리키며 신선이라 말들 하네.

遊漢江

楊柳靑靑朝雨過　東風微動水如烟
一聲玉笛舟中出　漁子指云江上仙

화개동 2

꽃 폈다는 화개동에 꽃잎은 스러지고
푸른 학 둥지에 학은 아니 돌아오네.
홍류교 다리 밑에 흘러가는 저 시냇물
바다 향해 너는 가고 산길 따라 나도 가네.

花開洞

花開洞裏花猶落　靑鶴巢邊鶴不還
珍重紅流橋下水　汝歸滄海我歸山

금릉으로 가는 길에서

진나라 적 방천 위엔 버들 숲 우거지고
한나라 때 무덤가엔 온갖 풀 무성했네.
하늘이 말을 하면 사람들 물으련만
무정한 저 강물만 옛날처럼 흘러가네.

金陵途中[1]

秦隨堤上千條柳　漢楚陵邊百草秋
天若有言人可問　無情江水古今流

---

1) 《청허당집》 권1에는 두 수가 있으나, 한 수만 옮겨 실었다.

고운 최치원의 비석에

골짜기에 구름 끼니 멧부리들 적막한데
꽃잎 뜬 시냇물은 유유히 흐르누나.
누가 알았으랴 팔 척 장신 우리 나라 최치원이
중국 땅 사백 고을에 명성을 떨칠 줄을.

題崔孤雲石

雲散洞天山嶽靜　落花流水去悠悠
誰知八尺三韓客　聲動中華四百州

강릉진에서 묵으며

우물가의 오동나무 가을 오니 잎이 진다.
이웃집의 피리 소리 몇 사람이 수심 짓나.
바람아 기러기 떼 남쪽으로 보내지 마라.
만 리 먼 길 가던 손님 진루에 와 있노라.

宿江陵鎭

井上梧桐一葉秋　隣家月笛幾人愁
西風莫遣南飛鴈　萬里征夫在戍樓

소나무와 국화를 심으며

지난해는 뜰 앞에다 국화를 심었더니
금년에는 난간 밖에 소나무를 다시 심네.
산에 사는 중의 신세 꽃나무 좋아하랴.
사람들 이 꽃 보며 공허함을 알았으면.

栽松菊

去年初種庭前菊　今年又栽檻外松
山僧不是愛花草　要使人知色是空

고향에 돌아와

내 어린 나이에 고아가 되어 열 살에 집을 떠났다가 서른다섯 살에 고향에 돌아와 보니 옛날 앞뒤에 있던 마을들은 텅 비어 밭이 되어 버렸는데 다만 뽕나무와 보리밭만 푸르러서 봄바람에 흔들리고 있었다. 서글픈 생각을 금할 수 없어 허물어진 집의 바람벽에 회포를 적어 놓고 나서 하룻밤을 묵고 산으로 돌아왔다.

서른 해 세월 흘러 고향으로 돌아오니
사람 죽고 집 무너져 마을은 텅 비었네.
푸른 산은 입 다물고 봄날은 저무는데
두견새 울음소리 아득하게 들려오네.

還鄕 二首¹⁾

余卯年孤哀 十歲離家 三十五歲還鄕 則昔之南隣北閭蕩然爲耕 惟桑麥靑靑 動搖春風耳 不勝哀楚 書懷于廢宅之壁 一宿而還山焉

三十年來返故鄕　人亡宅廢又村荒
靑山不語春天暮　杜宇一聲來杳茫

---

1) 《청허당집》에는 두 수가 실려 있으나, 한 수만 옮겨 실었다.

떠돌아다니는 중

봄철이면 동해에서 남쪽 향해 길 떠나고
가을이면 서산, 북방 또다시 걸음 걷네.
삼백예순 날 온 한 해를 쉬임 없이 다니건만
모를레라 그 언제면 고향 집에 가 닿을지.

行脚僧

春從東海南飛錫　秋向西山又北方
三百六旬長擾擾　不知何日到家鄉

천후산의 형님에게

동과 서로 갈라져서 생각한 지 얼마런가
형님 얼굴 못 본 지도 어언간 오 년 세월.
밤마다 꿈에라도 우리 서로 모이는 곳
흰 갈매기 날아 예는 물빛 푸른 바다 기슭.

寄天吼山年兄

東西渺渺思何許　不見尊兄已五年
夜夜夢魂相會處　連天靑海白鷗邊

풍악에 올라

높은 봉에 올라서서 가을 풍경 바라보니
학을 타고 양주를 나는 듯[1] 이 마음 장쾌하네.
푸른 하늘 아득하고 바다는 하 넓은데
어느 곳이 신선 사는 삼신산, 십주더냐.

登楓嶽

長嘯登高遠望秋　快如騎鶴上楊州
碧天寥廓滄溟濶　何處三山與十洲

---

1) 길손들이 만나 각각 원하는 것을 말해 보자고 하였다. 어떤 이는 양주 자사揚州刺史가 되
   고 싶다 하고, 어떤 이는 많은 재물을 원하였으며, 어떤 이는 학을 타고 날기를 원한다고
   하였다. 마지막 사람이 말하기를, '허리에 십만 관 돈을 차고 학을 타고서 양주를 날고 싶
   다.'고 하였다. 이 말이 전해져서 실현되기 어려운 바람이나 이루어질 수 없는 좋은 일을
   의미하게 되었다.

자신을 조롱하며

사람이란 아마도 나이가 귀한가 봐
지금에야 뉘우치네 지난날의 그 행실을.
어찌하면 내 손으로 바닷물 들이부어
판사라는 그 이름을 이 몸에서 씻어 보랴.[1]

自嘲

大抵人生年齒貴　如今方悔昔年行
何當手注通天海　一洗山僧判事名

---

1) 서산대사는 승과에 급제하여 선교 양종 판사禪敎兩宗判事가 되었다. 이후 벼슬을 하는 것
   은 승려의 본분이 아니라고 생각하고, 승직에서 물러났다.

글을 요구하는 성 감사에게

이불 속에 칼이 있고 술잔 안에 독 있나니
친하다고 생각하고 내 비밀 누설 마라.
세상에는 어디에나 평지파란 있다거니
조용히 홀로 앉아 옳고 그름 생각하라.

衾成方伯求頌

衾裏戈矛杯鴆毒　莫因親昵漏吾微
世間亦有平田地　端坐虛懷泯是非

우연히 읊노라

산과 시내, 해와 달은 태평세월 그대론데
세상 구제 못하면서 대장부라 부를쏜가.
붓 잡고 글 쓰다가 이내 다시 지우고서
무릎 꺾고 돌아앉아 남몰래 한숨짓네.

偶吟

山川日月是唐虞　濟世無才稱丈夫
一筆寫成還抹却　低頭抱膝暗長吁

변방의 장수에게

말을 타고 공 이루려 한가한 날 있었으랴.
나이 이미 마흔이라 얼굴마저 쇠했어라.
고향이라 만 리 길 하늘 한끝 아득한데
스러지는 노을 속에 푸른 산은 실낱 같네.

寄邊帥

馬上功名不得閒　年來四十已衰顏
故鄉萬里秋天遠　一髮靑山落照間

비로봉에 올라

만국의 도성들은 개미집이 아닐런가
수많은 호걸들은 초파리와 다름없네.
창 밖에 뜬 밝은 달 내 잠자리 비치는데
끝없는 솔바람만 높고도 낮을시고.

登毗盧峰

萬國都城如蟻垤　千家豪傑若醯鷄
一窓明月清虛枕　無限松風韻不齊

느낀 것이 있어 옛 시구들을 모으노라

하늘 이치 분명하나 사람들 몽매하여
부질없이 부귀공명에 기뻐하고 슬퍼하네.
나이가 젊었을 때 늙은 뒤를 생각하고
한 몸이 편안한 날 위험한 때 잊지 마라.

한 고조의 집 앞에는 꽃 피어 비단 같고
위나라 방천 위엔 버들 자라 실 같은데
좋은 시절, 좋은 경치 헛되이 보낼쏘냐.
소낙비, 돌개바람 언제 올지 누가 알리.

感興集古詩

天道分明人自昧　功名得失謾欣悲
年當少日須思老　身在安時莫忘危
高祖宅中花似錦　魏王堤畔柳如絲
良辰美景忍虛負　驟雨飄風無定期

감호의 주인[1]에게

주인의 그 기상은 산과 바다 삼키런 듯
일찍이 과거 보아 그의 도 더욱 높아졌네.
소매 안에 지닌 검 강한 원수 무찌르고
붓 끝에서 이는 구름 마른 천지 적셔 주네.

가슴속엔 이백인 양 천 편의 시 간직하고
입으로는 도잠처럼 한 동이 술 마신다네.
책 읽고 거문고 타 누구이면 그 벗 될까
맑은 바람, 밝은 달만 그대의 집 방문하네.

＊

감호를 생각하면 그대 모습 기억되네
바위 위에 글 새기며 마음대로 오가던 그.
대문 밖은 동해라 달 먼저 구경하고
창문 너머 산 있으니 가을을 쉽게 맞네.

---

1) 봉래 양사언(楊士彦, 1517~1584)을 말한다.

이웃 마을 피리 소리 귀 기울여 들어 보고
먼 곳 절간 등불놀이 머리 들어 바라보네.
부귀란 본래부터 우리의 일 아니거니
자기 운명 즐길 뿐 무엇을 더 바라리.

上鑑湖主人　二首

主人氣宇呑山海　早賦歸來道益尊
袖裏劍衝强楚越　筆端雲濕早乾坤
胸盤李白詩千首　口吸陶潛酒一樽
讀易鳴琴誰與友　淸風明月入重門

　　　　*

鑑湖追憶賀風流　開鑿豊巖任去留
東海臨軒先得月　西山當戶易逢秋
近村聞笛多傾耳　遠寺觀燈數擧頭
富貴本非吾輩事　樂夫天命更何求

두류산 능파각에 쓰노라

구름 위에 누각 솟고 물 위에는 다리 누워
산속의 중 매일같이 무지개를 밟는다네.
어지러운 이 세상 몇 번이나 바뀌었나.
어느 때 이곳 백성 늙은이 되었던가.

봄 늦은 신선 세상 꽃떨기 날리는데
달 밝은 하늘 위의 백옥루는 비었구나.
물소리, 바람 소리 그칠 날이 없으니
변함없는 하늘땅 오히려 우습구나.

題頭流山凌波閣

畵閣飛雲橋臥水　山僧每日踐長虹
幾多塵世翻新局　何代閑民作老翁
春暮仙間花雨亂　月明天上玉樓空
潤琴松瑟無終曲　萬古乾坤一笑中

이 감사의 시에 차운하여

어려서 부모 잃고 미친 애라 불리던 나
마음이 어지러워 쑥대같이 떠돌았네.
돌처럼 나뒹굴다 현혹에도 빠져들고
부질없는 걱정으로 큰 병에도 걸렸어라.

허무한 생각 속에 유학, 불도 터득했고
적막한 처지에도 죽음과 삶 몰아냈네.
스무 해 긴긴 세월 이룬 일 하나 없어
구름 덮인 하늘 향해 주인을 불러 보네.

次李方伯韻

緬惟卯歲號狂童　心緖紛紛轉若蓬
懸石離飢緣惑網　杯蛇得疾爲疑籠
碎儒碎釋虛無外　驅死驅生寂寞中
二十年來無一事　雲邊長喚主人公

싸움터

생각나네 그 옛날 바다 싸움 하던 때가.
달려가는 함선들은 새매같이 빨랐지.
원수들과 우리 군사 뒤엉켜 싸움할 제
고함 소리, 북소리는 바닷물을 삼키련 듯.
번뜩이는 칼날들은 붉은 해를 덮었는데
수천 명의 원수들을 삼대 베듯 하였어라.

망망한 바다에는 놀란 넋들 울부짖고
조각달은 모래부리의 백골들을 비춰 주네.
끝이 없는 수풀 속엔 청제비 떼 날아 예고
인적 없는 마을에는 꾀꼬리 지저귀네.

그대는 듣지 못했는가.
태평세월 오래 되면 사람들 마음 변해
한가하고 나태하면 저 하늘이 벌 주는 걸.
지나가는 이 나그네 막대 짚고 보노라니
옛 절터의 꺾어진 비석 거친 풀 속에 묻혔구나.

戰場行

憶曾當日水戰時　萬艇飛海如天鵠
兩兵交攻杳莫分　忍痛大聲波欲渴
霜劍如森翻日色　斬盡千頭如一髮
茫茫碧海驚魂泣　夜月寒沙照白骨
百里春林燕子飛　柳村無人鶯語滑
君不聞
太平日久人心頑　放逸懈怠天亦罰
客過秋風一杖去　古寺斷碑荒草沒

숲 속에서

도인은 청렴하고 가난하여라.
노을과 안개 피어오르네.
베옷으로 추위와 더위 보내며
송화로 한평생을 살아가거니
하늘이 높다고 머리를 들고
땅이 넓다고 무릎을 펴랴.
푸른 이끼 깔개 삼고
바윗돌을 베개 삼아.

겨우살인 해를 가리워도
푸른 시냇물 길이 흘러 흐르네.
이처럼 살아가거니
죽는다고 무엇이 근심이랴.
푸른 바다 저 멀리 삼신산 있네
흰 구름 피어나고 학들 나는데.
달 밝은 밤 산속에서
두견새 슬피 우네.
아, 줄 없는 거문고

구멍 없는 피리가 아니라면
내 뉘와 함께 태평곡을 불러 볼쏜가.

林下辭

清貧兮道人　鼓翼兮烟霞
葛衲兮度寒暑　松花兮送生涯
天高兮直頭　地廣兮伸膝
甎兮綠苔　枕兮埋石
藤蘿蔽日兮碧澗長流　生旣如是兮死亦何憂
靑海三峰兮白雲橫鶴　子規一聲兮明月空山
吁若非無絃琴無孔笛兮　吾誰與唱太平之曲也哉

청허가

그대 거문고 안고 소나무에 기대섰네.
높이 자란 소나무는 변심을 모르는데
내 푸른 시내에 앉아 노래를 부르노라.
푸른 시냇물은 나의 마음이거니
마음이여 마음이여
내 그대와 함께 있으리.

清虛歌

君抱琴兮倚長松
長松兮不改心
我長歌兮坐綠水
綠水兮清虛心
心兮心兮
我與君兮

남산에 올라 서울을 바라보며

하늘은 검푸르고 땅은 누른데
이 고장은 서울이라 일천 고을 거느리네.
하늘은 낳아 놓고 땅은 키우나니
우리 임금 성군이라 만물을 기르시네.
하늘은 높고 땅은 두터우니
우리 조선은 만년 세월 영원하리라.
대궐을 바라보며 큰절 올리고
기쁜 마음 춤을 추며 돌아가노라.

登南山望都歌

天其玄兮地其黃兮　維此大都統千邑兮
天其生兮地其遂兮　維此大聖囿萬類兮
天其高兮地其厚兮　維此朝鮮齊萬壽兮
望拜闕門　舞蹈而還

신령한 골짜기에 능파각을 세우고

頭流山神興寺凌波閣記

세상에서 이르기를 바다 가운데 세 개의 산이 있다고 하는데 두류산頭流山은 그 가운데 하나다. 두류산은 우리 나라 호남과 영남 두 남도 사이에 있다.

산에는 절이 있으니 이름을 '신흥사神興寺'라고 하며 절 곁에는 골짜기가 있어 이름을 '화개동花開洞'이라고 한다. 골짜기는 좁아서 마치 사람이 독 안으로 드나드는 것 같다.

동쪽을 바라보면 푸른 골짜기 하나가 보이는데 이것이 청학동靑鶴洞이다. 푸른 학이 거기에 있다. 남쪽을 바라보면 여러 개의 봉우리가 강물 위에 솟아 있는데 그것이 백운산白雲山이다. 흰 구름이 여기서 생겨난다.

골짜기 안에는 마을이 하나 있는데 대여섯 집이 자리 잡고 있다. 꽃나무, 대나무가 우거지고 닭 울음, 개 짖는 소리가 들려오는데 거기서 사는 사람들은 옷차림이 소박하고 머리단장은 예스럽다. 살아가는 형편은 오직 밭 갈고 우물 파는 것을 알 뿐이요, 찾아오는 사람이란 다만 늙은 중들이 있을 따름이다.

골짜기에서 신흥사의 대문에 이르는 어간에 남쪽으로 십여 발자

국을 가면 동쪽과 서쪽에서 흘러오는 시냇물이 합쳐져서 하나의 내를 이룬다. 맑은 물이 돌에 부딪치면서 우불구불 흘러 소리를 내고, 달리던 물결이 한 번 뒤번지면서 수천 송이 눈꽃을 이루어 참말로 볼만한 구경거리다.

시내의 양쪽 언덕에는 수천 개의 돌 소, 돌 양이 누워 있는데 이것들은 처음 하늘이 험준한 곳으로 만들어서 신령스러운 이 골짜기를 숨기려 하였던 것이다. 만약 겨울에 얼거나 여름에 물이 나면 사람들이 들어올 수가 없으니 이것이 흠이다.

신유년(1561) 여름에 이 산에 거처하는 승려 옥륜玉崙이 동료 승려인 조연祖演에게 부탁해서 시내 골짜기에 있는 돌 소, 돌 양들을 일쿠어 기둥으로 세우고 하나의 긴 다리를 놓았고 다리 위에는 다섯 칸 되는 높은 누각을 세우고 각각 단청을 입혀 장식을 하였다. 그리고 다리의 이름을 '홍류교紅流橋'라고 하였고, 누각의 이름은 '능파각凌派閣'이라 하였다. 밑에는 황룡이 물결 위에 누워 있고 위로는 붉은 봉황새가 하늘을 나는지라 형세는 단례端禮의 원각黿閣과 같으나 장의張儀의 귀교龜橋와는 많이 다르다. 불승이 여기에 오면 도를 닦을 마음이 생기고, 시인이 여기에 오면 시구가 떠오르며, 도사가 여기에 오면 본래의 모습을 바꾸지 않고서도 바람을 몰아 하늘로 오를 수 있다.

이리하여 옥륜과 조연, 두 스님은 아득한 이 세상에 마음을 붙이고 몸은 떠가는 구름에 맡긴 채 때때로 지팡이를 짚고 나와서는 혹 거기서 시를 읊기도 하고 혹 거기서 차를 마시기도 하며 혹은 그 사이에 드러누워서 늙어 간다는 것을 잊어버리기도 한다.

그리고 또 능파각으로 말하면 몸이 백 척 높이에 올라가니 별을 따는 듯한 맛이 있고 눈은 천리를 내다보아 하늘에 오르는 듯한 맛이 있다. 외로운 물오리가 스러져 가는 노을과 나란히 나는 것은 등왕각騰王閣의 맛을 내며 하늘 한 끝에 세 개의 산봉우리가 머리를 쳐든 것은 봉황대鳳凰臺의 맛을 가진다. 맑은 내와 아름다운 풀은 황학루黃鶴樓와 비슷하고 떨어진 꽃잎이 물에 흐르는 것은 도화원桃花園과 흡사하며 가을이 되어 비단을 펼친 듯한 경치는 적벽赤壁의 맛이 나고 반가운 손님을 맞이하고 보내는 데는 호계虎溪의 맛이 있다. 또 짐을 진 사람, 임을 인 사람, 농사꾼, 낚시꾼, 빨래하는 사람, 목욕하는 사람, 바람 쏘이는 사람, 노래 부르는 사람이 있고 풍치를 구경하고 달을 바라보는 사람도 있어 이 누각에 올라서면 온갖 즐거움을 다 누릴 수가 있다. 그러니 이 누각이 사람들의 흥취를 돋우는 것이 적지 않다.

바람 불고 비 내리고 얼음 얼고 눈이 와도 냇물을 건너는 사람들은 옷을 걷지 않아도 되니 냇물을 건널 수 있게 하는 그 공이 또한 크다.

그런즉 누각 한 채를 이루어서 온갖 즐거움이 다 갖추어지게 되었으니 어찌 반드시 어진 사람이 있어야 이런 것들을 즐길 수 있다고 하랴. 다만 옛날에는 하늘이 신비로운 이 고장을 감추어 두었는데 지금 두 스님이 구름을 꾸짖어 쫓아내고 산이며 절간이며 골짜기며 시냇물이 이 세상에서 이름을 숨기기 어렵게 만들었으니 그것이 한스러울 뿐이다.

비록 그러하나 어찌하면 유마維摩의 손재주를 얻어 이 누각을 당기어서 천 간, 만 간을 이루고 필경은 이루 헤아릴 수 없는 커다란 집을 만들어 이 세상 사람들을 보호하여 주겠는가.

갑자년(1564) 봄에 쓴다.

나그네가 봉은사에 이르고 보니

奉恩寺記

나그네가 바람과 구름으로 기질을 삼고, 강과 바다로 도량을 삼으며, 해와 달로 눈을 삼고, 봄과 가을로 호흡을 삼으며, 반고의 이마를 밟고 끝없는 지경을 둘러본다. 그러다가 이 절에 이르러 그 사실을 기록한다.

전각에 오르면 서늘한 바람을 맞을 수 있고 푸른 숲에 다다르면 더위를 가실 수 있다. 연꽃을 마주하면 향기가 코를 찌르고 매화를 구경하노라면 달빛이 창문으로 스며든다. 한강 물은 왼편으로 흐르니 그것은 동쪽에서 서쪽으로 꿰지른 것이며, 한길이 오른쪽에 있으니 그것은 서울로 통하는 길이다.

이로 하여 배를 대고 말을 매어 와작 붐비는 나그네들이 날마다 그칠 사이가 없으니 주인으로서 그들을 맞고 보내느라 그 일 또한 그칠 날이 없다. 남쪽의 딴 방 하나가 겨우 자리를 거두면 동쪽의 딴 방은 또다시 잔치를 치러야 하는데 먹은 음식을 거두기 전에 새로 찻상을 벌여야 한다. 만 개의 솥에 불을 지피느라 매일 아침을 보내고 백 섬의 낟알을 찧어도 열흘 양식이 되나마나 하다. 그 손님들이란 혹 공손하고 검박하기도 하며 취하기도 하고 깨어나기도 하며 성내기도 하고 기뻐하기도 하여 무릇 그들의 몸가짐은 이루 다 형용할 수가 없다.

그러나 주인 된 사람은 눈에 별다른 기색을 지으려 하지 않으며 귀로 별다른 소리를 들으려 하지 않고 자기 할 일만 한다. 그러므로 말 한마디 몸짓 하나가 모두 한가지 모양이다.

아, 부귀라는 것은 사람들이 누구나 다 좋아하는 것이면서 또 누구나 다 싫어하는 것이기도 하다. 그리고 가난은 사람들이 모두 싫어하는 것이면서 또 모두 좋아하는 것이기도 하다.

이 절의 주인으로 말하면 그가 가난하고 천한 몸이면서 부귀하다는 이름을 가진 것도 봉은사 때문이고, 남을 시비하는 일이 없으면서도 좋다, 나쁘다 하는 이름을 얻었으니 그것 또한 봉은사 때문이다.

옛사람이 이르기를, "무늬 좋은 표범이 재난을 당하는 것은 가죽 때문이다." 하였는데 지금의 봉은사는 주인에게 가죽이다. 그러나 부귀요, 빈천이요, 시비요, 사랑이요, 증오요 하는 모든 것들은 다 주인 자신에게 있어서는 마치도 떠가는 구름이 하늘에 있는 것과 마찬가지다.

아, 주인의 이름을 듣는 사람들은 다만 주인에게 보고 듣는 즐거움이 있다는 것을 알 뿐이요, 그에게 보고 듣는 것 이외의 즐거움이 있다는 것은 알지 못할 것이며, 주인의 몸을 보는 사람들은 주인이 곧 보고 듣는 즐거움이라는 데 대하여서는 알지 못할 것이다.

그 주인은 누구인가, 조계종曹溪의 벽운대사碧雲大師인 소요자逍遙子다. 때는 을묘년(1555) 여름이다.

사명당

四溟堂 1544~1610

임진왜란 때 강원도 금강산 지역에서 승려들을 불러 모아 의병을 일으켰다. 속성은 임任이고, 자는 이환離幻이며 법명은 유정惟政이고, 호는 사명당 또는 송운松雲이라고 하였다. 금강산 유점사에 거처하던 중 왜적이 쳐들어오자 승병을 일으켜 왜적을 쳤으며 후에는 서산대사를 대신하여 전국의 승병을 통솔하였다. 임진왜란이 끝난 다음에는 일본에 사신으로 건너가 조선 사람 송환 문제 등을 해결하는 데 기여하였다. 문집으로《사명당집四溟堂集》과《분충서난록奮忠舒難錄》이 전한다.

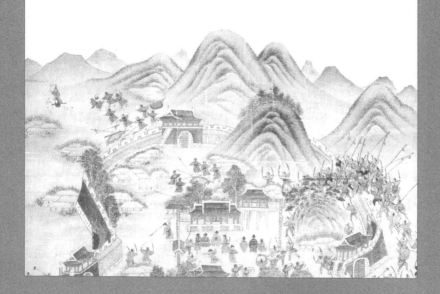

임금의 행차가 서쪽으로 향하였다는 말을 듣고

나의 삶 무엇에 비길까.
해마다 홀로 누대에 오르네.
세월은 빨라 나는 새 같구나
흰 서리 내리니 때는 벌써 한가을.

소쩍새 높이 나니 강물은 차가운데
초목은 다 시드니 내 생각 끊임없네.
아득히 구름 막힌 서쪽을 바라보니
기러기야 기러기야
네 앞길엔 바다가 막혔구나.

*

바라보고 바라보노라 멀고 먼 하늘
떠나갔던 사신은 안 돌아오네.
개돼지 무리는 한길에 가득한데
날 저문 저녁에 누대에 올랐노라.

하늘가 저 멀리 님이 계신데
세월 흘러 가을 지나고 해마저 저물어 가네.
두견새 높이 날고 이해도 저물어 가니
머나먼 강 언덕엔 뭇 꽃들 지네.

             *

임금이 서쪽으로 피난을 가니
서울은 텅 비어서 사람들 없구나.
문무백관 모두가 도탄에 들고
동서남북 사방 개돼지들뿐.

             *

텅 빈 산에 낙엽은 지고
싸늘한 밤 산짐승 슬피 우네.
근심에 싸여 말이 없구나
아득한 북쪽 바다 봉황새는 돌아오지 못하네.

날씨 차갑고 사람들 아니 오니
짐승들 울음 속에 초목만 시드네.
한밤 홀로 앉아 향불 사르노라니
하늘에는 달 솟아오르네.

聞龍旌西指痛哭而作　四首

吾生兮何似者　頻年兮獨倚樓

歲月忽兮如過鳥　霜露白兮悲早秋

鶗鳩高飛兮湘水冷　草木蕭瑟兮我思悠悠

望秦雲兮遼山遙　鴻兮雁兮隔海

　　　＊

望望兮天遠　關使兮未廻

犬羊群兮滿路　日暮天寒兮獨登臺

有美人兮天一涯　望望經秋兮日欲斜

鶗鳩高飛兮歲將晚　衆芳歇兮遙黃河

　　　＊

龍興兮酉幸　鳳城兮一空

文武多士兮轉于丘壑　犬兮羊兮南北與東

　　　＊

落葉兮空山　猿啼兮夜寒

悄然兮無語　遼海沼沼兮鳳未還

天寒兮人不來　草木黃落兮

焚香兮夜坐　月出兮天開

눈비 내리는 시월 초사흗날

날씨 벌써 추워지니 함박눈 내리는데
맨머리에 홑옷 입고 사람들 오가누나.
도륙당한 우리 백성 길가에 널렸구나.
통곡, 통곡하노라.
날은 저물어 산 그림자 어두운데
북쪽 바다 어데더냐.
저 멀리 하늘 한끝 미인을 생각하노라.

十月初三日雨雪寫懷

天寒旣至　白雪如斗
赤頭綠衣兮　絡繹縱橫
魚肉我民兮　相枕道路
痛哭兮痛哭　日暮兮山蒼蒼
遼海兮何處　望美人兮天一方

푸른 소나무

소나무여 푸르고나 그대는 초목의 군자
눈서리에 썩을쏜가 이슬비에 꽃이 피랴.
썩지 않고 꽃 없이도 사시장철 푸르고나.
푸르러라 소나무여
달 뜨면 금 이는 소리 바람 불면 거문고 소리.

靑松辭

松兮靑兮　草木之君子　霜雪兮不腐
雨露兮不榮　不腐不榮兮　在冬夏靑靑
靑兮松兮　月到兮篩金風來兮鳴琴

가을바람

가을바람 불어오니 맑은 이슬 떨어지고
기러기 떼 날아가니 온갖 꽃 스러지네.
장맛비 거두더니 강물은 차갑고
짙은 구름 없어지니 밝은 달 솟아나네.
수자리 나간 이 옷 받지 못했으니
이 밤도 집 그리워 피눈물 흘리리라.

秋風辭

秋風起兮白露下　雁影南渡兮衆芳歇
潇潦盡兮湘水寒　濕雲卷兮露明月
黃河戌子兮未受衣　一夜思家兮淚成血

서울에서 병석에 누워 유성룡 공에게

어지러운 싸움터에 몸 한번 내맡기니
칠 년 세월 흘렀어도 돌아가지 못했노라.
군사 지휘 바쁜 나날 단잠 한번 못 잤는데
서울에서 들려오는 소식조차 드물어라.

거울에 비춰 보니 얼굴 모습 변했구나.
근심 속에 살아가니 세월은 더디어라.
내일 아침 강을 건너 만나 보려 하였건만
섭섭해라 이 약속 또 어기게 되었구나.

洛下臥病上西厓相公

一落黃雲戍　七年猶未歸
皷鼙秋夢少　京洛鴈書稀
鏡裡容華改　愁中歲月遲
明朝渡江水　怊悵又相違

부벽루에서 1

하늘의 자손은 어데로 갔나.
물결만 옛 성루를 뒤흔드누나.
날 저물어 푸른 구름은 흩어지는데
단풍 숲에 달 솟으니 가을 깊구나.

인간 세상 풍파는 위태롭건만
하늘 위엔 봉황새 날아 예누나.
한 곡조 사랑가 들려오는 곳
천 년 세월 강물만이 흘러가누나.

浮碧樓用李翰林韻

天孫何處去　波瀲故城樓
日暮碧雲散　月明紅樹秋
人間風雨急　天上鳳凰遊
一関後庭曲　千年江水流

복주 성루에서 묵으며

밤 깊어 나팔 소리 조용해지니
소란하던 마을에 인적 드무네.
늪가의 풀섶에는 이슬 내리고
중이 입은 가사 위엔 반딧불 앉네.

근심 속에 앉았자니 할 말 없구나.
끊임없는 걱정은 더해만 가네.
달 떨어진 고개 위에 별도 졌는데
성 머리 숲 속에선 까마귀 나네.

宿福州城樓

夜久角聲微　千家人跡稀
露生池舘草　螢入定僧衣
悄悄坐無語　悠悠漸息機
星廻月墮嶺　城樹曙鴉飛

수양성에서 묵으며

언덕 위 나무숲에 가을 아직 이르건만
성 머리 해자에는 찬비가 내리누나.
갑옷 입은 몸이거니 고향으로 어이 가리.
나그네 마음이라 밤 시간 지루하네.

물길 따라 기러기 떼 멀리로 날아가고
처마 밑엔 반딧불 어지러이 나는데
화로엔 불 꺼진 채 잠 못 들고 밤새우다
새벽이 다가오니 또다시 길 떠나네.

宿首陽城

壟樹秋期早　城池夜雨寒
甲兵鄕路隔　羈思漏聲闌
鴈度江湖外　螢飛廊宇間
不眠香爐冷　侵曉又催鞍

강계 판관으로 가는 유 정랑에게

성 밑에서 우리 지금 뜻밖에 작별하니
서울 안의 한철 꽃도 속절없이 스러지네.
걱정스런 일이 많아 온 나라가 우려하니
미더운 신하들을 변방으로 보내누나.

오랑캐 땅 검은 구름 변방에 덮였는데
이 강산의 밝은 달은 그대 몸에 비치거니
생각노라 저 멀리 북방의 진영에서
그대는 아침마다 여기 서울 바라보리.

送兪正郎除江界半刺

城隅忽分手　花盡洛陽春
海內傷多事　天涯遣近臣
虜雲迷寒草　漢月照征人
想到陰山下　朝朝望紫宸

유성룡 공의 운에 차운하여

몇 번을 죽었다가 살아난 이 몸
풀 무성한 언덕 밑에 집을 잡았네.
기러기 돌아가니 변방은 멀고
산세는 궁벽하여 구름 짙은데.

백발의 늙은이로 강변에 사니
고향 땅 그리워서 산속 꿈꾸네.
하늘가에 잔별들 스러지는데
묻노니 이 한밤은 어이 지냈나.

次西厓相公韻題坦後軸

萬死餘生在　柴門掩碧坡
鴈廻沙塞遠　山僻水雲多
白首淹漳浦　歸心夢薜蘿
殘星下天末　更問夜如何

부벽루에 올라

꽃피는 늦은 봄날 평양에 온 나그네
맨 먼저 올랐노라 부벽루 누대 위에
동명왕 오른 하늘 물처럼 푸른데
모래부리에 달 비치니 밤기운 가을 같네.

미앙궁[1]의 성긴 버들 천 년 동안 한빛인데
장락궁[2]의 풍경 소리 시름을 자아내네.
세상일 속절없어 구름 따라 흩어지고
대동강만 변함없이 서쪽으로 흘러가네.

登浮碧樓

落花春晩箕城路　遠客初登浮碧樓
鳳去帝郷天似水　月高汀樹夜如秋

---

1) 한漢나라 장안성長安城 남쪽에 있던 궁궐.
2) 한나라 때의 궁궐.

未央疎柳千年色　長樂殘鐘此日愁
人事已隨雲雨散　浿江依舊向西流

고향을 그리며

남방 땅은 멀고 멀어 기러기도 안 가는데
병석에서 부질없이 고향을 그리노라.
구름 덮인 산봉우리 오래도록 바라보고
달이 기운 강 언덕 꿈속에서 생각노라.

철 늦은 연못가엔 버들꽃 날리는데
봄 깊은 울안에는 꾀꼬리 지저귀네.
알겠노라 지난해에 내 떠나온 길가에는
예전처럼 온갖 꽃 무성하게 자랐으리.

望鄕

南國迢迢回鴈絶　病中虛動故園情
雲埋楚峽客長望　月墮江樓夢屢驚
節晚橫塘飛落絮　春深故院語流鶯
遙知洛水去年路　芳草萋萋依舊生

계미년 가을 관서로 가는 길에[■]

철 늦은 관서 땅에 꽃들은 다 졌는데
서리 내린 언덕길로 남쪽 향해 돌아가네.
길가에 노란 국화 전날과 다르고나.
시름없는 산들만이 옛 모습 그대롤세.

만 리 길 오간 신하 눈물 자주 흘리는데
한 해 사이 귀밑에는 흰 실이 드리웠네.
아름답다 한강수 변함없는 흐름이여
해 저물어 부질없이 복조사[1]만 읊조리네.

癸未秋關西途中

歲落關河衆芳歇　岸楓霜度客南歸

[■] 허봉을 생각하며 지은 것이다.
[1] 전한 시대의 문인 가의賈誼가 장사長沙로 유배갔을 때 자기의 불우한 처지를 슬퍼하여 지은 글이다.

路傍黃菊非前色　愁外靑山似舊時

萬里孤臣數行淚　一年霜鬢幾莖絲

美哉江漢洋洋水　日暮空吟鵬鳥詞

한 감사에게

그전 봄날 밤 절 안에서 이야기 나눌 때엔
모인 사람 가운데서 나이 제일 젊었지.
강 위의 달 둥그니 세월은 흘렀구나.
울안 매화 스러지니 소쩍새 슬피 우네.
오늘까지 봉홧불은 석 달째 타건마는
그날의 벗님들은 저승으로 돌아갔네.
그대만이 남아 있어 옛일을 회상하니
편지나마 자주 써서 구름 속에 부치노라.

奉韓監司[1]

憶曾湖寺春宵話　才子筵中最少年
江月始圓聞轉漏　院梅初落聽啼鵑
秖今烽火連三月　當日仙曹隔九泉
獨有使華多舊意　數書珍重寄雲烟

---

1) 《사명당집》 권3에는 두 수가 실려 있는데, 이 시는 그중 첫 시다.

바다를 건너기 전 여러 재상들과 함께

해를 두고 꾸민 계책 남은 생이 우습고나
가사 입고 서울에서 몇 달을 묵었노라.
봄 보내기 아쉬워서 시름과 병 겹치더니
산 생각 간절하여 노랫소리 신음 되네.

바닷길 걱정 없다 부질없이 말했건만
병법을 논하려니 중의 몸 부끄럽네.
나라의 여러 대신 이 자리에 모였거니
바라노라 글을 지어 동행 길에 힘 주기를.

謹奉洛中諸大宰乞渡海詩

年來做錯笑餘生　數月荷衣滯洛城
愁病平分送春恨　歌吟半惱憶山情
浮杯謾道堪乘海　飛錫初羞誤說兵
爲國重輕諸老在　願承珠唾貢東行

기해년 가을 변 주서와 이별하며

나라의 영 받들어 진영에 내려가니
두 나라의 산과 강이 여기에서 갈라지네.
세상이 어수선해 싸움이 잦았거니
십 년 세월 군총살이 또다시 이어지네.

성 가에 해가 지니 나는 새 바라보고
저 멀리 고향 생각 뜬구름 우러르네.
왜놈들 쳐부술 날 그 정녕 언제런고
화로에 재를 털고 향불을 사르노라.

己亥秋奉別邊注書

恭承朝命下轅門　夷夏山河到此分
四海風塵猶轉戰　十年征戍更從軍
城隅落照看廻鳥　天外歸心望去雲
掃盡妖氛定何日　撥灰金鴨細香焚

진천을 지나며

역마을의 구월 구일 슬픈 생각 새로운데
병든 몸에 속마음은 세월 따라 달라지네.
산속에서 나물 캐기 진정 나의 소원이니
벼슬길에 말을 타기를 내 어찌 바랐으랴.

거친 바다 십 년 세월 먼 곳에 수자리하고
중향성 돌아갈 날 묻노니 언제런고.
맑은 하늘 외기러기 동쪽으로 날아가는데
깜박이는 등잔 앞에 해진 옷섶 여미노라.

過震川

古驛重陽抱釖悲　病身唯有月相隨
衡峰燒芋眞吾願　官路乘肥豈我宜
瘴海十年空遠戍　香城何日定歸期
天淸一雁江東遠　明滅燈前攬弊衣

송도를 지나면서

늦은 봄날 나그네로 옛 도읍지 찾아오니
때마침 황혼이라 생각이 그지없네.
옥수가[1] 노래하던 대궐 터엔 풀만이 푸르고
향기 일던 궁궐에는 찔레꽃 붉게 폈네.

봉황새 날아나니 동산은 아득하고
용과 범 돌아가니 성곽은 비었구나[2].
번화하던 옛날 일 아이들 장난인가.
금천교 다리 밑엔 오동나무 늙었어라.

過松都

春深客過故都中　落日悠悠思不窮

---

1) 원래 이름은 '옥수후정화玉樹後庭花'로 남조의 진후陳後가 지은 곡이다. 가사가 음탕하
고 음조가 슬퍼, 망국의 노래라고 불렸다.
2) 용과 범〔龍虎〕은 용호기龍虎氣라고 하여 천자의 기운을 말한다. 여기에서는 도읍을 한양
으로 옮겨 송도가 텅 빈 것을 말한다.

玉樹歌殘宮草綠　寢園香滅野棠紅

鳳凰北去縱山遠　龍虎東歸城郭空

今古繁華是兒戲　錦川橋下老梧桐

남원 군영에서

푸른 장막 속에 밤은 깊어 처량한데
조두[1] 소리 그치니 달도 따라 기울고저
큰 뜻을 못 이룬 채 이해 다시 다 지나니
큰 칼을 손에 들고 베짱이[2] 소리를 엿듣노라.

在南原營

碧油幢幕夜凄凄　刁斗無聲月欲低
壯志未酬驚歲晏　手持雄釰聽莎雞

---

1) 구리로 만든 솥 같은 기구. 낮에는 음식을 만들고 밤에는 군사들이 순찰할 때 바라로 썼다.
2) 메뚜기.

전라 방어사 원장포에게 드리노라

싸워서 이긴 다음 시냇물에 검 씻고서
돌아갈 마음으로 이 땅에 이르렀네.
불계의 우리 생활 뉘라서 알아주랴.
솔문에 기대서서 학의 울음 들어 보리.

奉全羅防禦使元長浦

百戰功成釽洗溪　思歸一念到原西
白蓮社會知誰健　同倚松門聽鶴啼

평양을 지나면서

나라 망한 이 산천에 왕의 기상 쇠잔해라.
천손은 어디 가고 흰 구름만 떠도는고.
이제는 대궐 안에 종소리도 멎었으니
변함없는 밝은 달만 강물 위에 빛 뿌리네.

*

청류벽 밑 한 가닥 길 예나 지금 마찬가지
풀이 자란 석양 길로 사람들 오고 가네.
천 년 세월 흥망성쇠 누구에게 물어보랴.
백운교 주변에는 들꽃만 만발했네.

*

황혼 녘 구름 송이 남쪽으로 떠가는데
시름겨운 이 나그네 망향대 위에 올랐어라.
가을바람 불어와도 단풍 든 잎 안 지더니
한밤중에 객사에는 차가운 비 내리누나.

過西都 三首

國破山河王氣殘　天孫何處白雲間
只今宮漏秋鐘歇　千古月明江水寒

*

清流壁下古今路　靑草夕陽人去來
欲問千愁興廢事　白雲橋畔野花開

*

落日孤雲渺南國　羈愁獨上望鄕臺
秋風黃葉不歸去　空舘夜聞寒雨來

임진년 시월 승병을 거느리고 상원을 지나면서

시월에 강남으로 의병들 건너는데
나팔 소리 기 그림자 성새를 뒤흔드네.
갑 속에 있는 보검 한밤중에 소리 난다.
요사한 적 무찌르고 나라 은혜 보답하리.

壬辰十月領義僧渡祥原

十月湘南渡義兵　角聲旗影動江城
匣中寶釰中宵吼　願斬妖邪報聖明

선죽교를 지나면서

산천은 의구한데 세월은 변했구나.
대궐 안의 노랫소리 그 언제 그쳤던고.
해 저문 옛 성안에 봄풀은 푸른데
지금까지 서 있는 건 정몽주의 비뿐일세.

過善竹橋

山川如昨市朝移　玉樹歌殘問幾時
落日古城春草裡　祗今雄有鄭公碑

중사[1]와 작별하며

진영에서 만나 뵈니 이것 정녕 우연인데
깊은 밤 북소리를 함께 듣게 되었어라.
남방의 일 어떤가고 임금님 물으시면
머리 센 늙은 중이 성 지킨다 일러 주오.

別中使

帥府偶逢天上使　夜深同聽鼓鼕聲
聖明倘問南邊事　白首山僧戍海城

수군절도사 이순신에게

남방을 지켜 싸운 절도사 대장군은
변경에 위엄 떨쳐 바닷가가 안정됐네.
시절이 새로워져 생신인 초아흐렛날에 들어서니
달 밝은 밤 진영에서 노랫소리 들려오네.

奉李水使

征南節度大將軍　威振蠻荒靜海氛
節入生辰重九日　月明歌吹動轅門

임금의 행차가 서쪽으로 향했다기에

임금이 서쪽으로 떠나 궁궐이 텅 비니
문무 양반들은 한길에 늘어섰네.
날 저물어 바라보노라 북쪽 땅 그 어데런가.
항간의 이내 몸도 눈물 끝없이 흘리노라.

聞龍旌西指痛哭而作

龍旌西指禁城空　文武衣冠道路中
日暮遼雲是何處　草衣回首淚無窮

부벽루에서 2

나라 망한 그 사적 기러기처럼 가 버리고
이름 높던 기린굴 풀에 묻혔네.
변함없이 흐르는 건 강물뿐인데
외로운 쪽배 위엔 밝은 달 떴네.

浮碧樓用李翰林韻

亡國去如鴻　麒麟秋草沒
長江萬古流　一片孤舟月

향로봉에 올라

산줄기 아득하니 백두산에 닿았으리.
강물은 끝이 없어 푸른 바다 임하였네.
봉새가 날아간 곳 서남방은 드넓구나.
내 몰라라 그 어데가 서울의 강산인가.

登香爐峰

山接白頭天杳杳 水連靑海路茫茫
大鵬飛盡西南濶 何處山河是帝鄕

십옥동

어느 해에 마의태자 이 성을 쌓았던가.
봉우리는 예 같건만 세월은 흘러갔네.
봉황새 날아간 뒤 소식이 끊겼으니
천 년 지난 우물가엔 풀만이 무성하네.

十玉洞

王子何年築此城　玉峰依舊老莫靈
鳳凰一去無消息　金井千秋瑤草生

기해년 가을에 변 주서를 떠나보내며

사슴 떼 뛰어노는 산에 살던 늙은 신하
백발을 흩날리며 강변 성새 지키노라.
북소리에 놀라 깨니 진영에 날 밝는데
승정원의 귀한 그대 시름 속에 보내노라.

己亥秋奉別邊注書

麋鹿鐘山一老臣　白頭猶戍瘴江濱
夢驚鼙鼓轅門曙　愁送金鑾殿上人

진헐대

습한 구름 다 걷히니 산천은 목욕했네.
백옥 연꽃 닮았고나 만이천 산봉우리.
홀로 앉아 있노라니 날개라도 돋아난 듯
만리 장공 동해 바다 바람 타고 날아 보리.

眞歇臺

濕雲散盡山如沐　白玉芙蓉千萬峰
獨坐翻疑生羽翼　扶桑萬里御冷風

만폭동

여기는 인간 세상 별천지 분명쿠나
옥류동 골짜기와 중향성 산봉우리.
만 줄기 폭포수로 산마다엔 눈 날리니
긴 휘파람 한가락에 하늘땅 놀래누나.

萬瀑洞

此是人間白玉京　琉璃洞府衆香城
飛流萬瀑千峰雪　長嘯一聲天地驚

서울 선비들에게

봄 시름 못내 겨워 남쪽 대문 닫았건만
아름다운 한 계절은 속절없이 흘러가네.
비 멎은 남산 풍경 늦을수록 볼만하니
서울 장안 곳곳에는 낙화 방초 가득하리.

贈洛陽士

春愁無禁閉南關　佳節怱怱欲已闌
霽後終南開晩眺　落花芳草滿長安

고향으로 돌아와

열다섯에 집을 떠나 서른 살에 돌아오니
시냇물은 변함없이 서쪽에서 흘러오네.
감 다리 동쪽 기슭 천 그루 버드나무
반 나마는 내가 떠난 그 다음에 심었으리.

歸鄕

十五離家三十回　長川依舊水西來
柿橋東岸千條柳　强半山僧去後栽

강선정[1]에서 쓰노라

깊은 밤 변방에 온 백발 늙은이
나그네라 시름겨워 가슴 아파라.
고향 땅을 그리는 그지없는 맘
밝은 달 바라보며 누에 오르네.

題降仙亭[2]

白首關河夜　傷心遠客愁
想思無限意　明月獨登樓

---

1) 평안남도 성천成川에 있는 누대 이름. 강선루降仙樓라고도 한다.
2) 《사명당집》 권4에는 두 수가 실려 있으나, 한 수만 옮겨 실었다.

계미년 가을 관서로 가는 도중에

티끌 어린 변방이라 봄 원래 없다지만
복숭아꽃 버들 숲은 새 계절을 알았으리.
고향 소식 오지 않고 꽃은 다시 졌으니
저문 날에 늙은 신하 눈물을 흘리리라.

　　　*

우수수 낙엽 지는 가을날 길 떠나니
밤이면 나루터에 비바람 밀려드네.
서쪽 강변 버들 숲에 쪽배 한 척 매어 놓고
변방 땅 바라보며 님 그리워 눈물짓네.

　　　*

변방의 늙은 신하 꿈속에서 만났어라.
늪가를 거닐면서 조용히 말도 했네.
깨어나니 아득해라 변방 길 멀거니
시름 속에 말없이 새벽종 엿듣노라.

癸未秋關西途中　三首

黃雲塞下本無春　桃柳應知別處新
雙鯉不來花又落　暮山回首泣孤臣

*

黃葉蕭蕭廣陵道　夜來風雨滿江津
孤舟獨繫西湖柳　泣向關山憶遠人

*

塞外孤臣夢裡逢　同遊澤畔語從容
覺來依舊關山遠　悄悄無言聽曙鐘

가을밤 용천관에서 벌레의 울음소리를 들으며

동쪽 서쪽 떠다니며 고생스레 지내는 몸
벌여 온 모든 일들 생각하니 후회되네.
거울 앞에 비춰 보니 백발만이 성했구나.
오늘은 또 역말에서 한밤을 보내노라.

龍泉館夜聽秋蟲

東飄西轉役形骸　萬事回看只噬臍
鏡裡鬢絲羞白雪　驛樓今又聽莎雞

명사십리

삼월이라 명사십리 보슬비 내리는데
살구꽃 스러지고 나그네 고향 생각 절로 나네.
고향은 멀고 멀어 천 리가 넘으려니
강변의 실버들만 하염없이 바라보네.

鳴沙行

細雨鳴沙三月時　杏花零落客思歸
鄕關猶隔一千里　愁見河橋靑柳絲

함양을 지나면서

눈에는 어제런 듯 산과 강은 여전하나
거친 풀과 연기 속에 집들은 볼 수 없네.
서리 내린 성 밑 길에 말 세우고 있노라니
메마른 나무에서 까마귀만 울고 있네.

過咸陽

眼中如昨舊山河　蔓草寒烟不見家
立馬早霜城下路　凍雲枯木有啼鴉

명주를 지나면서

산을 떠나 삼 일 만에 강릉 땅에 다다르니
객사는 적막한데 등불만이 가물가물
이 나라 천 년 세월 한 된 일 얼마런고
흰 구름 찬 눈 속에 누대 위에 오르노라.

過溟州

離山三日到江陵　逆旅寥寥半夜燈
故國千年多少恨　水雲寒雪倚樓僧

송도를 지나면서

궁궐 터 버드나무 늦까마귀 날아 엔다.
성곽은 예 같건만 세상일은 달라졌네.
황혼 녘에 멈춰 서서 유적들을 찾노라니
행인들 저 멀리로 정 공[1]의 비 가리키네.

過松都

古宮殘柳暮鴉飛　城郭依然事已非
落日停筇尋往事　行人遙指鄭公碑

---

1) 이성계의 집권을 반대하다가 죽은 고려 말기 정몽주(鄭夢周, 1337~1392).

죽령을 넘으면서

삼복 장마 걷으니 고개 위에는 가을인데
나라의 영 받아 안고 남방으로 내려가네.
백 억으로 분신한들 망령되다 말을 하랴.
이제 이환[1]이 변하여 박망후[2] 되었네.

踰竹嶺

庚雨初晴嶺嶠秋　恭承朝命下南州
分身百億誰云妄　離幻翻成博望侯

---

1) 이환離幻은 사명당의 자다.
2) 한나라 장건張騫을 말한다. 장건은 한 무제 때 흉노정벌의 공을 세워 박망후에 봉해졌다.

부산 앞 큰 바다

만경창파 헤가르며 배 한 척 달리노라.
탄환같이 작은 섬 하늘가에 놓였어라.
바닷물 저 한끝은 서북에 닿았으리.
무슨 일로 사신 되어 동해 바다 건너가나.

*

근래에 성한 백발 해마다 더해지더니
팔월 가을 배를 타고 남해에 들어섰네.
허리 굽혀 예절 치레 나의 뜻 아니건만
무슨 일로 원수에게 고개 숙이고 들어가나.[1]

釜山大洋　二首

一葦橫驅萬里波　彈丸孤島接天睗

---

1) 왜국에 사신으로 들어가게 된 일을 가리킨다.

河源應是天西北　何事東浮博望槎

*

邇來衰鬢逐年華　又泛南溟八月槎
曲臂折腰非我意　奈何低首入讐家

대마도 객관에서 이가 아파 신음하면서

객관에서 나그네로 이가 아파 신음하며
평생 한 일 생각하니 백에 하나 자랑 없네.
머리 깎고 중이 되어 사시장철 길 걸었고
수염 길러 사내지만 집 한 칸 없어라.

세상일 한다건만 익숙한 것 전혀 없고
불도를 배웠으나 영화가 그 무엇인가.
진퇴양난 고심 속에 모든 것 그르치고
백발이 된 이 신세로 무슨 일로 배 또 탔나.

在馬島客館 左車第二牙無故酸痛 伏枕呻吟

病局賓舘痛生牙　坐算平生百不嘉
剃髮作僧長在路　留鬚效世且無家
烟霞事業生難熟　存省工夫榮未加
進退兩途俱錯了　白頭何事又乘槎

대마도 객관에서 뜰에 활짝 핀 국화를 보고

우수수 지는 낙엽 강가에 날리는데
하늘가에 뜬 구름은 북쪽으로 날아가네.
중양절 지났건만 돌아가지 못하거니
국화꽃 부질없이 이내 시름 보태 주네.

　　　　*

객지의 나그네 맘 산란하여 삼대 같은데
북쪽 향해 나는 새 저녁마다 바라보네.
중들에겐 향수 없다 그 누가 말하던가.
꿈결에 이미 몇 번 한강물을 건넜어라.

在馬島館庭菊大發感懷　二首[1]

蕭蕭落葉下汀洲　天末歸雲海北秋

---

1)《사명당집》권7에는 세 수가 실려 있으나, 두 수만 옮겨 실었다.

節過重陽不歸去　黃花空遣遠人愁

*

旅遊心緒亂如麻　落日空瞻北去鴉
誰道山僧無顧念　夢魂頻度漢江波

대마도 청학동을 유람하면서

끝이 있는 이 인생이 끝없는 것 따르자니
어려운 세상일을 하나도 못 풀었네.
어제는 젊은 소년 이제는 백발노인
물에 비친 추한 얼굴 남 보기 부끄럽네.

遊馬島靑鶴洞

有涯生是逐無涯　世事難危百不諧
昨日少年今白首　淸流羞映醜形骸

대마도에서 한강을 건너는 꿈을 꾸고

가을철의 야밤이라 정원은 고요한데
달빛 아래 지는 잎 늪가에 날리누나.
고향으로 달리는 맘 험한 바다 두려우랴.
꿈결에도 자주자주 서울에 이르노라.

在馬島夢渡漢江覺而作[1]

秋院寥寥夜正長　月明寒葉下橫塘
歸心不怕鯨波險　夢裡愿愿到洛陽

---

1) 《사명당집》 권7에는 두 수가 실려 있으나, 한 수만 옮겨 실었다.

한밤중의 회포

신선 사는 금강산 경치 좋은 중향성
천 송이 연꽃인가 일만 알의 구슬인가.
꿈속에서 그리노라 언제면 돌아갈까.
예전처럼 봄 왔건만 눈앞에는 왜적들뿐.

夜懷[1]

蓬萊仙洞衆香城　千朶芙蓉玉萬重
長在夢中何日到　春來依舊對群凶

---

1)《사명당집》권7에는 두 수가 실려 있으나, 한 수만 옮겨 실었다.

상진 바다에서

나라의 영을 받고 푸른 바다 건너왔네
위험을 무릅쓰고 이 한 몸 바치고저.
언변으로 일하자니 소진[1]에 부끄럽고
계책을 세우자니 진평[2] 부러워라.

고향 생각 간절하니 내 신세 한 되누나.
나그네로 오래 살아 정신마저 산란하네.
백발에 야윈 얼굴 입 때문이 아니라
벼슬에 몸이니 부귀영화 하치않네.

霜津海中寫懷

恭承聖命渡滄溟　履險忘身許一生
三寸恥爲蘇季子　六奇空羨漢陳平

---

1) 전국시대의 책사로 육국의 연합을 성공시켰다.
2) 지략이 뛰어나 한 고조를 도와 천하를 평정하였다.

思歸念切歌長鋏　作客時多損性靈

髮白形枯非爲口　只緣無榮繫長纓

본법사에서 종소리를 듣고

적막한 저녁이라 객사 대문 닫혔는데
아침저녁 종소리 듣기조차 역겹구나.
매화꽃 다 졌어도 돌아가지 못했거니
섬나라 봄바람에 공연히 애끊노라.

*

평생에 지녔던 뜻 가소롭기 그지없다.
달 밝은 산천에서 좋은 벗 다 버렸거니
동분서주 다니느라 머리만 세었고나.
푸른 하늘 만 리에 나는 봉새 내 보기 부끄럽네.

在本法寺聞鐘寫懷 二首

堪笑平生已墮甑　玉峰明月負佳朋
東驅酉走頭渾白　深愧靑天萬里鵬

*

旅舘寥寥閉夕門　厭聞鐘鼓報晨昏

梅花零落不歸去　海國春風空斷魂

야밤에 배에 앉아서

서리 온 뒤 배 위에서 피리 소리 듣노라니
바다에 달이 밝아 님의 생각 간절해라.
한양성은 천여 리 여기선 멀다지만
가고 싶은 간절한 맘 백발만을 보태누나.

舟中夜坐[1]

霜後舟中聽玉笙　月明滄海遠人情
漢陽此去千餘里　一夜歸心白髮生

---

1) 《사명당집》 권7에는 모두 네 수가 실려 있으나, 넷째 수만 옮겨 실었다.

본법사에서 섣달 그믐날 밤에

사해에 떠도는 이 송운[1] 늙은이
나그네라 나의 뜻 어그러지네.
한 해도 이 밤으로 지나가거니
만 리 먼 곳 고향 땅 언제 가려나.
오랑캐 땅 강바람에 옷 다 젖누나.
낡은 절 대문짝은 굳게 닫혔네.
향 사르며 앉았자니 잠 안 오는데
새벽 녘에 우수수 눈꽃 날리네.

在本法寺除夜

四海松雲老　行裝與志違
一年今夜盡　萬里幾時歸
衣濕蠻河雨　愁關古寺扉
坐不眠燒香　曉雪又霏霏

---

1) 송운松雲은 사명당의 호다.

적관해에서 밤을 보내며

어설픈 나의 한생
아, 다 지났고나.
나이는 어느덧 예순둘인데
태반은 한길에서 떠돌았어라.

머리는 세었어도 마음 안 늙고
모습은 말랐으나 뜻은 건전해
이 한 몸 하늘 끝에 멀리 있으니
장한 뜻 달과 함께 고독하여라.

세상은 티끌도 크게 여기고
전쟁은 모든 일 그르치는데
오랜 세월 거친 풍상 담이 커지니
말없이 바닷가에 거처하노라.

赤關海夜泊[1)]

齟齬吾生也　吁嗟已矣夫

行年六十二　太半在長途

髮白非心白　形枯道不枯

一身天共遠　壯志月同孤

宇宙秋毫大　干戈萬事迂

長風䰠膽氣　無語倚菖蒲

---

1)《사명당집》권7에는 두 수가 실려 있으나, 둘째 수만 옮겨 실었다.

밤에 경호에 배를 띄우고

해 떨어진 가을 숲 텅 비었구나.
어두워지는 줄 모르고 서성거리네.
맑은 이슬 내리어 옷 적시는데
해는 벌써 서산 너머 사라졌구나.
별천지라 강물은 차가웁고
사람 없는 물가는 고요하여라.

陪任使華趙雲江夜泛鏡湖[1]

日墮秋樹空　徘徊不覺暝
清露潤衣巾　長庚度西嶺
壺乾江水寒　人散滄洲靜

---

1) 《사명당집》 권1에 세 수가 실려 있는데, 셋째 수만 옮겨 실었다.

복주 서원사

성 밖에 세워 놓은 전대의 절간
큰 강을 마주하고 외로이 있네.
오래된 우물가엔 가을 풀 돋고
다 낡은 기둥에선 까마귀 나네.

천 년 세월 피우던 향불 그치고
해 저문 이 저녁엔 안개 짙구나.
유람 온 나그네 맘 쓸쓸도 한데
어지러운 멧부리에 노을 어렸네.

福州西原寺

前朝郭外寺　零落對長河
古井生秋草　空樑散曙鴉
千年香火盡　今夕水雲多
遊子獨怊悵　亂山生暝霞

황해도로 떠나는 스님에게

어지러운 세상일 뜻대로 되랴.
이해에도 이별이라 한스럽고나.
눈 녹으니 봄기운 버들에 돌고
구름 덮인 고향으로 나그네 가네.

저녁이라 높은 산 어두워지니
하늘에는 새 떼들 바삐 나누나.
이제 가면 그 언제 다시 만나랴.
오늘 저녁 귀밑머리 세어지리라.

　　　*

북방에서 이별할 때 아쉽더니
여기서 만나 볼 줄 어이 알았으랴.
이 아침에 또다시 헤어지려니
높은 산만 예전처럼 솟아 있구나.

고개 넘어 가는 길에 날이 차리라.

하늘가 향하는 곳 종적 없으리.
아노라 수양산의 이른 아침에
그대 홀로 종소리 듣게 될 줄을.

送昱師還海西山　二首

世事不如意　新年別恨長
雪消春入柳　雲在客還鄉
天際暮山碧　空中去鳥忙
重逢無定斷　今夕鬢毛蒼

＊

香北惜離別　那知更此逢
今朝又相送　依舊隔高峰
嶺外生寒日　天涯渺去蹤
遙知首陽寺　獨掩五更鐘

정 종사의 운을 밟아

묻노라 봉래산이 어데이더냐.
날마다 떠가는 구름만을 바라보노라.
병든 몸 누구더러 위문하랄까.
외로이 술잔 잡고 중양절 맞노라.

편지 없어 고향 소식 알 수 없구나.
솔숲에 돋은 달만 바라보노니
그대라도 있기에 마음 터놓고
남쪽 땅 이야기를 청해 듣노라.

次鄭從事韻

蓬山何處遠　每日見歸雲
多病誰相問　重陽獨把尊
音書杳京國　松月隔雞園
賴有烏川子　殷勤淸道言

은천에서 이정자를 이별하며

늦은 저녁 객사 안에 홀로 앉아서
봄과 함께 나그네를 바래 주노라.
반가운 손님들을 매양 잃으니
부질없이 백발만 자라나누나.

사나운 바람 불어 꽃들은 지고
가랑비 내리어서 풀 무성한데
이 아침 강을 건너 그대 떠나면
하늘가 아득하여 소식 모르리.

銀川傳舍別李正字

獨坐郡齋晩　送人兼送春
每違靑眼客　虛作白頭人
花遇暴風落　草因輕雨新
今朝隔江渭　天外杳音塵

명주 객관에서 묵으며

어진 원 찾아보려 떠나온 이 몸
오월이라 좋은 때 여기에 왔네.
뜰 가의 대나무엔 첫 순이 돋고
담장 곁 매화나무 열매 맺었네.

바삐 할 일 없으니 거문고 뜯고[1]
이별의 정 아쉬워 밤잠 못 드네.
내일 아침 동쪽 향해 길을 떠나면
들려오는 나팔 소리 시름 보태리.

宿溟州館

爲尋賢刺史　五月入宣城
庭竹芽初長　墻梅子已成

---

1) 공자의 제자 복자천宓子賤이 장관이 되었을 때 거문고를 타면서 몸은 당堂 아래 내려가지
　도 않았는데 현이 잘 다스려졌다는 고사를 빗대었다.

琴堂賀無事　夜席話離情
朝向東林路　愁聞畫角聲

동호에서 일찍 떠나며

닭울녘에 닻을 들고 봉래산 떠난 배가
용호로 내려가니 밤은 아직 이르구나.
강바람 잠잠하니 물결도 조용한데
포구에 이는 안개 나무숲 가리워라.

사공의 급한 외침 뜸 창문 닫으라네.
난바다에 닿았으니 비라도 내리려나.
어기영차 소리치며 힘차게 노 저으니
날 밝으면 아마도 서울에 다다르리.

東湖早發

雞鳴解纜蓬山西　流下龍湖夜猶早
江風霽歇波影空　雲生浦口沈汀樹
舟人呼急布新蓬　地接歸虛應有雨
款乃一聲柔櫓移　平明泊近長安道

원효대에 올라

세상이 생겨날 때 이루어진 높은 터
올라서니 서늘해라 하늘에 올라온 듯.
공중을 날아 보려 몸 한 번 뒤척이니
서울이 지척인 듯 가까워 보이누나.

登元曉臺

天作高臺有物初　輕妙獨立若乘虛
翻身直欲飛空外　回首中州只尺餘

청냉각에 쓰노라

높은 하늘, 아득한 땅 한길은 멀고 먼데
여러 해째 무더위철 이 누대에 오르노라.
남북으로 오가는 손 언제면 그치려나.
흰 구름, 푸른 풀이 모두 다 시름일세.

題淸冷閣

天高地廻路悠悠　庚暑頻年獨倚樓
南去北來何日盡　白雲芳草使人愁

만취에게

서산에서 이별하고 또다시 봄 지나니
물 흐르듯 가는 세월 밤낮없이 흘러가네.
골짜기 소나무 숲 우수수 비 내릴 제
사립문 바라봐도 오는 소식 전혀 없네.

*

삼복 장마 한창일 제 대문에 기대서니
인적 없는 승방에 황혼 다시 찾아드네.
여산이 지척인데 만나 볼 길 전혀 없어
구름 어린 고목 보며 부질없이 애를 끊네.

寄晩翠 二首[1]

西山一別又黃梅 怊悵流光日夜催

---

1) 《사명당집》 권4에는 모두 세 수가 실려 있는데, 두 수만 옮겨 실었다.

萬壑蕭蕭松柏雨　荊門不見有書來

*

庚雨多時獨倚門　竹房人絶又黃昏
匡盧只尺不相見　古木涼雲空斷魂

산속에서

사립문에 해 지도록 뜰 안을 맴도는데
가을비, 찬 안개에 고개 자주 돌리노라.
지척에서 그려 보며 만나지는 못하거니
황혼 녘에 새들만이 피로한 듯 나는구나.

山中

柴門終日獨徘徊　秋雨寒烟首屢回
只尺相思不相見　暮天孤鳥倦飛來

단양 객사에서

단양성 밖에 있는 높다란 누대 하나
하늘 공중 솟아 있어 북두성에 맞닿은 듯
새들이 푸른 하늘 날아들면 허공은 텅 비는데
매미 떼 울어 대니 가을 절기 분명쿠나.

꿈결 같은 인간 세상 하는 일 고달픈데
어지러운 세상일 언제면 끝이 날꼬.
잠 못 들고 지새는 밤 달마저 지고 나니
말없이 홀로 앉아 흐르는 물 굽어보네.

丹陽傳舍夜懷

丹陽郭外有高樓　獨倚中天近斗牛
鳥入靑冥空宇靜　蟬鳴綠樹碧雲秋
浮生一夢身長役　世事何年恨卽休
耿耿夜深星月轉　寂寥無語俯淸流

배를 타고 작원으로 내려가며

근년에 벌이는 일 일마다 잘 안 되니
오늘의 이 걸음도 백발만 보태 주리.
안개 속의 외로운 배 강물 따라 내려가니
집채 같은 물결 인다, 바다가 가까우리.
구름 덮인 높은 산 몇천만 겹 막혔는데
한강이며 삼각산은 그 어디에 있다더냐.

乘舟流下鵲院

年來事事惜多違　此日此行容鬢改
孤舟烟雨下中流　風濤接天近滄海
雲黑山昏千萬重　漢水三峰何處在

김해 객사에서

나그네 차림으로 김해에 오니
하늘땅이 여기에서 나뉘어지네.
밀물은 오랑캐 땅 통하여 있고
하늘은 뫼구름과 잇닿았어라.

산 위의 달 예전처럼 밝게 비치고
연꽃 향기 한밤중에 풍겨 오는데
창파 만 리 건너서 가야 할 생각
헝클어진 실마냥 두서없구나.

金海傳舍夜懷

旅次盆城府　乾坤此地分
潮通百越海　天接古陵雲
山月千秋白　荷香半夜聞
滄波萬里意　如縷正紛紛

구월 구일 높은 곳에 올라¹⁾

지난 해 구월 구일은
서울에서 대문 닫고 편안히 쉬었건만
올해의 구월 구일은
돛을 달고 만경창파 바다를 건넜노라.

      *

달 밝은 밤 들리는 건 짐승들 울부짖음
구름 밖의 계수나무 향기를 풍기는데
누른 국화꽃 푸른 귤은 도무지 마음 없고
돌아갈 생각만이 애간장을 말리누나.

九月九日以登高意示仙巢 二首

去年九月九　閉門高臥嵩山陽

---

1) 음력 구월 구일은 빨간 주머니에 수유를 넣고 높은 산에 올라가 액을 떠는 풍습이 있다.

今年九月九　布帆萬里鯨波長

＊

遙思月照啼猿樹　桂子雲外飄天香
黃花綠橘總無賴　感物思歸空斷腸

청냉천 냇물에 몸을 씻고 바람 맞으니

淸冷閣記

북원 동쪽 이십 리에 큰 내가 있으니 이름을 '청냉천淸冷川'이라고 한다. 냇물은 치악산으로 흐르고, 한길은 서울로 뻗었는데 영동에서 서울로 가거나 서울에서 영동으로 오는 사람들은 위로는 조정의 대신들부터 아래로는 파발, 아전에 이르기까지 줄줄이 잇달려서 이 길을 거치지 않는 사람이 없다. 그래서 여기에 다리를 놓았고 여기에 누대를 지은 지 오래였다.

그런데 걸핏하면 모진 물결이 넘어뜨리기가 일쑤여서 오르내리는 사람들이 걱정을 하였다. 오뉴월에 짙은 구름이 덮이고 궂은 장맛비가 내리면 미친 듯한 냇물이 바위를 굴리고 놀란 듯한 물결이 사납게 내달려서 날개가 돋히거나 바람을 타는 재주가 없다면 거의가 물고기밥이 되거나 굶어 죽는 우환을 면할 수가 없었다.

경술년(庚戌年, 광해군 2년, 1610) 봄에 원성原城 사람인 지智 씨가 자기의 재물을 내어 운수자雲水子 정수正受와 함께 몇 명의 시주를 타일러서 마음을 같이하고 힘을 다하여 다시 다섯 간 누각을 세웠다. 주춧돌을 놓아 기둥을 든든히 하고 기와를 얹어 이엉을 마련하니 동서남북으로 다니는 사람들이 오고 가는 데 근심거리가 없게 되었다. 그러니 다리가 얼마나 큰 공을 이루게 되었으랴.

또한 뜨거운 해가 기승을 부려 쇠와 돌이 녹고 산과 흙이 탈 때 초목에 바람 한 점 없고 땀이 흘러 비 오는 듯한데 동분서주 오가면서 목이 마르고 입술이 타던 사람들이 청냉천 냇물에 몸을 씻고 청냉각 누대에서 바람을 맞으면 정신이 날아 움직일 듯하여 한 번 거치면 온갖 시름 걱정이 없어지게 된다. 그러니 다리가 얼마나 큰 공을 이루게 되었으랴.

그런즉 한 번 다리를 만들고 누대를 세워서 백성들로 하여금 목욕하고 바람 쏘이는 고장으로 만들었으니 지 씨의 공은 응당 군자들의 아랫자리에 놓지는 못할 것이다.

문덕교

文德教 1551~1611

임진왜란 때 함흥 지방에서 동생 문선교文善教와 함께 의병을 일으켰다. 자는 가화可化, 호는 동호東湖다. 그리 높지 않은 벼슬아치의 아들로 태어난 그는 일찍이 벼슬길에 나섰다. 임진왜란 때 함흥에서 동료들과 함께 의병을 일으키는 데 참가하였으나 동생인 문선교가 왜놈들에게 잡혀 죽자 몸을 피하여 여생을 후대 교육에 바쳤다. 정문부를 비롯한 함경도 지방 의병들의 투쟁을 직접 목격하였으므로 그의 글에 의병들의 투쟁 자료가 비교적 진실하게 반영되어 있다.

문집으로《동호선생문집東湖先生文集》이 전해진다.

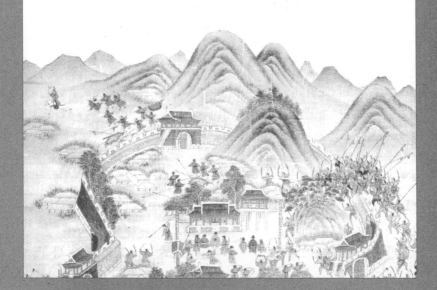

느낀 바 있어

한밤중 홀로 앉아 시름겨워 잠 못 든다.
어이타 먹고살 일 그것만을 생각하랴.
적들과 화친함은 나라의 수치거니
그 누가 의분 떨쳐 복수전을 마련할까.

        *

어질고 도덕 밝다 일러 오는 우리 나라
군량 많은 강한 군사 여기서 생긴다네.
도적들 물러간 지 십 년이 지났건만
한 가지도 한 일 없네 언제면 강해질까.

        *

가지 없는 늙은 나무 강가에 서 있는데
속대에 좀이 드니 얼마 후면 넘어지리.
나무꾼 다가들어 찍으면 어이하리.
하물며 세찬 바람 좌우에서 불거니.

感吟 三首[1]

獨坐中宵耿耿憂　豈緣衣食爲身謀
和親一策家邦恥　仗義何人志復讐

*

行仁修德道吾東　食足兵强在此中
寇退十年無一備　敎民何日卽乎戎

*

古木無枝立水隈　蠢生心腹勢將頹
不堪樵斧來相伐　況復狂風左右來

---

1) 《동호선생문집》에는 모두 여섯 수가 실려 있고, 그중 둘째, 셋째, 넷째 수다.

절구

텅 빈 집엔 달 가득 뜰 안에는 눈 가득
차가운 빛 흰 빛깔이 창문으로 비쳐 드네.
한밤중 정적 속에 내 홀로 있노라니
마음도 이 밤처럼 조용하고 깨끗하네.

絶句[1]

月滿虛堂雪滿庭　寒光皓色透窓明
中宵獨坐群囂息　反顧吾心夜氣淸

---

1) 《동호선생문집》에는 총 세 수가 실려 있으나, 둘째 수만 옮겨 실었다.

눈 속의 푸른 솔

푸른 그 기상 만 길이런가
눈에 묻힌 산 위에 우뚝 서 있네.
한때의 보슬비를 그리워하랴.
눈서리 찬 날씨에 절개 보이리.

蒼松冒雪

蒼髥萬丈高　獨立千山雪
時雨豈云榮　歲寒方見節

비를 맞은 대나무

섬돌 곁에 자라난 여윈 대나무
찬바람 일으키니 방안 서늘해.
동글동글 눈물 흔적 분명하구나.
아마도 어젯밤에 비 내렸으리.

瘦竹帶雨

瘦竹上階生　蕭蕭寒入戶
琅玕帶淚痕　昨夜山中雨

달밤의 오동나무

창밖은 휘영청 달이 밝은데
가을이라 오동나무 잎이 지누나.
싸늘한 밤기운 물과 같은데
구름만 뭉게뭉게 흘러가누나.

梧桐霽月

窓外三更月　梧桐一葉秋
天光涼似水　雲影空悠悠

버들 숲의 봄바람

버드나무 숲 속에 바람이 부니
천 오리 가지마다 봄빛 푸른데
마주 서서 말하려나 말 못 하노니
애꿎은 버들잎만 뜯어 버리네.

楊柳淸風

風來楊柳樹　春色綠千絲
獨對難言處　淸和可掬時

연잎의 이슬

못가에 맑은 물 남실거리고
연꽃 향기는 사방에 가득 풍기네.
푸른 잎사귀에 맺힌 이슬은
방울방울 모두가 구슬 같구나.

碧荷傾露

池上弄淸漪　芙蓉香滿掬
露凝翠蓋傾　幾箇明珠滴

서리 속의 국화

울 밑에 핀 국화꽃 몇 떨기런가.
금 꽃술에 찬 서리 가득하구나.
산바람 차가웁다 걱정 없거니
가을바람 그 무엇이 두려울쏜가.

黃菊傲霜

數叢籬下菊　金蘂得霜多
不畏林巒冷　秋風於我何

바위 곁의 매화꽃

바위 밑에 한 그루 매화꽃나무
어여뻐라 저절로 꽃이 피었네.
좋구나 남들보다 이른 그 봄빛
눈 속에도 거침없이 찾아왔거니.

半巖寒梅

巖下一枝梅　嫣然獨自開
早將春色好　能向雪中來

골짜기의 난초

골짜기 으슥하니 몸은 숨기나
바람은 꽃향기를 전해 주누나.
앞산에 해는 벌써 저물어 가는데
정든 님 언제 올까 기다리누나.

空谷幽蘭

谷保芳心密　風傳香氣來
前山日欲暮　遙待美人廻

나그네

허술한 초가집에 화려한 일산
말 머리에 다가서서 허리 굽히네.
인사말 전하려니 백발 놀랍다.
웃음과 이야기로 시름을 푸네.

병이 많은 몸이거니 세월 아끼랴.
가난을 탓할쏜가 마음 편하니.
탁주 동이 끄당겨서 손수 따르며
권하거니 붓거니 셈이 없구나.

*

가을을 슬퍼할 이 아니언마는
어이하여 머리에는 백설 얹었나.
천 리라 강호에 원한 깊은데
오 년 세월 싸움터에 걱정 많았네.

숲 속이 조용하니 살 만하구나.

세상일 위태롭다 몸 피하리라.
하많은 일거리를 마음에 두랴.
모든 것을 한 잔 술에 부치었노라.

有客 二首

草屋承華蓋　披衣拜馬頭
暄涼驚白首　談笑遣清愁
多病堪時晦　安貧自日休
墻醪聊手酌　相屬亂無籌
　　　　*
非是悲秋客　如何雪滿頭
江湖千里恨　兵甲五年愁
林靜堪終老　時危合退休
關心多少事　都付一舠籌

마당바위에서

널따란 반석에서 거니노라니
살아갈 이내 신세 난감하구나.
어지러운 세상일 말을 말아라.
내 마음 알아줄 건 흰 갈매기뿐.

*

멍석같이 평평한 큰 바위 하나
해뜨는 동해 가에 놓여 있어라.
한밤에 달 밝으면 학이 내리고
바다에 물결 자면 갈매기 쉬네.

아득한 골짜기라 바람 가볍다.
거울 같은 하늘에는 노을 어리네.
하늘 위의 선경이 여기 아닌가.
거니는 사람들은 신선들일세.

遊磨堂石 二首[1]

來遊磐石上　身世兩悠悠
休道紅塵事　知心有白鷗

*

有石平於席　扶桑瑞靄邊
月明遼鶴下　波靜海鷗眠
風日壺中界　烟霞鏡裏天
淸都無乃是　遊子總神仙

---

1)《동호선생문집》에는 모두 여섯 수가 실려 있는데, 이는 셋째, 넷째 수다.

박연을 유람하고

서쪽으로 유람 길 안개 속에 들어서니
별천지라 이 고장은 날씨조차 청명해라.
구만 리 산 높으니 하늘은 가까웁고
천여 길 물 떨어져 지심이 뚫어질 듯.

솔 밑의 기암괴석 범 모양 흡사한데
못가의 기적들은 모두 다 신선의 것
어지러운 세상에서 자주 머리 돌리노니
만나는 사람마다 박연을 자랑하네.

遊朴淵

一屐西遊入彩烟　別區風日正淸妍
峰凌九萬天疑近　水落千尋地欲穿
松下怪嵒皆虎豹　潭邊奇迹總神仙
歸來塵世頻回首　到處逢人說朴淵

성 지평의 운에 차운하여

천 리 고향 그립건만 아직까지 못 돌아가
강물 위의 바람과 달 오랫동안 떨어졌네.
베옷에 풀 자리가 나에게는 즐겁거니
좋은 갖옷, 살찐 말 그것 해서 무엇 하리.

次成持平韻

千里思歸未便歸 一江風月久相違
麻衣草坐眞吾樂 何必裘輕與馬肥

이 판관의 운에 차운하여

일찍이 호숫가에 초가 삼간 지어 놓고
밝은 달, 안개 낀 물 나 홀로 즐겼노라.
옛 삶이 그리워서 돌아가려 생각노라.
어이타 빈 웃음에 얼굴을 겉늙히리.

*

천 리 먼 곳 나그네 몸 고향의 벗 그리노라.
객은 밝은 달 우러르며 옷깃에 눈물 지네.
날아가는 저 기러기 이내 마음 안다면은
한강 가 고향으로 편지라도 전해 주리.

次李判官韻 二首

湖邊曾結屋三間　風月烟波獨自看
便可言歸尋舊樂　何須談笑强衰顔

*

千里人懷千里人　客窓明月淚沾巾

塞鴻若識相離恨　一札應傳漢水濱

한순백을 보내며

고향으로 그대 가나 나는 서울 남아 있어
밝은 달 바라보며 우리 서로 생각하리.
편지를 부치는 일 그대 부디 잊지 말게
나그네 이내 마음 그대도 알 것이니.

送韓詢伯

君歸鄕國我京師　兩地相思見月時
休惜一行書信寄　客中懷緒子先知

벗이 그리워

가을바람 나그네의 생각이라면
밝은 달은 벗님의 마음이어라.
남쪽으로 날아가는 기러기 오면
한 장의 기쁜 소식 전해 주리라.

*

고요한 가을밤에 계수나무 춤추는데
스쳐 부는 찬바람 베갯머리 지나가네.
내 아노라 바닷가에 거처하는 나그네
이 밤도 달을 보며 가슴을 태울 줄을.

思人 二首[1]

秋風遊子意　明月故人心

---

1) 《동호선생문집》에는 모두 세 수가 실려 있는데, 그중 첫째, 둘째 수를 옮겨 실었다.

惟待南飛鴈　應傳一好音

*

桂影婆娑玉宇清　新秋涼氣枕邊生
遙知湖上人如玉　此夜應同月下情

고향으로 돌아와

오랜 세월 앓던 몸 고향 땅에 들어서니
산이며 솔과 참대 모두 다 유정해라.
물결 위의 갈매기 탈 없이 지내다가
돌아온 나 반기어서 쌍쌍이 나는구나.

*

강남 땅에 벼슬 살던 어제 잘못 깨달아서
옷깃을 떨치고서 내 오늘 돌아왔네.
연파만리[1] 흰 갈매기 너 정녕 반갑구나.
나를 맞고 기쁨 넘쳐 쌍쌍이 날으누나.

還鄕吟 二首[2]

嬰病多年今始歸 故山松竹總依依

---

1) 멀리 떨어져 있어 서로 만나기 힘들었다는 뜻.
2) 《동호선생문집》에는 세 수가 실려 있고, 그중 첫째, 둘째 수를 실었다.

烟波鷗鷺渾無恙　喜我重來兩兩飛

*

斗粟江南悟昨非　拂衣今日浩然歸

始憐白鳥烟波裏　如喜如迎兩兩飛

주 좌랑의 죽음을 추도하여

수레를 이끌고서 옛 벗을 찾았더니
동풍 부는 저녁녘에 눈물을 삼키노라.
주인 잃은 이 슬픔을 복숭아꽃 어이 알리
울 너머에 예년처럼 붉게 붉게 피었구나.

*

난초꽃 꺾이우고 옥돌이 묻히우니
그 원한 바람 되어 구름을 몰아오네.
집 앞에서 통곡해도 사람은 안 보이고
어여뻘손 꽃나무만 손님처럼 서 있구나.

悼亡友朱佐郎大畜 二首[1]

來尋車引故人家 泣盡東風日欲斜

---

2) 《동호선생문집》에는 모두 네 수가 실려 있고, 여기에서는 첫째, 셋째 수를 실었다.

桃樹不知無主恨　隔籬猶發昔年花

*

蘭摧空谷玉埋塵　怨入東風結暮雲
哭盡堂前人不見　可憐花木是元賓

고향이 그리워

집을 떠난 사나이 이룬 공 적어
집사람은 날마다 편지 부치네.
눈 들어 바라보니 가슴 아파라.
구름 덮인 멧부리만 높이 솟았네.

*

눈 밟으며 찾아온 서울 땅에는
아직도 가을철이 한창이고나.
생각노라 저 멀리 고향 산천을
국화꽃 핀 그때에는 향기 풍겼지.

*

타향살이 나그네 몸 백발 날려라.
국화꽃 향기 뿜는 가을 날씨에
어찌하면 고향으로 돌아갈쏜가.
호수에서 한가로이 고깃배 끌리.

님 그리며 내 홀로 황혼 녘에 섰노라니
안개 어린 꽃동산에 조각달 솟아나네.
머리 들어 바라보노라 고향 땅은 어데런고
구름도 푸른 풀도 나의 넋을 사르누나.

*

동호라 호숫가엔 내가 살던 집이 있네
산에서는 나물 캐고 물에서는 고기 낚아.
우습구나 풍진 속에 무슨 재미 있다더냐.
한 해 반이 다 되도록 돌아가질 못하누나.

*

늘그막의 벼슬살이 본래의 뜻 아니어라.
푸른 구름 꽃다운 풀 생각만이 깊어지네.
떠나올 때 심어 놓은 대문 앞 버드나무
봄바람 머금고서 내 오기를 기다리리.

*

상머리엔 우수수 가을바람 불어 온다.

편지 한 장 쓰려 하니 그리움 간절쿠나.
종이 가득 옮겨 놓은 천만 줄 글자들은
고향 땅 생각하는 내 마음속 시름이리.

*

서풍은 무슨 일로 쓸쓸하게 울부짖나.
만 리 먼 곳 나그네의 시름을 보태 주며
떠도는 신세여라 눈물이 하염없다.
귀뚜라미 너는 부디 베개 가에서 우지 마라.

*

봄여름 다 지나고 한가을철 되었건만
돌아가자 생각했던 그 기약 다 어겼네.
시골에서 지내는 몸 백발만 성하는데
강가에 앉았자니 갈매기도 면목 없네.

*

누런 국화꽃 고향에도 심었지.
가을바람 불건마는 돌아가지 못하는데
산에 핀 들국화도 내 마음 알아선지
창가로 향해 서서 소리 없이 웃고 있네.

갈게가 살찔 무렵 늦은 벼꽃이 핀다.
가을바람 불어오니 고향 생각 그립구나.
울 밑에 핀 국화꽃 그 정말 유정해라.
돌아올 나 기다리며 찬 서리를 이겨 내리.

*

강변에 가을 오니 강물이 드맑구나
갈매기 잠든 곳에 흰구름 뭉게뭉게.
고향으로 돌아갈 굳은 뜻 지녔거니
물고기와 날짐승도 이 심정을 알아주리.

*

고향 떠나 북쪽으로 천여 리 길 내 왔노라.
기러기도 오지 않아 소식조차 못 전하네.
재주 없는 이내 몸 세상일을 구제하랴.
병까지 들었으니 초막에서 살아가리.

思鄕吟 十三首[1]

遊子功名薄　家人錦字多
傷心攙遠目　雲岀碧嵯峨

*

步雪來京國　秋風尙未歸
遙憐故園菊　今日正霏霏

*

白髮他鄕客　黃花故國秋
何當拂衣去　湖上理漁舟

*

懷人獨自立黃昏　舊苑烟生月一痕
北望鄕關何處是　碧雲芳草總銷魂

*

東湖湖上是吾盧　山有嘉蔬水有魚
自笑風塵有何味　一年强半未歸歟

*

白首紅塵素計違　碧雲芳草思依依
來時手種門前柳　應帶東風待我歸

*

客榻蕭蕭七月秋　欲裁書信意悠悠
分明滿紙千行字　盡是文郞萬里愁

---

1) 《동호선생문집》에는 모두 스물 여섯 수가 있는데, 여기에서는 그중 열 세 수만을 실었다.

*

西風何事作秋聲　偏惹愁人萬里情

客淚數行元不禁　寒蛩休近枕邊鳴

*

三春三夏又三秋　每負歸期歲已遒

湖上他年垂白髮　磯頭無面見沙鷗

*

黃花曾在故園栽　正值秋風恨未廻

山菊自先知我意　殷勤能向客窓開

*

紫蟹肥時晚稻香　秋風今日憶江鄉

多情最是籬邊菊　應待人歸正傲霜

*

秋入江湖湖水淸　白鷗眠處海雲生

主人近有歸歟志　魚鳥應將知我情

*

北去鄉關千里餘　不堪魚鴈近來疎

非才豈合扶危世　多病端宜臥草盧

임진록

壬辰錄

임진년 4월 왜적이 부산포에서 곧바로 서울로 달려드니 임금[■]은 의주로 피난 가고 여러 고을들은 소문만 듣고서도 흩어졌다. 7월에 남병사南兵使인 이혼李渾이 군사를 거느리고 철령鐵嶺을 지키다가 적의 선봉을 만나자 싸워 보지도 않고 달아나 버리니 도 안의 고을 원들은 모두 성을 버리고 도망쳤고 백성들도 산속으로 들어가 숨었다. 적들은 승승장구하여 무인지경을 들어서듯 하더니 안변安邊에서 길주吉州에 이르기까지 고을마다 각각 군사 천여 명씩을 두어 성을 차지하고 지키도록 하였다.

감사 유영립柳永立과 판관 유희진柳希津은 산골로 피난을 갔는데, 감사는 북청北青의 적들에게 붙잡혔다. 함흥 사람 김응전金應田이 감사의 종이라고 거짓말을 하고 적들 속으로 들어가 밤을 타서 감사를 몰래 업고 도망하였다. 감사는 그 길로 평안도로 달아났다. 판관은 함흥咸興의 적들에게 붙잡혔는데 창호방倉戶房인 성남成男과 창사령倉使令인 옥량玉良이 일러바쳤기 때문이었다. 본 고을 사

[■] 선조宣祖를 말한다.

람들이 의병을 일으킨 다음에 판관은 적들의 손에 죽었다. 적들은 백성들을 꼬여서 낟알을 바치게 하였는데 낟알을 바치면 패쪽을 주고 집으로 돌려보내 주었다. 그리하여 산에 들어온 백성들은 적들의 말을 믿었고 또 양식이 떨어질까 봐 걱정을 해서 집으로 돌아간 사람이 절반을 넘었다.

본 고을의 진사 진대유陳大猷는 여느 때 고을 사람들에게 흉측하고 음흉한 놈이라고 지목을 받고 있었다. 적들이 들어오자 그는 남먼저 적들 속에 들어가 자기의 딸을 적장의 아내로 바치고서 적들의 심복이 되었는데 아전 십여 명과 평원平原 역졸, 덕산德山 역졸들도 모두 적들에게 붙었다. 놈들은 마을 사람들이 의병을 일으키려고 하면 하나하나 적들에게 일러바쳐서 잡아다 죽이게 하였다. 그러므로 사람들은 왜적들을 두려워하는 것이 아니라 왜적들에게 빌붙은 놈들을 더 두려워하였다.

재상인 윤탁연尹卓然이 왕자를 모시고 북쪽으로 가다가 북청 고을에 이르러 뒤에 떨어져서 갑산甲山, 삼수三水로 들어가 별해보別害堡에 머물게 되었다. 임금은 그를 본 도의 감사로 임명하였다. 이때 삼수와 갑산의 원들과 변방의 장수들이 모두 별해보에 모여 있었다.

8월에 본부의 유생인 김응복金應福이 별해보로 들어와 감사를 만나 보고 의병을 일으킬 의향을 말하였더니 어떤 사람이 말하기를,

"함흥 사람들은 모두 왜적의 무리니 그 말을 믿을 수 없소이다."

하는 것이었다. 그리하여 감사도 의심을 하게 되어 승낙하려고 하지 않았다. 유생인 이희록李希祿이 변복을 하고 적들 속으로 들어가서 적의 형편을 알아보고는 곧 유생 이사제李思悌, 무인 박길남朴吉

男과 함께 별해보로 들어와 감사에게 의병을 일으킬 것을 요청하였다. 감사는 어떻게 하면 좋을지 몰라 난처해하였다. 이희록 등이,

"사람들은 모두 나라를 생각하고 있으며, 지금 적들의 형편으로 보아 쳐부술 만합니다."

고 힘주어 말하면서 굳이 의병을 일으키기를 굳게 간청하였다. 그제야 감사는 그들의 말을 믿고 비로소 왜적을 칠 생각을 가지게 되었다.

감사는 이희록 등에게 묻고서 무과 출신인 유응수柳應秀, 이유일李惟一과 무인인 박중립朴中立, 정혜택鄭海澤, 박응숭朴應崇으로 군관을 삼고 의병을 불러 모았다. 감사는 한편 행재소行在所에 보고하면서 무과를 벌여 인재를 모으고 이들로써 왜적들을 칠 것을 요청하였더니 임금은 그렇게 하라고 승낙하였다.

감사는 별해보에서 과거 시험을 열었다. 과거 소식을 들은 사람들은 원근을 가리지 않고 많이 모여들었다. 유응수, 이유일 등은 시험 보러 온 사람 칠십여 명에게 의병을 일으킬 것을 권고하였다. 감사는 여기서 백 명을 선발하여 조정에 보고하였다. 감사는 유응수 등을 토적장으로 삼아 보냈다. 유응수와 이희록 등 십여 명은 본부의 고천사高遷社로 왔다. 여기서 며칠 사이에 천여 명을 모집하고는 먼저 왜적과 한동아리가 된 세 놈을 잡아들여 목을 베었다. 이튿날에는 왜적 열다섯 놈을 만나 모조리 죽여 버렸다. 그러고 나서 곧 박중립, 정해택과 세 부대로 나누어 원평사元平社에 진을 쳤다.

적들은 우리가 의병을 일으켰다는 소문을 듣고 대대적으로 쳐들어와 기천岐川, 기곡岐谷 등 지역을 노략질하고 불을 질렀다. 유응수가 홀로 기병과 보병 수십 명을 거느리고 돌진하여 적의 머리 서

른네 개를 베었더니 나머지 적들은 저들의 진지로 도망쳐 버렸다. 이어 여러 부대들이 뒤따라 도착하여 의병의 위세를 크게 떨치게 되었다. 적들과는 시내 하나를 사이에 두고 진을 쳤는데 화살을 날리면 반드시 맞히는지라 적들은 감히 냇물을 건너오지 못하였다. 적장 한 놈이 군사를 지휘하는데 검을 휘두르며 나오는 것이었다. 군사 장윤침張允琛이 그놈을 쏘아 한 살에 꺼꾸러뜨리었다.

유응수가 탄 말이 적의 탄알에 맞아 죽었다. 그러나 유응수는 전혀 두려워하는 기색이 없이 싸움을 지휘하였다. 유응수는 가평加平 규찰관糾察官 한사익韓士益이 군령을 어기고 나오지 않자 머리를 베어 군사들 속에 돌렸다. 그러자 군사들의 용기가 곱절이나 높아졌다. 우리는 곧 한 부대의 군사를 보내 적들의 뒤통수를 칠 계획을 세웠더니 적들은 겁이 나서 달아났다. 해가 이미 저물었기 때문에 끝까지 추격하지 못하였다. 이튿날 들으니 성안에서는 울음소리가 울려 나왔다. 필시 적들의 사상자가 많았던 모양이었다.

이유일과 생원 한경상韓敬商이 군사 삼천 이백여 명을 모아 덕산동德山洞에 진을 쳤는데 덕산관 앞에서 적을 만나 군사들을 매복시켰다가 들이쳐서 머리 마흔아홉 개를 베었다. 오직 한 놈만이 달아나서 성안으로 들어갔다. 유응수와 이유일 등은 잘라 놓은 적의 머리를 별해보로 보냈다. 감사는 몹시 기뻐하면서,

"이들이 적을 치는 것을 보면 왜적들을 걱정할 것이 없을 것 같군."

이라고 하였다. 이리하여 갑산 부사 성윤문成允文으로 대장을 삼고 묘파권관廟坡權管 백응상白應祥으로 함흥 판관을 삼아 적들을 치게 하였다.

성윤문은 황초령 아래로 나가 진을 치고 백응상과 유응수는 기천에 마주 진을 쳤다. 그러자 적들이 큰 무리를 이루어 가지고 쳐들어왔다. 백응상, 유응수 등이 적들을 맞받아쳐서 그 선봉을 좌절시켰더니 적들은 패하여 달아났다. 우리 군사들이 이긴 기세를 타서 추격하여 홍도洪島에 이르렀더니 적들이 큰소리로 외치면서 돌아서는 것이었다. 우리 군사는 조금 물러섰고 사상자도 많이 났다. 성윤문은 독산 아래로 와서 진을 쳤는데 군사들의 위세가 몹시 강성하였다. 적들은 남쪽에서 군사를 요청하여 전체 무리를 이끌고 밤을 이용하여 습격해 왔다.▪

성윤문은 어쩔 줄을 몰라 하다가 제 한 몸을 빼내어 도망쳐 버렸고 우리 군사는 모두 적들의 함정 속에 들었다. 피난을 와 있던 늙은이와 어린이들도 대장을 믿고 산에서 내려왔다가 적들의 칼날을 받게 되어 시체가 온 들판을 뒤덮었다. 이때 유응수 등은 대장의 군령을 받고 고을의 북쪽 상단에 진을 치고 있다가 적들의 뒤꼬리를 치려고 하였는데 달려드는 적의 무리가 너무 많아 칠 엄두를 못 내고 말았다.

유응수는,

"이놈들이 필시 성을 비워 놓고 왔을 테니 이때에 성으로 들어간다면 뜻을 이룰 수 있을까 보우다."

하였으나 박중립, 정해택은 그의 의견을 따르려 하지 않았다. 그러므로 그의 기묘한 계책은 성사되지 못하였다. 후에 성 안에서 나온 사람들이 말하기를,

---

▪ 십일월 초열흘이었다.

"출전하던 날 성안에 남은 놈은 겨우 수십 명이 있었을 뿐이었소이다."

하였다.

성윤문은 흩어져 달아나던 군졸들을 수습하여 가지고 덕안릉德安陵으로 들어가 박혀서는 영을 내리기를,

"누구든지 경솔하게 적의 선봉을 건드리지 마라."

고 하였다. 이때로부터 적들은 더욱 방자해져서 마음 놓고 노략질을 했다. 유응수는 의기가 북받쳐 부르짖었다.

"대장이 군사를 끼고 제 한 몸만을 지키면서 깊숙이 들어박혀 나오지도 않으니 그래 장차 어떻게 하겠단 말인가?"

그러고 나서 그는 혼자서 수십 명의 기병을 거느리고 고을 북쪽으로 와서 노략질을 나온 놈들을 찾아내어 치니 적들은 그 광경을 바라보다가 달아났다. 유응수는 단신으로 성 밑까지 추격하여 한 놈의 목을 베어 돌아왔다. 성 안에 있던 적들은 성 머리에 서서 바라보기만 할 뿐 감히 나와서 구원할 생각은 못하였다. 그 소식을 들은 성윤문은 성을 내었다.

"대장의 영도 없이 제 마음대로 군사를 움직였으니 비록 적의 머리를 베었다 한들 무슨 공이 있으리오?"

이렇게 말한 그는 도리어 유응수에게 죄를 줄 것을 감사에게 요청하려 하였다. 그러나 그것은 실현되지 못하였다. 성윤문은 자기가 패한 것을 부끄럽게 여기면서 다른 사람이 공을 세우는 것을 시기하였던 것이다. 가평 싸움은 성윤문이 먼저 달아나는 바람에 형세가 이롭지 못하여 퇴각하였다. 그때 적장 속에는 오직 '함흥 판관'이라고 부르는 놈만이 있었는데 백응상의 화살을 받고 꺼꾸러져서

는 말에 실려 돌아갔다. 이때부터 적들은 감히 나타나지 못하였다.

이유일은 덕산역에서 적을 만났으나 중과부적으로 치지 못하고 먼저 산등성이를 차지하고 활을 쏘았다. 날아드는 화살이 빗발치듯 하는지라 적들은 더 접어들지 못하였다. 며칠이 지나서 왜적 수백 놈이 홍원洪原을 향해 떠났다. 이유일은 함관령咸關嶺 아래에서 놈들을 맞아 대판 싸웠는데 조금 있다가 놈들은 고개를 넘어서 달아나는 것이었다. 이유일은 함원 역참까지 따라가 싸웠다. 붉은 옷을 입은 적장 한 놈이 검을 휘두르면서 앞장서 나오니 이유일이 편전으로 그놈을 쏘았는데 시위 소리가 울리자 그놈은 꺼꾸러졌다. 다른 적 한 놈이 그를 대신하여 붉은 옷을 입고 나왔다. 이유일은 그놈마저 쏘아 죽여 버렸다. 이날 적들은 크게 패하고 물러갔는데 날이 저물었기 때문에 추격할 수가 없었다.

세 번째 날에 홍원 현감이 알려 오기를,

"함흥에서 온 적들 속에는 화살에 맞아 죽은 놈이 수십 명인데 빈집에 시체를 쌓아 놓고 불을 질러 태워 버렸다. 나머지 부상한 놈이 절반을 넘는다."

고 하였다. 이때부터 남쪽과 북쪽의 왜적들은 두려워서 감히 오고 가지를 못하였다.

그후 청정淸正은 자기가 거느리고 길주에 들어갔던 군졸들을 철수해 가지고 곧바로 이 고개를 넘어 바닷가로 피해 지나갔다. 청정이 드나드는 것도 이유일이 칠 수 있었으나 성윤문은 이유일이 공을 세우는 것을 꺼려 그의 군사를 모두 빼앗았다. 이유일이 거느리는 군사는 겨우 보병 백여 명뿐이었다. 그러므로 그는 공을 이루지 못하고 말았다. 그런데다가 여러 곳 군사들이 노획한 왜검, 왜말들을 성윤문이 깡그리 찾아내어 가져갔기 때문에 군사들은 맥이 풀려 힘을 다 낼 수가 없었다.

북평사 정문부는 육진의 고을 원들, 변방의 장수들과 더불어 경성鏡城에서 의병을 일으키고 명천明川으로 나와 진을 쳤다. 정문부는 여러 장수들에게 말하기를,

"길주의 적들은 성안에 들어가 나오지 않으니 반드시 소란을 피워 성 밖으로 나오게 한 다음에라야 공을 이룰 수 있을까 보오. 그 일을 시킬 만한 장수로 누구를 삼을 수 있겠소?"

하였다. 그러자 모두들,

"방제防垣 만호 한인제韓仁濟가 지혜와 슬기가 남들보다 뛰어나니 그 사람이면 할 수 있으리다."

하는 것이었다. 정문부는 한인제를 불렀다.

"그대가 갈 수 있으리까?"

"나라를 위해 원수를 치는 것은 신하 된 본분이니 비록 죽는다 하더라도 피할 수 없으리다. 그런데 육진의 고을 원들이 모두 품계가 높은 분들인지라 나 같은 하찮은 사람이 어떻게 통제하리까?"

"그대가 중위장中衛將이 되면 좌위장左衛將, 우위장右衛將은 비록 지체가 높더라도 명령을 듣지 않을 수 없으리다. 중위는 오직 내 명령만 들으면 되리다."

이렇게 이야기를 주고받은 정문부는 한인제를 중위장으로 삼아 떠나보냈다. 한인제는 여러 장수들과 약속하고 나서 밤에 길주에 이르러 성 밖의 민가에 불을 질렀더니 불길이 하늘 위로 치솟았다. 성안의 적들은 놀라서 모두 성 머리에 나와 그것을 바라보았다. 한

인제 등은 물러나와 명천 고참역古驂驛 마을에 진을 치고 대오를 정리한 뒤에 다음의 일을 기다렸다. 셋째 날 날이 밝을 무렵이었다. 망을 보던 아전이 와서 이르기를,

"수많은 적들이 성에서 나와 명천 바닷가[*]로 향하오이다."

하였다.

한인제 등은 군사를 거느리고 달려가 돌고개에서 적들의 앞길을 막고 좌우로 들이쳤다. 적들은 감히 총 한 방 쏘지 못하고 저들의 장수를 여나문 겹으로 에워싼 채 서 있을 뿐이었다. 우리 군사들은 사방에서 놈들을 마구 쏘아 댔다. 밖을 에워쌌던 놈들이 먼저 꺼꾸러지자 그 안에서 에워쌌던 놈들이 또 꺼꾸러졌는데 차례로 다 꺼꾸러진 다음에 보니 왜적의 장수 한 놈이 붉은 깃발을 든 채 홀로 서 있는 것이었다. 그놈마저 단살에 꺼꾸러뜨리니 나머지 놈들은 모두 도망쳐 버렸다. 우리 군사는 그놈들을 추격하여 거의 다 죽여 버렸는데 잘라 놓은 적의 머리가 사백여 개나 되었다.

저녁 무렵에 대오를 돌려세워 가지고 고참에 이르니 밤은 이미 자정이 되었다. 이때 종성鐘城 부사 정현룡鄭見龍이 대장으로서 명천에서 고참으로 뒤따라왔다. 그는 걸어오다가 한길에서 한인제를 만나고는 말 위에 앉은 그의 손을 잡고,

"오래도록 북쪽 변방에 있더니만 끝내 이런 큰 공을 세웠소그려. 그대야말로 정말 사나이요."

하고 치하하였다. 그들은 온밤 술을 마시며 즐기다가 헤어졌다. 한인제가 술자리에서 물러나와 역졸의 집에서 잤는데 해가 높이 떠올

---

[*] 곧 가파지를 말한다.

랐건만 일어나지 않으니 어떤 사람이 찾아와 말하기를,

"대장으로서 싸움판에는 나가지 않고 저 혼자 스스로 공로만 논하는데 그것도 흔히는 제 생각 나름뿐이오그려. 그대에게 큰 공이 있다고는 하나 그것도 실속은 없는 것이니 그래 마음속으로 께름한 것이 없소?"

하는 것이었다. 한인제가,

"옛날에 대수장군大樹將軍이라는 분이 있었느니라. 공을 세우고 벼슬을 바라는 것은 나의 뜻이 아니로다."

대답하고는 그 후부터 입을 다물고 일체 공에 대하여 말하지 않았다. 그랬더니 이때부터 군사들은 언짢아하며 밤을 타서 도망가는 자가 많아졌다. 정문부는 여러 장수들에게 각각 임무를 주어 길주의 사방에 둔을 치게 하였는데 한인제더러는 성 밖에 주둔하라고 하였다. 한인제는 백여 명의 기병을 거느리고 성 밖으로 나가 진을 쳤다. 군막들을 많이 만들어 놓고 밤이 되면 불을 켜게 하고 낮이면 무술을 닦으니 적들은 겁이 나서 감히 나다니지 못하였다. 청정이 군사를 거느리고 안변安邊에서 들어왔다. 정문부는 여러 장수들에게 이르기를,

"청정은 반드시 길주의 왜놈들이 패하였다는 소식을 듣고 들어올 게요. 그는 장차 우리 북도 지방을 짓뭉개 버리려 할 터이니 우리는 경성으로 돌아가 성을 지키면서 놈들을 막는 것이 좋을까 하오."

라고 하였다. 한인제가 말하기를,

"이 왜적들은 반드시 군사를 거두어 가지고 돌아갈 것이외다. 그러니 돌아갈 때 뒤꼬리를 치는 것이 좋을 것 같소이다."

하였다. 그러자 정문부는 성을 내면서,

"그대의 재주와 지략이 그렇게 남다르면 혼자서 맡아 일을 벌이
시오. 그렇지만 군사들은 내가 거느릴 테요."

했다. 이리하여 정문부는 한인제에게서 군사를 빼앗고 여러 장수들
과 함께 경성으로 달려들어 갔다. 경성, 명천의 백성들은 정문부를
대장으로 여겨 따라왔는데, 피난 오면서 집과 재물을 모두 불살라
버리고 분주히 산에 오르거나 구렁텅이에 빠진 늙은이, 어린이들이
많았다. 한인제는 홀로 보병 삼십 명과 함께 길주가 바라보이는 곳
에 진을 치고 적들의 동정을 엿보았다. 사흘째 되는 날 망을 보던
사람이 와서 이르기를,

"성안에 불이 일어났소이다."

라고 하였다. 한인제가,

"적들이 필시 밤중에 도망간 게로다."

하고 곧 성안으로 들어가니 성안에는 병든 왜놈 이십여 명이 있을
뿐이었다. 왜놈들은 모두 목을 자르고 불을 꺼 버려 관청들과 창고
안의 낟알들이 다 온전하게 보존되었다. 이러한 사실을 즉시 경성
에 알렸더니 정문부가 달려와 보고 몹시 부끄러워하면서,

"그대는 어떻게 적들이 밤중에 도망간 줄을 알고 이렇게 조처하
였소? 내가 북으로 갈 때는 왜 굳이 붙들지 않았소?"

라고 하더니 탄식하여 말하기를,

"선비란 게 도리어 무부만도 못하단 말인가?"

하면서 후회하고 한탄하기를 마지않았다. 한인제가 말하기를,

"내 집은 함흥에 있소이다. 적들을 뒤따라가면서 치고 싶고 한편
으로는 늙으신 어머님을 만나 보았으면 하오이다."

하는 것이었다. 이때 한인제를 북도의 우후虞候로 삼았다. 정문부
가 대답하기를,

"오랑캐들이 빈틈을 타서 들어와 노략질을 하는데 회령에까지
이르렀다고 하오. 그대가 우후가 되었으니 북쪽 변경을 지키도록
하오. 내가 적들의 뒤꼬리를 치면서 남쪽으로 가서 감사와 만나
야 할까 보오."

하였다. 한인제는 부득이 경성으로 들어가 오랑캐들을 쳐서 쫓아내
고 육진을 지켰다.

백응상은 활쏘기와 말 타기 재주가 여러 장수들 중에서 뛰어났
다. 그는 강적과 맞닥뜨려도 겁내지 않고 용감히 싸움에 뛰어들곤
하였으나 성윤문의 통제를 받아 속수무책으로 그냥 고을 사람으로
남아 있었으니 오늘에 이르기까지 한스럽다.

유응수는 사람됨이 진실하였고 말 타기와 활쏘기를 잘하였다. 아
버지가 왜적들에게 죽었기 때문에 유응수는 제 한 몸을 돌보지 않
고 싸움판에 뛰어들었으며 적들과 함께 죽을 것을 맹세하였다. 그
러나 성윤문의 제재를 받아 마침내는 군사 없는 장수가 되어 나라
의 은혜에 보답하지 못하였고 아버지의 원수도 갚지 못하였으니 탄
식할 일이다. 후에 관찰사 이희득李希得이 조정에 보고하여 삼수 군
수를 시켰고 어사인 김권金權 또한 그의 전공을 조사하여 임금에게
보고하였는데 임금이 가상히 여기어서 그를 당상관으로 승급시켜
주었다. 정유년(1597)에 임금은 유응수를 별장別將으로 임명하고
탑전으로 불러들여 술을 하사하고는 경상도의 왜적을 칠 것을 명령
하였다. 유응수는 이러한 임금의 명령을 받고 더욱 감격하여 필사
의 각오를 가지게 되었는데 군사들의 앞장에서 싸우다가 전사하였

다. 병조 참판을 추증하였다.

이유일은 사람이 심중하고 용감하고 힘이 세었으며 이길 타산이 있는 경우라야 진군하였고 경거망동하지 않았다. 한경상은 생각이 남달랐으며 적정을 헤아리는 데 귀신 같았다. 그래서 적들의 계책을 꼭꼭 실수 없이 알아맞히곤 하였다. 이들 두 사람이 한 마음이 되어 서로 도와 주었기 때문에 가는 곳마다 반드시 이겼고 패하는 일은 없었으니 청정의 위엄으로써도 오히려 꺼리어 감히 함관령을 곧바로 넘어서지 못하였다. 이유일은 정녕 산에 있는 호랑이 같았다고 말할 수 있으나 전공으로 보을하甫乙下 첨사로 한생을 마쳤으니 그를 아는 사람들은 모두 한탄을 하였다.

한인제는 도량이 넓고 지혜가 깊어 사람들은 그에게 장수로서의 재주가 있다고 칭찬하였다. 오로지 왜적을 칠 한마음으로 위험을 꺼리지 않았으니 무릇 그가 세운 계책은 남들이 따를 수 없는 것이었다. 전공이 가장 많았지만 자랑하기를 좋아하지 않았으니 한인제야말로 세상에 드문 인걸이었다. 그러나 전공으로 북도 우후가 되었다가 얼마 지나서 조정에서 오랑캐들이 보는 고장이므로 당하관으로 우후를 삼는 것이 옳지 않다고 하여 남도 우후인 한희길韓希吉과 바꾸어 놓았다. 이때부터 본 도의 장사들은 모두 맥이 풀려 하였다.

그후 관찰사 윤승훈尹承勳이 이유일과 한인제의 공을 조정에 보고하였으나 일은 성사되지 않고 말았다. 그때 서울에서 난리를 피하여 들어왔던 사람들은 모두 함흥에 세 호걸이 있다고 하였는데, 그것은 유응수, 이유일과 한인제였다.

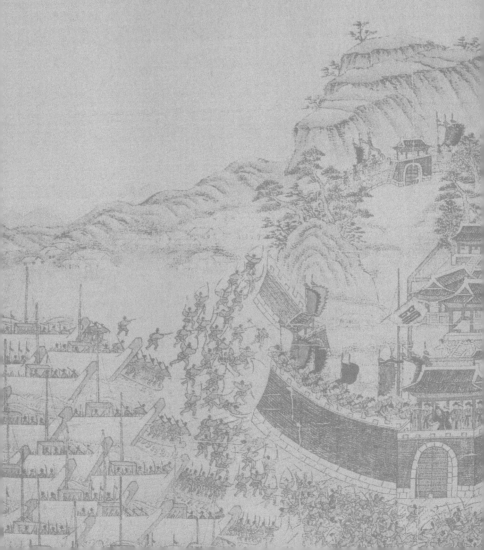

부록

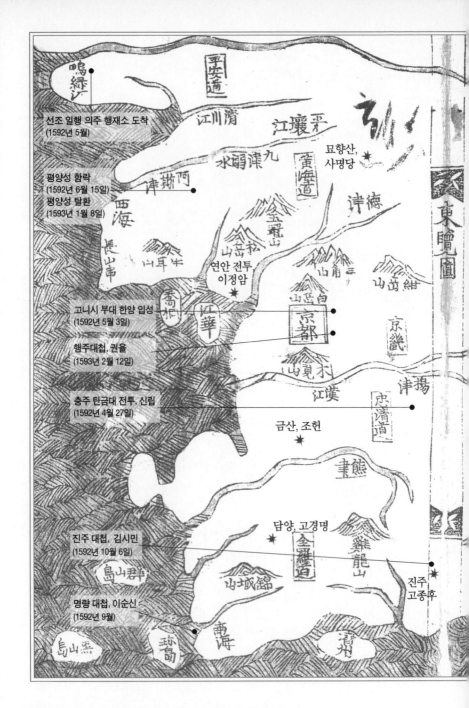

이 지도는 16세기 그려진 '팔도총도八道總圖'를 이용한 것입니다.
오늘날의 지도와는 차이가 있어서, 현재 위치와 정확히 일치하지 않습니다.

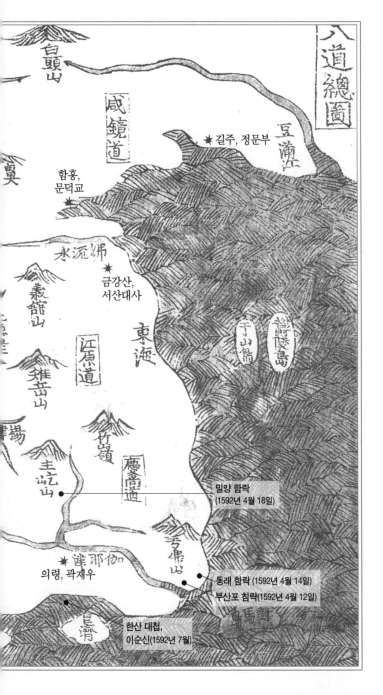

임진왜란 의병장 활동 지역과 관군의 주요 격전지

八道總圖

白頭山

咸鏡道

豆滿江

★ 길주, 정문부

함흥,
문덕교

永流沸

★
금강산,
서산대사

素館山

東海

江原道

蔚陵島

于山島

雉岳山

楊

竹嶺

圭屹山

慶尚道

밀양 함락
(1592년 4월 18일)

迦倻

★ 의령, 곽재우

雲鳳山

동래 함락 (1592년 4월 14일)

부산포 침략(1592년 4월 12일)

馬崇

巨濟

한산 대첩,
이순신 (1592년 7월)

★ 의병장 활동 지역

● 관군 주요 격전지

임진왜란 전쟁 일지

1592년(선조 25년) 4월 13일

오전 8시에 오우라항을 떠난 왜군이 오후 5시에 부산 앞바다에 도착했다.

제1부대는 고니시가 이끄는 18,700명, 제2부대는 가토가 이끄는 22,800명, 제3부대는 구로다가 이끄는 11,000명, 제4부대는 모리(毛利吉成)와 시마즈가 이끄는 14,000명, 제5부대는 후쿠시마가 이끄는 25,000명, 제6부대는 고바야가와가 이끄는 15,000명, 제7부대는 모리(毛利元之)가 이끄는 30,000명, 제8부대는 우키다가 이끄는 10,000명, 제9부대는 하시바가 이끄는 15,000명 병력이었다.

육군이 모두 158,700명이었으며 수군이 9,000명, 거기에 후방 경비를 맡은 12,000명까지 해서 전체 병력은 20여만 명이나 되었다. 일본이 침략 당시 보낸 병력은 모두 30여만 명이었으나 나고야에 약 십만이 머무르고 있었고, 수도를 경비하기 위한 3만 명이 남아 있었다.

부산을 침략한 고니시 부대는 양산, 밀양, 청도, 대구, 인동, 선산을 거쳐 상주에 이르렀다.

4월 14일

동래가 함락됐다.

4월 17일

왜군이 대거 침입했다는 보고가 조정에 전달되었다.

4월 18일

밀양성이 함락됐다.

4월 19일

나고야를 떠나 대마도에서 기다리던 가토 부대가 부산에 상륙했다. 경상 좌도를 택해, 장기, 기장을 거쳐서 울산을 정복하고 경주, 영천, 신령, 의흥, 군위, 비안을 거쳐 문경에서 다른 부대와 합류한 뒤 충주로 들어갔다.

이날 구로다 부대는 동래에서 김해로 침입하여 경상 우도를 따라 성주, 지례, 김산을 지나 추풍령을 넘어 충청도 영동으로 나온 뒤 청주 방면을 침략했다. 제4부대는 김해에서 구로다 부대와 만나 창녕을 점령하고 성주, 개령을 거쳐 추풍령으로 진격했다. 후쿠시마 부대는 제4부대를 따라 부산에 상륙하여 북으로 침입했다. 제6부대, 제7부대는 후방을 지키며 북상했다.

김해성이 함락됐다.

4월 21일

경주성이 함락됐다.

4월 24일

곽재우가 경상도 의령 지방에서 의병을 일으켰다.

곽재우는 황해도 관찰사 월의 아들인데, 1585년 서른세 살의 나이로 별시에 합격하였으나 왕의 뜻을 거스르는 글이라 하여 합격이 무효가 되자 과거에 나아갈 뜻을 포기하고 있었다. 임진왜란이 일어나자 사재를 털어 의병을 일으켰으며, 왜군과 싸울 때 붉은 옷을 입고 다녀 '홍의장군'이란 별명을 얻었다. 의병을 이끌고 낙동강을 오르내리며 일본군과 싸웠고, 의령, 삼가, 합천, 창녕, 영산 등 여러 고을을 수복하였다. 전라도로 가는 왜군을 정암진에서 차단하여 적의 호남 진출을 막았다. 곽재우는 처음 수십 명의 의병으로 출발했으나 유격전과 매복에 능하여 왜군을 섬멸하면서 2천에 이르는 부하를 거느렸다.

곽재우는 초계로 가서 관군이 버리고 간 군기와 군량을 수집하고 배에 버려진 쌀을 거두어 군량으로 썼는데, 이 때문에 나중에 산골로 피난 갔던 합천 군수 전견룡, 경상도 순찰사 김수에게 반란을 일으키려 한다는 모함을 받았다.

하시바 부대는 이키도에 머무르면서 대기하고 있었다.

4월 25일

구로다와 모리의 부대가 성주에 이르렀다. 지례, 김산을 지나 추풍령을 넘어 영동으로 나가 청주성을 함락시키고 경기도를 빠져나온 뒤 서울로 향했다.

4월 26일

고니시 부대가 새재를 넘었다.

4월 27일

충주로 들어오려던 고니시 부대를 맞아 신립과 8천 군사들은 탄금대에서 배수진을 치고 기다리고 있었다. 산을 따라 동으로 치고 오는 적과 강을 끼고 내려오면서 조총을 쏘는 적을 동시에 맞은 신립 부대는 전군이 사망했고, 신립은 달천강에 투신하여 죽었다.

4월 28일

선조는 황해 감사로 있던 이원익을 먼저 황해도로 보내 백성들을 안심시키도록 하고 피난 채비를 하였다. 둘째 아들 광해군을 세자로 책봉하였다.

4월 29일

충주성이 함락되었다.

국왕 일행이 피난을 결행하자, 노비들은 노비 문서가 보관되어 있던 장례원과 형조를 불질렀다. 이때 경복궁, 창덕궁, 창경궁이 모두 불타 없어졌다.

4월 하순

조헌이 충청도 옥천에서 의병을 일으켰다.

조헌은 이이와 성혼 아래에서 공부하다가 1567년, 병과에 급제했다. 1574년, 명나라에 다녀온 뒤 탄핵을 받고 유배되었다가 1581년에 공조 좌랑으로 등용되었다. 1586년에는 공주 제독관이 되었는데, 스승들에게 죄 주는 것을 반대하다가 파직당했다. 1589년에 길주로 귀양갔다가 풀려난 뒤 임진왜란을 맞았다.

5월

고경명은 전라도 담양에서 김천일, 양대복, 유팽로 들과 의병을 일으켰다.

고경명은 1552년에 진사가 되어 좌랑으로 기용되었으나, 1563년에 울산 군수로 좌천된 뒤 1581년에 영암 군수로 다시 임명되었다. 벼슬에서 물러나 낙향해 있는 동안 임진왜란을 맞았고, 아들 고종후, 고인후와 함께 의병을 일으켰다. 고경명이 의병 부대를 일으키자 순식간에 6천 명이 모였다.

5월 2일

고니시 부대가 서울에 들어왔다.

부산에 상륙한 우키다 부대는 서울을 향해 북상했다.

개성에 가 있던 선조 일행은 서울이 함락되었다는 소식을 듣고 평양으로 옮겼다.

5월 3일

가토 부대가 서울에 들어왔다.

5월 7일

이순신 함대가 옥포 해전에서 왜선 30척을 물리치고 함포에서 다시 5척을 물리쳤다.

5월 8일

이순신 함대가 적진포에서 왜선 11척을 물리쳤다.

5월 29일

이순신 함대가 사천에서 왜선 12척을 물리쳤다.

5월 하순

곽재우가 정암진을 넘으려던 왜군을 막아 대승을 거두었고 함안군을 되찾았다.

이 무렵부터 의병 활동이 본격적으로 시작되어 승려들과 백성들이 참여한 의병이 전국에서 일어났다. 1593년 1월에 명나라에 전한 문서를 보면 전국의 의병수는 관군의 25퍼센트를 차지하는 22,600명에 이르렀다고 한다.

6월 2일

이순신 함대가 당포에서 왜선 20척을 무찔렀다.

6월 5일

이순신 함대가 당항포에서 왜선 26척을 무찔렀다.

6월 6일

임금이 피난 가 있던 평양성이 공격당하기 시작했고, 임진강 방어도 실패했다는 소식을 듣자 평양을 버리고 의주로 갈 채비를 했다.

6월 7일

이순신 함대가 율포에서 왜선 1척을 무찔렀다.

6월 18일

평양성이 함락되었다.

임진강을 건넌 고니시 부대는 평안도 방면으로 침입하여 평양을 본거지로 삼았고, 가토 부대는 함경도로, 구로다 부대는 황해도로 들어가 해주를 본거지로 삼았다.

7월

곽재우의 의병 부대가 현풍, 창녕, 영산, 무계를 왜군의 손에서 구해 냈다. 낙동강에서 배로 식량과 무기를 실어 나르던 왜군을 기습 공격하여 마수원 근처에서 왜군의 배 40여 척을 물리쳤다.

황해도 연안성에서는 이정암이 의병을 일으켰다.

이정암은 1558년에 진사가 되었고, 1561년에 병과에 급제했다. 1578년에 양주 목사가 되었고, 1587년에 동래 부사를 지냈다. 대사간, 승지, 이조참의까지 오른 사람이다.

73살의 서산대사 휴정이 묘향산 보현사를 중심으로 전국의 승려를 모았다.

서산대사는 1534년 진사에 응시했다 떨어진 뒤 입산하여, 1552년에 승과에 합격했다. 봉은사 주지를 지내다가 1556년에 정여립의 모반에 참가했다는 모함을 받고 투옥되기도 했다. 임진왜란이 일어나자 순안의 법흥사를 근거지로 하여 전국의 사찰에 격문을 보내 승병 1,500명을 모았다. 명나라 군대와 힘을 합쳐 서울을 되찾는 데 기여했다. 1594년에는 사명당에게 승병을 맡기고 묘향산 원적암에 들어가 생을 마쳤다.

금강산 유점사에 거처하던 사명당 유정은 강원도 금강산에서 승병을 모았다.

사명당 의병 부대가 평양에 이르렀을 때는 의병이 1천 명에 이르렀는데, 평양에서 서산대사 의병 부대와 합류했다. 사명당은 임진왜란이 끝난 뒤에 일본에 사신으로 가 조선 사람의 송환 문제를 해결하는 데 힘썼다.

7월 4일

조헌의 지휘 아래 있는 의병들이 홍주에서 회덕까지 이르렀다. 청주에는 서울을 점령한 왜군의 주력 부대가 전라도를 공격하기 위해 내려와 있었다.

7월 8일

한산도에서 이순신 함대가 왜선 73척을 물리쳤다.

고경명은 각 도와 제주도까지 격문을 보내고 행재소에 가려던 참에 금산에서 적을 만나, 금산성 안으로 들어간 적을 포위하고 아침을 기다렸다. 그러다 기습을 받고 둘째 아들 고인후와 유팽로, 안영과 함께 전사하였다. 큰아들 고종후는 다음 해 진주성 싸움에서 죽었다.

7월 10일

이순신 함대가 안골포에서 왜선 40척을 물리쳤다.

7월 15일

명나라에서 국경 수비병 오천 명을 보냈다. 평양성을 공격했으나 도리어 왜군의 기습을 받고 크게 패했다.

7월 27일

영천성을 되찾았다.

8월

함경도 경성 지방에서 정문부, 정봉수 들이 의병을 일으켰다.

정문부는 1588년에 문과에 급제했다. 임진왜란이 일어나자 서울을 되찾고 회령으로 가 왕자를 왜군에게 넘긴 국경필을 죽이고 반란을 평정했다.

8월 1일

조헌과 영규가 이끄는 의병 부대가 청주의 왜군을 공격했다. 의병 부대가 서문을 공격하고, 관군은 북문에서 적의 퇴로를 막기로 했으나 관군이 약속을 어기는 바람에 도망치는 적들을 잡지 못했다. 이 싸움으로 충청도, 전라도의 주요 거점이었던 청주성을 되찾았다.

8월 24일

이날부터 9월 2일까지, 이순신은 왜선 470척이 대기하고 있던 부산포 내항으로 가서 적의 배 100여 척을 무찔렀다.

8월 25일

청주성을 되찾은 조헌은 금산을 되찾기 위해 병력을 이동했으나, 약속했던 관군이 오지 않는 바람에 의병은 상당수가 흩어지고 칠백 명만 남았다. 조헌은 홍주에서 회덕까지 진격했다. 왜군이 청주를 거쳐 전라도를 공격하려고 한다는 소식을 듣자 청주의 승려 영규와 합류했다.

8월 27일

구로다 부대 오천 명이 연안성을 다시 공격하기 시작했다.

8월 28일

조헌은 의병들에게, "오늘은 오직 한 가지 죽음이 있을 뿐이다. 죽고 살고 공격하고 퇴각하는 모든 행동에 있어서 의병의 영예를 지켜라!"고 호소하고 싸우다가 금산 전투에서 전사했다. 전투가 끝난 뒤 조헌의 문인들이 칠백 군사의 유골을 모아 무덤을 만들고 '칠백의총'이라 이름 붙였다. 이 전투에서 조헌의 동생과 아들까지 죽었다.

청주에 살던 늙은 의병 김대수는, "조 제독은 다만 나라를 위하여 충성을 다하였을 뿐만 아니라 진정으로 부하를 사랑하였기 때문에 그의 지휘 하의 군인들이 죽음을 아끼지 않고 전군이 정의를 위하여 희생되었다. 이 늙은 것만이 싸움터에 가지 못하였다가 목숨을 유지하게 되어 늘 그들과 최후를 같이 하지 못한 것을 무한한 유감으로 생각하고 있다."고 썼다.

연안성을 중심으로 의병 활동을 벌이고 있던 이정암의 의병 부대는 연안에서 왜군 3천 명과 싸움을 시작했다.

8월 29일

명나라의 심유경이 화의의 교섭을 맡아 평양에서 고니시를 만났다. 서로 강화 조건을 논의하고 50일 이내로 본국에 돌아가 구체적인 조건을 가지고 돌아오겠다고 약속했다.

9월 2일

이정암이 8월 28일부터 계속된 연안성 전투에서 승리했다. 결국 거점을 확보하지 못한 왜군은 해주에서 퇴각할 수밖에 없었다. 구로다 부대가 점령했던 인접한 열 개 읍을 모두 되찾았고, 해상 교통도 강화도와 연안을 통해 의주의 행재소까지 연결될 수 있었다. 이정암은 뒤에 경기도 관찰사가 되었고, 병조 참판으로 승진했다.

9월 15일

정문부 휘하의 의병 삼천 명은 경성으로 진격하여 적을 섬멸했다. 경성을 되찾고 명천 지역까지 되찾았다. 정문부가 이끄는 의병은 함경도를 다시 찾는 데 큰 공을 세웠으며 이후에도 가토 부대가 더 이상 북쪽으로 진격할 수 없게 만들었다.

9월 24일

일본은 의병의 공격으로 충청 지역이 막히자 경상도 진주를 새로 공략하기 시작했다.

10월

함경도 함흥 지방에서 류응수, 문덕교(1551-1611) 들이 의병을 일으켰다.

문덕교는 1585년 을과에 급제하여 형조 좌랑 등을 지내며 이름을 높이다가 도승지까지 올랐다. 임진왜란이 일어나자 동생 문선교와 함께 의병을 일으켰는데, 문선교가 왜적에게 잡혀 죽은 뒤에는 의병 활동을 접고 여생을 후대 교육에 바쳤다.

10월 6일
진주 목사 김시민이 군관민과 힘을 합해 제1차 진주성 싸움에서 큰 승리를 거두었다.
관군과 서산대사가 이끄는 의병이 평양성을 탈환하기 위해 전투를 벌였다.

11월 21일
의병장 정문부가 가파에 머무르던 왜군을 공격하여 퇴각하게 했다.

12월
아버지와 동생의 원수를 갚기 위해 고종후(1554-1593)가 의병을 일으켰다.
고종후는 1570년에 진사가 되었고, 1577년에 별시에 급제했다. 임진왜란 때 아버지 고경명과 동생 고인후가 죽자 스스로 '복수 의병장'이라 하고 여러 곳에서 싸웠다.
명나라 이여송이 43,000명을 이끌고 조선에 들어왔다.

12월 10일
서산대사와 관군이 평양성을 공격하자 고니시 부대는 성에 불을 지르고 성을 빠져나와 얼어붙은 대동강을 건너 도망갔다.

1593년 1월
이여송의 부대가 압록강을 건너 평양 근방에 이르렀다.

1월 8일
평양성을 되찾았다.

1월 28일
정문부 휘하의 의병 3천 명은 함경북도 김책군에 숨어 있다가 왜군을 공격했다. 마천령 이북을 완전히 되찾을 수 있었다.

2월 10일

황해도 해주를 근거로 있던 구로다 부대가 출병하여 배천에 도착한 고니시 부대를 후퇴시키고, 구로다 부대도 개성으로 철수했다.

2월 12일

도성에 머무르고 있던 왜군이 권율이 지키고 있던 행주산성을 공격했다. 전라 감사 권율은 의승장 처영 들과 더불어 대승을 거두었다.

4월 18일

왜군이 도성에서 철수했다. 각지의 의병 봉기와 명나라 군대 진군, 보급 곤란 때문에 전의를 잃었고 명나라와 맺은 화의 때문이기도 했다.

6월 2일

제2차 진주성 싸움에 참여했던 고종후가 전사했다. 진주성이 적에게 함락될 때 김천일, 최경회와 함께 남강에 몸을 던져 죽었다.

1596년

명나라 사신이 도요토미를 일본 국왕에 봉한다는 책서와 금인을 내리자 도요토미가 노하여 이를 받지 않고 사신을 돌려보낸 뒤 다시 조선을 침입할 것을 결정했다. 오랫동안 결말을 보지 못하던 화의가 결렬되었다.

1597년(정유년) 1월 15일

가토, 고니시, 소 등의 장수가 조선을 다시 침략했다.

3월 중순

일본의 대군이 바다를 건너왔는데, 총병력 141,500명이었다. 동래, 기장, 울산 등을 점거하고 웅천, 김해, 진주, 사천, 곤양 등을 왕래했다.

4월

일본 수군이 조선 근해로 들어왔다.

7월 28일

우키다 부대 오만 명이 사천에서 하동을 거쳐 구례로 들어왔고, 모리 부대 오만 명 역시 초계, 안의를 거쳐 전주로 향했다.

8월 14일

남원으로 향한 왜군이 포위 공격을 개시했다.

8월 16일

남원성이 함락되었다.

8월 17일

전주로 향하던 모리 부대에게 황석산성을 빼앗겼다.

9월 5일

명나라 군대와 구로다 부대가 직산 북방 소사평에서 전투를 벌였는데, 명나라 군대가 승리하여 왜군의 북상을 완전히 막았다.

9월 16일

이순신 함대가 명량에서 왜선 30척을 격파하여 서쪽 진출을 막았다.

9월 19일

왜군이 퇴로를 요청해 왔다.

10월

겨울이 닥쳐오자 왜군이 남해안으로 집결하기 시작했다.

1598년 2월

고금도로 진을 옮긴 이순신이 병영을 세우고 난민을 이주시켜 생업에 종사하게 하자 몇 달 만에 민가가 수만 호를 넘었다.

7월

명나라 수군 5,000명이 고금도에 합세했다.

명나라 마귀 부대가 24,000명 병력으로 동쪽의 가토 부대를 공격하고, 명나라 동일원 부대 13,500명은 중간에서 시마주 부대를 공격했으며, 명나라 유정 부대 13,600명은 서쪽의 고니시를 맡고, 명나라 진린의 수군 13,300명은 해상을 담당하게 했으나 별 성과를 올리지 못했다.

8월 18일

도요토미가 병사했다.

왜군이 차례로 철수하기 시작했다.

9월 20일

명나라 유정은 순천의 고니시 부대가 철수한다는 소식을 듣고 공격했으며, 이순신과 명나라 진린은 해상에서 이를 봉쇄했다.

10월 16일

명나라 유정이 고니시에게 뇌물을 받고 군사를 철수시켰다.

11월 14일

고니시가 명나라 진린에게 퇴로를 열어 달라고 뇌물을 보냈으나 이순신이 진린을 설복하여 고니시의 뜻은 실패했다.

11월 18일

시마즈 부대가 고니시의 구원 요청을 받고 배 500척을 끌고 노량진을 습격했다. 이순신이 이를 무찌르고 관음포로 도망가던 왜군을 쫓다가 유탄을 맞고 전사했다. 이순신의 조카 완이 대신 지휘하여 왜선 200여 척을 격파했다.

도요토미가 죽고 국내 정세가 불안해진 왜군은 서둘러 철수하면서 정유재란이 끝났다. 임진년부터 시작된 7년 전쟁의 끝이었다.

1599년 1월

명나라의 유정, 진린, 마귀, 동일원 부대가 서울로 돌아왔다.

4월

명나라 총독 형개가 본국으로 돌아갔다.

1600년

서울에 머물러 있던 명나라 이승훈, 도잠 등이 24,000명 부대를 이끌고 돌아갔다.

임진왜란이 있기 전 1543년에 4,162,021명이었던 조선의 인구는 1639년에 다시 조사했을 때 1,521,165명(《조선왕조실록》과 《호구총수》의 기록 기준)으로 줄어 있었다. 전쟁이 일어나기 바로 전과 후의 정확한 인구 기록은 남아 있지 않으나 적어도 260만 명 정도가 희생된 것으로 보인다. 전란 전에 10여 만 명을 헤아리던 서울 인구도 서울을 되찾은 1593년 5월에는 겨우 42,106명이 살아남았다는 기록이 있다.

또한 왜란 직전에 150여만 결이었던 농지는 전쟁이 끝난 뒤에는 겨우 30여 만 결만 남게 되었다. 광해군을 거쳐 인조 대에 이르기까지 회복한 결과 조세 부과 대상 토지는 80여만 결로 늘었다.

왜란 중에 일본에 포로로 잡혀 간 사람만 해도 10만을 헤아리는 것으로 추정하고 있다. 잡혀간 포로들은 포르투갈 상인들에게 노예로 팔려 가거나 일본의 노동력 부족을 메우는 데 쓰이다가 1599년에 국교를 재개하면서 조선으로 돌아왔다.

임진 의병장 작품에 대하여

오희복■

반만년의 유구한 역사와 찬란한 문화 전통을 가진 우리 민족은 외래 침략자들의 끊임없는 침입에 대항하여 싸우면서 고유한 민족 문화를 창조하였으며 그것을 발전시켜 왔다.

1592년부터 1598년까지 7년에 걸쳐 일본 침략자들에 대항하여 싸운 임진왜란은 백성의 용맹무쌍함과 애국적 위훈에 의하여 승리했으나 그것이 우리 나라 사회 발전에 끼친 영향은 매우 컸다.

1592년, 오랫동안 침략의 기회를 노리던 일본 침략자들은 이십여 만의 병력을 가지고 불의에 우리 나라에 침입했다. 봉건 사회 발전의 상대적 안정기를 걷고 있던 조선 왕조는 거의 무방비 상태에서 원수들의 침략을 물리치기 위한 싸움을 벌이지 않으면 안 되었다.

나라와 민족의 운명이 위험에 직면하게 되었을 때 우리 백성들은 전국 각지에서 침략자들에 대항하는 정의로운 투쟁에 떨쳐 일어났다. 그들은 스스로 의병을 뭇고, 이르는 곳마다 원수들에게 죽음을 안겼다.

전쟁 초기 일시적으로 우세를 보이던 일본 침략자들은 농민들, 하급 관리들, 심지어는 승려들까지도 떨쳐 일어나 대오를 이루고 싸우는 의병들에 의하여 곧

■ 오희복은 김일성 종합 대학의 박사 부교수로 재직하면서 고전 문학을 연구했다. 논문으로 '구전 설화 작품들의 형태적 특성에 대한 간단한 고찰'이 있다.

침략 기도가 좌절되었으며 마침내는 심대한 타격을 받고 쫓겨나지 않을 수 없게 되었다.

임진왜란은 정녕 우리의 애국적 백성들이 민족의 존엄과 나라의 자주권을 지키기 위하여 모두 다 한결같이 희생적으로 싸운 전 민족적인 전쟁이었다.

《임진 의병장 작품집》은 임진왜란 당시 우리 백성들이 벌인 반침략 애국 투쟁 정형을 보여 주며 당시 우리 나라의 사회상을 이해하도록 하는 데 도움을 주기 위하여 의병장으로 활동한 사람 중에서 곽재우, 조헌, 고경명, 고종후, 이정암, 정문부, 서산대사, 사명당, 문덕교의 작품 가운데서 일부를 선택하여 번역한 것이다.

1592년 4월 13일, 부산 앞바다에 기어든 일본 침략자들은 동래성을 점령한 데 이어 문경새재를 넘어 서울로 접어들었다. 태평성세만을 부르짖으면서 아무런 방비 대책도 세우지 않고 있던 조선 왕조 봉건 관료들은 급기야 침략자들을 막기 위하여 대책을 세웠으나 원래 군사 제도가 문란해진데다가 관료들의 무능력과 비겁함으로 인하여 이렇다 할 성과를 거두지 못하였다. 일본 침략자들은 5월 초에는 서울에 기어들었으며, 6월에는 평양성을 함락하였다.

부패 무능한 봉건 관료들은 제 한 목숨을 건지기 위해 도망치기가 일쑤였다. 그러나 백성은 침략자들에게 고향 땅이 짓밟히는 것을 허용하려 하지 않았다.

4월 22일, 경상도 의령 지방에서는 백성들이 의병을 조직하고 유생인 곽재우를 의병장으로 내세워 왜적의 침입을 막았다. 충청도 옥천 지방 백성들은 4월 하순에 조헌을 대장으로 의병을 묶고, 5월에는 전라도 담양에서 고경명, 유팽로 등이 백성들을 불러 모아 대오를 이루고 왜적을 쳤다. 그리고 7월에는 이정암이 연안성을 차지하고 황해도의 열세 고을에 격문을 보내 의병을 모아들이고 '분충토적(충성을 다해 적을 친다는 뜻)'의 깃발을 높이 세우고 왜적의 침입을 막아 냈다. 의병들은 일본 침략자들이 이르는 곳마다 우후죽순처럼 일어났다. 8월에는 함경도 경성 지방에서 정문부, 정봉수 등이 대오를 묶고 침략자들을 무찌르고 반역자들을 처단하였으며, 10월에는 함흥 지방에서 유응수, 문덕교 등이 의병을 일으켜 왜적을 쳤다. 산속의 승려들도 의병을 조직하였다.

묘향산 보현사에 거처하던 73살의 노승인 서산대사 휴정은 전국 각지의 승려들에게 호소하여 의병에 떨쳐나서도록 하였다. 그의 호소에 따라 순안 법홍사에는 잠깐 사이에 오천여 명의 승려들이 모였다. 서산대사는 스스로 승병 대장이 되어 평양성 탈환 전투를 비롯한 수많은 싸움을 도왔으며 승병들로 하여금 적정을 탐지하여 아군의 승리에 이바지하도록 하였다. 금강산 유점사에 거처하던 승려 사명당 유정은 강원도에서 승려들을 거느리고 의병을 일으켰고 후에는 서산대사를 대신하여 전국의 승병을 통솔하였다. 그는 또한 전쟁 당시와 싸움이 끝난 다음에는 외교 사절이 되어 전쟁의 승리와 전후 복잡하게 제기된 문제들을 처리하는 데 기여하였다.

이처럼《임진 의병장 작품집》에 들어 있는 작품의 창작가들은 임진왜란 당시 직접 왜적을 물리친 싸움에 참가하여 의병장으로 활동한 사람들이다.

문화 예술은 역사적 시대에 해당 민족의 구체적인 생활을 반영한다. 16세기 말 임진왜란 당시에 창작된 문학 작품들에는 왜적을 물리치는 싸움에 떨쳐 일어났던 우리 백성들의 반침략 애국 투쟁이 반영되어 있다. 임진왜란 당시 의병을 거느리고 싸운 의병장들의 작품에서 가장 많은 비중을 차지하는 것은 반침략 애국의 감정을 반영한 시 작품들이다.

이정암의 시 '함열 촌가에서(題咸悅村庄)', 사명당의 시 '임진년 시월 승병을 거느리고 상원을 지나면서(壬辰十月領義僧渡祥原)'에는 시인 의병장들의 애국적 감정이 잘 반영되어 있다. 사명당은 자기의 시에서 이렇게 노래하였다.

> 시월에 강남으로 의병들 건너는데
> 나팔 소리 기 그림자 성새를 뒤흔드네.
> 갑 속에 있는 보검 한밤중에 소리 난다.
> 요사한 적 무찌르고 나라 은혜 보답하리.
> 十月湘南渡義兵　角聲旗影動江城
> 匣中寶釼中宵吼　願斬妖邪報聖明

시인은 왜적을 치려 대동강을 건너가면서 침략자들을 물리치고 민족의 존엄을 지킬 굳은 각오를 비교적 진실하게 노래하였다.

이정암은 자기의 시에서 서생의 몸으로 어찌하여 손에 병기를 잡은 무사가 되었는가 묻고 한강 기슭에서 왜적의 무리를 몰아내기 위해 부모를 고향에 남겨 두고 한 몸을 나라에 바친 무사가 되었다고 하였다.

정문부의 시 '부령 이의신의 집(富寧李宜臣卜居)', '난을 피해(在北道避亂時作)'와 곽재우의 시 '회포를 읊노라(詠懷)'도 이러한 사상 감정을 잘 보여 주고 있다.

침략자들을 물리치는 싸움에 한 몸 바치려 하는 것은 당시 백성들의 한결같은 심정이었다. 침략자들을 격멸하려는 절절한 애국적 지향은 특히 의병장들이 쓴 격문들에서 두드러지게 나타난다.

정문부는 자기의 격문에서, "조상들이 물려준 이 나라를 지켜 내리라 결심하고 모두 일어나 적을 치자."고 호소하였고, 조헌은 나라 안의 모든 역량을 단합하여 왜적을 치고 나라를 구원해야 할 때가 바로 지금이라고 하면서, "활을 버티어라, 화살을 메워라! 먼저 적의 우두머리의 멱통을 겨누어라! 창을 휘두르라, 방패를 쳐들어라! 연속 적의 군마의 발목을 무찌르라." 하고 외쳤다.

조상이 물려준 땅을 지켜내기 위하여 백성 전체가 한 사람같이 떨쳐 일어나 적들을 무찔렀기에 처절하였던 7년 전쟁은 백성들의 승리로 끝났던 것이다.

조헌, 고경명은 임진왜란 중에 전사하였으나 그 밖의 의병장들은 전쟁이 끝난 다음에도 왜적을 물리치던 싸움의 나날들을 긍지에 넘쳐 회상하면서 당시에 세운 위훈을 자랑스럽게 노래하였다. 곽재우의 시 '회포를 읊노라(詠懷)', 서산 대사의 시 '싸움터(戰場行)' 등은 그러한 작품 가운데서 대표적인 것이다. '싸움터'의 한 구절을 인용하면 다음과 같다.

생각나네 그 옛날 바다 싸움 하던 때가.
달려가는 함선들은 새매같이 빨랐지.
원수들과 우리 군사 뒤엉켜 싸움할 제

고함 소리, 북소리는 바닷물을 삼키런 듯
번뜩이는 칼날들은 붉은 해를 덮었는데
수천 명의 원수들을 삼대 베듯 하였어라.

憶曾當日水戰時　萬艇飛海如天鶴
兩兵交攻杳莫分　忍痛大聲波欲渴
霜劍如森翻日色　斬盡千頭如一髮

이러한 시 작품들은 당시 우리 백성들이 벌인 반침략 애국 투쟁을 잘 보여 주고 있다.

임진 의병장들의 작품 가운데서 의의가 있는 것은 또한 당시 봉건 관료들의 부패 무능력을 폭로한 것이다. 임진왜란은 사실상 비겁하고 무능력한 봉건 관료들 때문에 오랜 세월을 끌었으며 피해도 적지 않았다. 봉건 관료들은 저들이 싸움을 포기하고 도망하였을 뿐 아니라 백성들이 벌이는 의로운 싸움을 백방으로 방해하였다. 의병 투쟁에 일떠선 백성들과 의병장들은 이러한 관료들의 처사에 증오를 표시하고 그들의 죄행을 신랄하게 폭로하였다.

곽재우는, '초유사 김성일 공께 올립니다〔上招諭使金鶴峰誠一書〕'에서 왜적이 쳐들어오자 도망쳐 버린 경상 감사 김수를 역적으로 지탄하고 그를 처단할 것을 강경하게 요구하였으며, 문덕교는 자기의 글 '임진록壬辰錄'에서 전쟁이 일어나자 살 길을 찾아 달아난 함경 감사 유영립을 폭로하고 의병들이 세우는 전공을 시기하여 음으로 양으로 의병들의 군사 활동을 방해한 갑산 부사 성윤문의 죄행을 단죄하였다.

한편 의병장들의 작품에서는 왜적을 물리치는 싸움에서와 전쟁이 끝난 후 나라의 정사를 돌보는 데서 저지른 당시 관료들의 그릇된 처사를 비판하고 있다.

적들과 화친함은 나라의 수치거니
그 누가 의분 떨쳐 복수전을 마련할까.

和親一策家邦耻　仗義何人志復讐

하고 분개하는가 하면,

> 도적들 물러간 지 십 년이 지났건만
> 한 가지도 한 일 없네, 언제면 강해질까.
> 寇退十年無一備　教民何日卽乎戎

탄식하기도 했다. 이것은 문덕교의 시 '느낀 바 있어〔感吟〕'의 한 구절이다.

임진왜란은 조선 왕조 관료들에게 커다란 교훈을 주었다. 그럼에도 당시 위정자들은 왜적을 경계하고 나라의 방비를 강화할 대책은 세우지 않고 왜놈들과 화친을 부르짖으면서 당파 싸움으로 가뜩이나 약해진 국력을 더욱 약화시켰다.

시인은 당시의 이러한 현실을 통탄하면서, "군량을 저축하고 사람들을 가르쳐"서 왜놈들과 복수전을 벌일 그날을 기다리면서 과연 누가 그것을 마련할 수 있겠는가 묻고 있다. 이것은 왜적에 대한 시인의 강한 적개심을 보여 주는 동시에 당시 봉건 관료들의 처사에 대한 비판이다. 의병장들이 임진왜란 이후에 쓴 작품 가운데는 이러한 내용을 담은 것이 적지 않다.

임진왜란 당시 의병장들이 쓴 작품들에는 고향을 사랑하고 나라를 사랑하는 감정이 절절하게 반영되어 있다. 왜적을 격멸하는 싸움은 곧 고향 땅과 우리 나라를 지켜 내기 위한 싸움이었다. 왜적들과 싸우면서 백성들이 기꺼이 한 몸 바칠 수 있는 것은 그들의 가슴속에 열렬한 향토애, 애국심이 고동치고 있었기 때문이다.

왜적과 싸움에서 목숨을 바친 조헌, 고경명의 경우도 그렇고 평소에 산속에 몸을 숨기고 지내던 승려 서산대사나 사명당의 경우에도 그들을 피어린 싸움터에 나서게 한 것은 불타는 적개심과 열렬한 향토애였다. 따라서 그들이 쓴 작품들에는 우리 나라에 대한 사랑, 아름다운 고향산천에 대한 사랑의 감정이 맥맥히 흐르고 있다.

서산대사는 '남산에 올라 서울을 바라보며〔登南山望都歌〕'에서

하늘은 높고 땅은 두터우니

우리 조선은 만년 세월 영원하리라.

天其高兮地其厚兮　維此朝鮮齊萬壽兮

고 노래하였고, 문덕교는 자기의 시에서 "어질고 도덕 밝다 일러 오는 우리 나라"를 긍지 높이 찬양하였다.

의병장들이 읊은 영물시나 유람시는 그 어느 것이나 우리 나라의 아름다운 산천, 풍만한 자연을 자랑스럽게 노래하고 있다. 의병장들이 지닌 이러한 조국 산천에 대한 열렬한 사랑과 높은 긍지는 침략자 왜적에 대하여서는 강렬한 적개심으로 변하였다. 사명당은 자기의 시 '한밤중의 회포[夜懷]'에서 이렇게 노래하였다.

신선 사는 금강산 경치 좋은 중향성

천만 송이 연꽃인가 일만 알의 구슬인가.

꿈속에서 그리노라 언제면 돌아갈까.

예전처럼 봄 왔건만 눈앞에는 왜적들뿐.

蓬萊仙洞衆香城　千朵芙蓉玉萬重

長在夢中何日到　春來依舊對群凶

의병장들은 아름다운 조국 산천, 고향땅이 왜적에게 짓밟히는 것을 참을 수 없었기 때문에 의로운 싸움에 떨쳐 일어났던 것이다.

의병장들의 작품에는 이밖에도 왜놈들의 죄상을 폭로한 것, 우리 백성의 근면한 생활을 노래한 것, 우리 민족의 유구한 역사를 자랑한 것 등 긍정적인 내용들이 적지 않게 반영되어 있다.

이상과 같은 작품들은 우리 인민들에게 민족적 긍지와 자부심을 높여 주는 데 일정한 기여를 한다.

《임진 의병장 작품집》에 들어 있는 작품들에는 일련의 부족함과 한계도 있다. 문학 예술 작품이 사람들의 산 생활을 그리지만 작가의 계급적 입장과 사상적 지향에 따라 생활을 대하는 입장과 생활을 그리는 방법은 달라진다.

의병장들은 지난날 봉건 사회에서 활동한 사람들이며 주로는 지배 계급 출신의 인물들이다. 따라서 그들은 봉건 사상과 유교 교리에 기초하여 생활을 대하고 현실을 평가하였다. 의병장들은 민족의 존엄과 나라의 자주권을 지키는 싸움이었던 임진왜란 자체도 철두철미 봉건 사상과 유교 교리의 견지에서 대하였다. 그리하여 그들은 왜적을 격멸하는 싸움을 봉건 군주 앞에 충의를 다하기 위한 일로 설명하였으며, 평화로운 생활은 대체로 현실 도피적인 은일 생활로 묘사하였다.

의병장들은 침략자들을 물리치는 싸움에서 달성한 성과를 백성들의 희생적인 투쟁과 결부시켜 보려 하지 않고 몇몇 봉건 관료 출신의 개별적인 사람들이 지닌 타고난 기질과 재주에 귀착시켜 이야기하였으며, 당시 성행한 사회적 악습과 부조리를 일정하게 비판하면서도 그것을 극복할 적극적인 대책은 생각하지 못하고 그저 한탄하거나 피해 버리는 태도를 취하였다. 그리고 조국 산천의 아름다움을 노래하는 경우에도 자연을 백성의 창조적인 활동과 결부하여 읊은 것이 아니라 순수 자연만을 찬미하는 데 그쳤다. 서산대사와 사명당의 작품에는 종교적인 관습을 예찬한 것도 있다.

또한 작품집에는 문헌 자료의 부족으로 인해 생긴 결함도 있다. 현재까지 전해지는 의병장들의 문집들은 그들이 쓴 작품들을 다 종합하여 놓은 것이라고 말하기 어렵다. 특히 서산대사의 문집인 《청허당집》은 그가 젊었을 때 쓴 작품들이 주로 실려 있으며, 의병에 나섰을 때의 작품은 거의 없다. 워낙 전화의 나날에는 창작에 심혈을 기울이지 못하였던 사정도 있겠지만 설사 써 놓은 작품들이라 하더라도 다 수집하지 못하였다. 곽재우나 정문부도 마찬가지다. 그러므로 이 작품집은 의병장들의 창작 생활을 전면적으로 파악할 수 있도록 작품들이 수록되지 못한 점이 미비하다.

앞으로 고전 문헌들에 대한 발굴 정리 사업을 더 활발히 벌인다면 의병장들의 작품을 더 많이 소개할 수 있게 될 것이다.

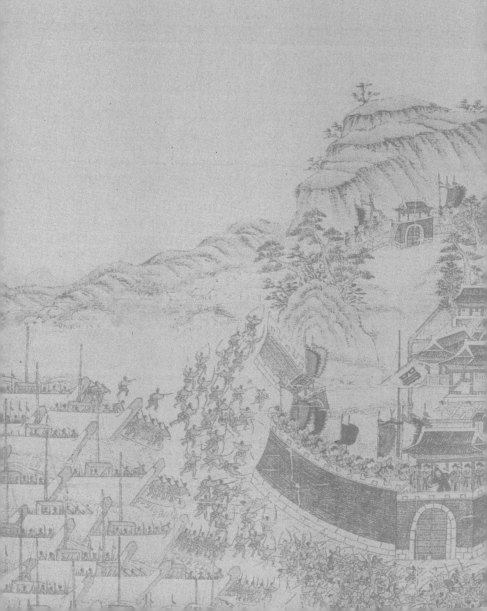

원문

郭再祐

上招諭使金鶴峰誠一書

十一日 伏覩下帖 不勝感激之至 荒拙之辭 不能盡其心情 不審下覽否 今日乘馬將發 忽逢監司關持來驛人 問閣下所住 則與監司同會一處相議云 故未果焉 所以不赴者有說焉 請爲閣下陳之

所謂都巡察者 乃前日築城金睟乎 金睟乃我國之罪人也 人人得以誅之 閣下何不聲罪上聞 梟首境上 以起義兵 而反與之同處乎 睟再爲監司 使民離散者 旣往不說 賊變之後 可誅之罪尤多

倭到東萊 退縮密陽節制乖方 使之陷城 賊至密陽 走到草溪 朦朧狀啓 欺罔君父 謂鳥嶺可守 棄而委之 使嶺南之民 土崩瓦解 竟爲賊窟 賊過鳥嶺君父消息 邈不相聞 而偸生計急 逾遁雲峰 唐之國忠 宋之秦檜 較之金睟 厥罪猶輕 賊在數百里之外 而列陣守將 皆望風先潰 使二百年宗社 陷於賊手者 皆睟之爲也 則睟乃一賊臣也 反加都巡察之號於其身 望其收復疆域 不亦難乎

今監司關所謂勤王上京云者 所以欺民也 欺閣下也 欺天下後世也 忠如岳飛 勇如宗澤 然後可以起勤王之師也 坐視君父之亡如金睟者 其成莫大之功乎 閣下信其言 而與之相議 陷於術中 而不能見其肺肝 竊不取也

且兵家勝敗 未可期也 齊城七十皆降 而田單以莒卽墨 復齊之墟 唐之兩京已陷 而郭子儀以孤軍 續唐之祀 則今之嶺南一帶 雖陷於賊 左右列邑 尙多完全 堂堂國家 勇士如雲 爲監司者 誠能一日奮忠烈之心 發慷慨之言 感動民心 則以義應之者 亦必多矣

君父之讎 可不日而復也 曾莫能巡一邑畫一策 倡起義兵 逃匿他境 猶恐不及 此禽獸夷狄之所不忍爲也 僕必待閣下之上聞 而斬金睟頭 竿之蒿街 然後倡率勇壯 以赴閣下之所也

人言山中隱匿之卒 聞閣下以書招我 皆于于焉下來 中途又聞監司以金忠敏爲此邑假將 旋卽逃匿云 人心聚散 此亦可見 僕以爲金忠敏亦可斬也 再祐一愚氓也 目覩國家危亡迫在朝夕 收募同志家業已破散矣 妻子已奔離矣 只欲一死 未得其所 北望摧心 隕涕如雨 伏

料閤下忠義出天 終必死節 閤下若能知僕 則士爲知己者死 其將有愧於田橫之五百乎

答金將軍德齡書

時運不幸 國事至此 痛哉何言 三載天兵 勢難長留 一邦兵食 亦已告竭 當此之時 苟非天心悔禍 黙佑邦家 則其誰能收合 而吹噓乎

將軍以戡定之才 奮爲國之忠 擧事於板蕩之餘 而戴髮含齒者 莫不聞風抃躍 以爲賊可掃淸 國可中興 則天心之悔禍 而黙佑者 豈其然乎

再祐自聞將軍之威聲 喜不能寐 翹企有日 曾是不意遠承辱書 奉讀再三 感懼交極

再祐駑鈍人也 自分無用 漁釣江湖 聊以優遊太平 豈意滔天之禍 親見於今日乎 募起鄉兵於亂初者 只出於憤時之愚計 非有籌畫之智 弓馬之技 可以折衝而禦侮也 遇零賊一戰 有何損益於彼賊 斬零賊若干 有何利害於我國 而況上年晉城之陷 鄉邑亦不得保全 則敗績而自愧於心者 曷有其極

今者將軍有神出鬼沒之智 旋乾轉坤之力 三箭天山不足定也 一擧興邦分內事也 而不鄙夷庸人 至於專人致盛示此 非獨傳之於將軍者 過其情也 亦是將軍好問之誠 出於尋常 不敢當 不敢當

再祐旣乏智慮 可以仰裨於妙計之筌蹄 又無技勇 可以追隨於電擊之後塵 則其於厚望安敢有補於萬一乎 所祝愛惜時日 命促鵬程 一掃兇醜 再造王室 而使吾東君民 更躋於壽域 則如再祐無用之身 亦得以退老於昔日之所釣遊 而一生之志願畢矣 疾病沈綿 右臂不仁者 今已一月 不能趨造轅門坐望旋旗 死罪死罪

通諭道內列邑文

播告道內義兵諸君子 金晬乃亡國之一大賊也 以春秋之義論之 則人人得以誅之 論者或以爲道主之過 猶不可言 況欲斬首云乎哉 是徒知有道主 而不知有君父也 迎倭入京 使君父播遷者 謂之道主可乎 袖手傍觀 喜國之滅者 謂之道主可乎

使一道之人 皆爲金晬之臣 則不可言金晬之罪 斬金晬之頭 一道之人 無非主上殿下之臣 則亡國之賊 人皆可誅 喜敗之奸 人皆可斬 而說者或以爲斬金晬不宜事體 復國讐討國賊 斯所謂事體也 金晬滅事體久矣 事體之宜不宜 固不可論 而先斬奸人 使無班師之詔 奉還鑾輿 以建中興之功 則大有宜於事體也

伏願義兵諸君子 詳覽檄文 領率鄕兵 會于金晬所在之處 斬其首 獻于行在所 則功倍於納秀吉之首 惟義兵諒之 若或有守令 不念宗國之將亡 君臣之大義 傳會賊晬 使其邑人 不能擧義者 與晬同誅之

趙憲

起義討倭

壬辰六月十二日 前提督官銀川趙憲 敬告于八道文武同僚 林堅諸同志 僧民父老豪傑等

天地之大德曰生 思萬物各得其所 神人之共憤者賊 矢同仇不返其鄕 凡百瞻聆庶幾憤疾 顧玆島夷之爲寇 甚於苗民之蔑義 弒君長如獵狐兔 罪通于天 殺人民若刈草芥 怨盈一國 泯稼穡之靡極 知亂流之鮮終

昧寒涅之自顚動 逆亮之遠伐 甘言詐計 初要略利而罔人 匿跡潜師 終欲越海而有地 昇平之久 雖曰扞禦之無能躍躙之深 不圖猖獗之匪茹 悲鳥嶺之失守 悶龍輿之遠遊 痛耀兵於漢中 悵望辰於塞北 豈料數十州縣 終欠一箇男兒 無鐵釼而侵陵 歷淳古而希罕

孤人子寡人妻 猶謂傷和而致異 屠民族焚民産 寧不念惡而速辜 日積黎民氓之怨 月增義士之憤 矧容臣妾之逋匿 甚於禽獸之滔婪 有人形斯有人心 不思惻隱與廉恥 奉天命必行天討 寧畏隨突而强梁 善戰者服上刑 先白起弓賜死 好殺者犯大辟 後黃巢令敗殱 故聞華夏蠻夷 咸思此賊之顯戮 抑必山川鬼神 已議醜數之陰誅 顧念行師之近規類非大人之元吉

孰黃金之橫帶 徒白麻之重宣 迢回嶺湖 不知君父之憂急 逗遛畿甸 坐致仇虜之壁堅 擁三道不救先登 因一敗永後擧 論厥養寇之巨罪 豈合分圉之大權 隔廟堂兮遙遙嘆軍聲之屢挫 圍賊藪兮疊疊 絶民生之再蘇 若許剪滅不休 必至爍爛乃已 將使箕範之餘化 永爲鳩舌之一區

天祐朝鮮 尙全湖海一域 民思周道 豈無楚戶三良 頃見犬徽之過江 果知片言之重趙 高東萊審於料敵 金水原長於行師 郭將軍提兵嶺南 有桓桓之壯氣 金提督飛箋湖右 飽烈烈之威光 是皆幹時之英材 必有動人之妙術 佇見猰貐之盛集 而致狗鼠之消亡 況以湖西之士風 爭懷敵愾之志 如信鄧君之雅意 豈無垂帛之勳 請勿憚於一勞 期有成於三捷 宜同聲之相應 知普天之遙孚 用仁憲之奇謀 定致孫寧之剚面 思武穆之妙算 須見兀術之剔鬚 志不懈則神感人隨 事欲成則天助地佑 肯使無道之殘賊 久容不蹟於明邦 元沖甲一鼓鷹 揚摧哈丹於雉岳 金允侯一箭逐燈 退蒙兵於黃城 寔爲儒而或僧 非尙武與著將 由一念之享

上 留千古之令名

瞻玆土之山河 實人材之府庫 前朝之季 屢有海寇而憑先輩而却之 乙卯之夏 忽起邊塵而因後傑以靜也 今焉休養之百歲 詎無胸藏乎萬兵 或外百步而穿楊 或遵大陵而掖虎 視文武爲異岐 可嗟廟謨之失宜 念國家如一身 難見臣職之盡道 遇患而寧忽愆後 鑑古者固宜懲前 苟有旋乾轉坤之儔 寧惜帶河礪山之誓 合三道之力 以解危急 此維其時 罄一生之才 弘濟艱 當及是日 願我同志之士 惜此難得之幾 周曉起之武夫 期續炎炎大命

張我弓挾我矢 先射拔都之喉 稱爾戈比爾干 繼斫拐子之足 則自驚散之不暇 民應還集之有期 藝田者庶遂晚農 代木者求集燻舍 廓開湖嶺之一路 永通商旅於四方 迎聖主三巴 當下哀通之敎 明舜朝之四目 繼進藥石之言 昔日之弊瘼自除 昭代之恩澤可究 是知致力於一戰 乃爲垂裕於後昆 檄至之辰 當思十分商議 爲國討賊各用心力 有識慮者期悉謀猷 有膽勇者期盡膂力 有積財者補軍餉 有幹奴者期補軍容 卽告有司 成籍公文 勿復猶豫留意殘草 擬待南軍之至 大爲夾擊之謀

有不合力攻倭 如善山金海者 指以助賊媚盜 事定之日謂當論其罪罰 殊厥井彊 而里發遊民 常遠斥堠 賊行蹤跡莫不豫知 少則伏銳士密擒 多則通數郡合擊 勿貪小利而折我精卒 勿惑浮論而沮我軍機 誓滅卉裳於境中 期扶李氏之宗社 幸甚幸甚

若或留時待天 聽賊出境 則無乃漸肆焚掠 一如西原諸豪傑之同被禍亂手 此憲之血誠籲告 冀勿失幾會 必討此賊者也 言之支離僉須加憐謹告

高敬命

檄諸道書

壬辰 六月 日 全羅道義兵將 折衝將軍 行義興衛副護軍知製敎 高敬命 謹馳告于諸道守宰及士民軍人等

頃緣國運中否 島夷外猘 始效逆亮之渝盟 終逞勾吳之荐食 乘我不戒 擣虛長駆 謂天可欺 肆意直上乘將鈇者 徘徊岐路 纍郡印者 投竄林幽 以賊虜遺 郡親 是可忍也 使至辱憂社稷 於汝安乎 是何百年休養之生民 曾無一介義氣之男子 孤軍深入 女眞 本不知兵 中行未答大漢 自是無策 長江遽失其夭堑 虜騎已薄於神京 南朝無人之譏 誠可痛矣

北軍飛渡之語 不幸近之肆我聖上 以太王去邠之心 爲明皇幸蜀之擧 蓋亦出於宗社之至計 玆不憚於方岳之暫勞 肇洛驚塵 玉色屢形於深軫 裒岷危棧 翠華遠涉於脩程 天生李晟 蕭清正賴於元老 詔草陵贄 哀痛又下於聖朝 凡有血氣而含生 孰不憤惋而欲死 奈何人謀不善 國步斯頻 奉天之駕未回 相州之師已潰 蠢玆蜂蠆之醜 尙稽鯨鯢之誅 假息城闉 回翔何異於幕燕 竊據畿輔 跳踉有同於檻猿 雖天兵撻蕩之有期 亦兒徒遊逸之難保

敬命丹心晩節 白首腐儒 聞半夜之雞 未堪多難 擊中流之楫 自許孤忠 徒懷犬馬戀主之誠 不量蚊虻負山之力 玆乃糾合義旅 直指京都 奮袂登壇 酒泣誓衆 批熊拉豹之士 雷厲風飛 超乘蹻關之徒 雲合雨集 蓋非迫而後應 强之使趨 惟臣子忠義之心 同出至性 在危急存亡之日 敢愛徵軀 兵以義名 初不繫於職守 師以直壯 非所論於脆堅 大小不謀而同辭 遠近聞風而齊奮

咨我列郡守宰 諸路士民 忠豈忘君 蓋當死國 或籍以器仗 或濟以糧糧 或躍馬先駆於戎行 或釋耒奮起於農畝 力之可及 唯義之歸 有能捍王于艱 竊願與子偕作 緬惟行宮逖矣 西土廟謨行且有定 王業夫豈偏安 善敗不亡 福德方臨於吳分 殷憂以啓謳吟益思於漢家豪後 匡時 不作新亭之對泣 父老倘佇見舊京之回鑾 想宜出氣力以先登 是用敷心腹而忠告.

檄道內書

壬辰六月一日 折衝將軍 行 副護軍 高敬命 馳告于道內列邑士庶等

玆者 本道勤王之師 一潰於錦江 返斾之日 再潰於列郡招諭之時 蓋緣控禦乖方 紀律蕩然 訛言屢騰 衆心驚疑 今雖收拾散亡之餘 而士氣摧沮 精銳銷頓 其何以應緩急之用 責桑楡地効牛 每念乘輿播越 官守之奔問久曠 宗社灰燼 王師之蕭淸尙稽 興言及此 痛徹心膂

惟我本道素稱土馬精强 聖朝荒山之捷 有再造三韓之功 先朝朗州之戰 有片帆不返之謠 至今赫赫照人耳目 于時賈勇先登 斬將搴旗者 豈非此道之人乎 況近歲以來 儒道大興 人皆勵志爲學 事君大義 其孰不講 獨至今日 義聲消薄 恇擾自潰 曾無一人出氣力 思與賊交鋒 而競爲全軀保妻子之計 捧頭鼠竄 惟恐或後 斯則本道之人 不唯深負 國家之恩 而抑亦忝厥祖矣 今則賊勢大挫 王靈日張 此正大丈夫立功名之會 而報君父之秋也

敬命章句迂儒 學昧韜鈐 屬玆登壇妄推爲將 恐不能收士卒已散之心 爲二三同志之羞 唯當灑血戎行 庶幾小答主恩 今月十一日 是惟師期 凡我道內之人 父詔其子 兄勖其弟 糾合義旅 與之偕作 願速決以從善 毋執迷而自誤 故玆忠告 檄到如章

通諸道文

全羅道義兵大將帳下士 成均館學諭柳彭老等 謹再拜通文于忠淸京畿黃海平安四道列邑守宰及鄉校堂長有司事

竊以島夷不恭 乘輿遠狩 五廟灰燼 萬姓塗炭 此誠古今所未有之變 而忠臣義士捐軀報國之秋也 然而方鎭重臣 觀望逡巡徵兵之敎不止一再 而未聞有一人北首死敵者 今日士大夫可謂負朝廷矣

竊惟湖南 素稱兵精 而勤王之師 纔到錦江 都城失守 訛言遠播 主將未暇傳詢衆議 而遽再傳令罷陣 數萬之衆 無故空還 一道人心洶洶 恰如狂瀾橫潰 及其再度調兵 而下民至愚 不從其令 漆室之憂 實有所不忍勝言者 幸賴社稷之福 祖宗之靈 潰卒日集軍聲大振 庶幾蕭淸宮禁 奉迎鑾輅 而人謀不臧 天禍未悔 零賊纔見大軍又潰 委棄兵糧反藉寇賊

嗚呼我朝列聖 數百年涵養之餘 豈可無一介敵之臣乎 公論在下 古人已稱 其不幸草菜

倡義亦知計非得已 君父在難 遑恤其他 重念嶺南兩湖寔爲我東根柢 而嶺南則義兵雖起 而隔絶賊藪 未易直至京邑 以勤王室 湖西千里之地 又豈無義氣男子 怯於殺掠之餘威 想 亦自救不暇 今日中外所恃 其不在於南一道乎 肆我幕府 出萬死之計 皷一方之衆民心思 漢 烈士雲集 方將長驅北路 以掃妖孽 而千里運粮 私力難辦如非好義諸君子 合力相扶 則 非常之大功 何能盡出於一人之手乎 今日域中 莫非王土 兩湖之兵 足以興復

伏願諸公 共奮徇國之志 勉追指困之義 各出粟米以助軍食 則能言距楊墨者 是亦聖人 之徒也 且念山蹊險易 道路迂直 苟不藉鄕兵之指導 亦難免倉卒之難虞 若果能召募士人 以張吾軍 不但廟社深羞 得以一洒 而父子兄弟之死於鋒鏑者 亦得暝目於九泉之下矣

今日之事 雖愚夫愚婦 亦皆痛心疾首 況列邑守宰咸受國恩 豈忍坐視瘠 必有投袂而起 者矣 語曰食人之食者 死人之事 如有聞風慷慨 領兵赴者 願歃盤血 共從王事 或秪以糗糧 資械 輸送軍前 是亦一助 豈不美哉 海西關西 雖曰道路不通 各募可信之人 從間道而出 次次相傳 毋滯一刻 則遠近聞之 或將恃而不恐矣

通文到日 列邑鄕校堂長有司各謄一本 傳諭境內士衆 使之無不通知事

檄全羅道都巡察使書

全羅道義兵將 折衝將軍 行 副護軍 高敬命 謹馳告于全羅道巡察使節下

其大略曰 島夷構孽 乘輿遠狩 中外所恃 只在湖南而纔奉告急之旨 遽散勤王之師 節下 之心 必有所謂 而節下之迹 無以自白 朝廷號令 雖曰隔絶 而一道人言 亦可畏也

屬者龍仁之潰 寔由先鋒之敗 而節下身爲主將 難免其責 節下今日何以爲計 苟能收東 隅之失 慰南顧之憂 使旣往之愆 與化俱逝 自新之善照映方來 不惟聖朝 撥亂反正之基 抑 亦節下 轉禍爲福之日 本道義兵初向北路 擬淸妖孽以迎鑾輅 路聞尹左相 領西北之精兵 討兩京之兇醜 北方之事庶保無虞 而湖西之賊 轉入錦山 防禦之兵 尙且屯住龍溪 未聞有 一人 誓衆而前者

節下此時 苟不廣集軍兵大張形勢 哀我湖南一方生靈 擧將騈首於鋒刃之下 節下上之不 能恢復神州 下之不能保障江淮 一朝鯨鯢盡殲 翠華旋軫以一紙敎書 布告遐邇 不獨湖南 之人 無以自立於天地之間 節下亦何以爲効忠 補過之地乎 節下倘以此賊慓悍難與爭鋒 分兵守險以遏其衝 時出奇兵以挫其銳 賊忙輕躁 不能持久 不出旬日大功可成 同爲王臣

共是 國事 彼我無間 聲勢相倚 各有所見 合要詳量 善自爲謀 毋貽後悔

檄濟州節制使楊大樹書

全羅道義兵將 折衝將軍 行 副護軍 高敬命 謹馳告于濟州節制使 楊公麾下
伏以島夷構孽乘輿蒙塵 使至尊以獨憂 爭懷保妻子之計 窺左足而先應 孰有衛社稷之心 輿元之駕未回 相州之師已潰 迅掃伊洛 尙稽恢復之期 委棄兵糧 反藉寇賊之手 幸天意之 未絶 猶國事之可爲 敬命爰擧義旗 擬淸妖孽 聞風影附 率多荊楚奇材 執銳先登 亦有燕趙 劍客 第恨步卒之無足 難望策馬而刺良
緬惟海東之耽羅 無異中華之冀北 超騰澗谷 不惟射獵之是資 馳逐戎行 抑亦死生之堪 託 倘蒙海舟之滿載 庶見軍容之大張 某官深荷主恩 專制海域 執書以泣 應動一方之風聲 奮臂而呼 豈無十室之忠信 如有壯之願赴 更仰常程之勿拘

檄海南康津兩郡書

壬辰六月日 全羅道義兵大將 行 副護軍 高敬命 馳檄于海南康津兩使君義兵麾下
某前日秋城擧義之初 謹將一紙滿腔之血 遍告列邑守宰 願與共濟艱難 而誠未動人 倡 而不和 草萊之人 徒奮空拳 兵粮之繼 未得善策 竊聞義檄遙傳 精兵繼援 湖南五十州 獨 有兩使君先聲所曁 士氣自倍 苦亐旆施以掃天氣 不圖兵相馳檄以招 深恐去留 不得自由 也
今者錦山之賊 與淸鎭之賊 聲勢相接 進退自如 一運已陷龍潭 一運已陷茂朱 作爲三窟 謀犯完山 私念完山爲邑 不獨湖南根本之地 眞殿所在 寔是聖朝豐沛之鄉 某欲回義旗 以 蔽先鋒重念此賊 變詐百出 珍山兵勢單弱 若使踰越珍連之險隘 突出恩礪之坦途 則豈但 湖南腹背受敵 錦江之師(時右道義將 領軍次忠淸) 亦將洶懼 而湖西隔絶 賊勢鴟張 湖南之 粮 何以得達於水原 朝廷之聲聞 何以得通於四方 肆乃移兵入珍 尾擊錦賊 使龍茂之賊 有 反顧之慮 而徐待兩軍 直擣虎穴庶使凶醜 進退無據 則不但勤王之上策 是亦救完府之一

奇 而使君今若固守故常 不思變通 某軍孤力寡 難以輕擧 湖南之賊旣未易前除 水原之師
(時本道兵相 領兵次水原) 倘又曠時日

緬惟兵相之軍 皆是湖南之人 如聞賊徒今日過某地 明日入某縣 則饋餉之不通 軍情之
泂懼 是乃目前之急 不待智者而知矣 然則兩使君之合擊錦賊 非止爲湖南堡障之計 亦所
以爲兵相聲援謀 古人曰將在外 君命且有不受 貴在臨機制變 不取膠柱鼓瑟 況我兵相 遠
在千里 不知此道危苦一髮 豈可捨近賊 而貽後悔哉 私恐使君上不及水原之期 下不顧錦
山之約 則無乃今日之議 以爲圖避錦賊乎 竊願善自爲謀無取人言

高從厚

檄道內 一

遭時不造 家禍罔極 不肖孤子病廢草土 尙與此賊 共戴一天

今者 洪僉知季男 首以大義 傳諭諸路 期與含冤忍痛之人 共圖討賊復讐之擧 人心所同 孰不興起 趙君完堵 乃趙義將憲之子也 必將收拾父兵 揭旗湖西 孤子 雖無狀親喪旣已入土 此身亦無憾 冒哀扶疾 欲與本道同志諸公 糾募兵械 爲北首死敵之計 伏想諸公亦必樂聞之矣

嗚呼 苟生至此 倫紀滅矣 但恨人微力弱 無以首事 今者諸公旣已倡之 而孤等又袖手不從 縱使老死牖下 將何以見先人於地下乎 洪公聲威已著 可藉以集事 泰仁長城珍原三使君 亦抱終天之痛 誓不與此賊俱生 而都體察相公 許令合軍復讐 不以文法拘碍 兵粮器械 庶無後憂 只在諸公應與不應之如何耳

嗚乎 不獨湖西之人 方可共事 私念洛下士庶 避賊南來者 豈無父子兄弟之讐乎 雖幸免於賊 而感傷霜露 因致大故 則亦不可忘此賊也 重念父母之讐不共天 兄弟之讐不同國 朋友之讐不返兵 亡親秋城擧義之時 南土諸公 期以同死王事 焚香誓天 推爲大將 固有兄弟之義矣 不幸功業不終 而諸公豈忍視同路人乎 當日 麾下武士 固已悉赴義陣 倘以在家 或公守營陣者 伏願 勿以孤子爲不肖 而追念秋城盟血 共濟大事如何 諸公以爲可 伏乞齊會于光州 面結盟約不勝至祝至祝

一 雖有志復讐而病弱 不能從事者 計以兵械相扶 或代送壯奴 或出米布 或出鞍馬 大以成大 小以成小 至如下賤貧窮之人 雖升米寸鐵 皆可相扶 嗚呼 精衛塡海一簣成山 只在其誠 要不在多

二 避賊而來者 挺身赤手 無以相助資械 則或身自從戎 或募得兵粮 毋爲袖手 共一擧一臂何如

檄道內 二

壬辰 十二月 日 復讐義兵將 前臨陂縣令 高從厚 泣血稽顙再拜 謹馳告于列邑義兵廳諸公及該邑諸君子

孤子 欲雪終天之痛 起爲寺奴之將 散居諸處 其徒寔繁 遍閱列邑 夫我不暇 徒仰成於吏輩 慮致誤於師期 曾將滿腔之冤血 敢告當世之義士 冀或留意於簿書 不暇有害於事理 雖曰計非得已 亦知罪無所逃

孤子 家本貧空 徒有王通之弊廬 性目疎迂又無子貢之殖貨 此賊不可忘焉 玆敢從金革之變禮 豪傑未有至者 誰與報家國之深讐 財不足則無以聚士 兵不利則無以制敵 大聲疾呼 強乞顔公之米 掃地赤立 難籌祖逖之冶 儻或軍有飢色 何以人得死力

履后土戴皇天 非敢欲好謀一身 張空拳冒白刃 抑恐難轉鬪千里 欲爲死者而一酒 庸知有力之熟視 惟我一道諸公 孰非同胞之民 登壇歃血 或許義氣於亡親 拍肩執袂 亦有契分於孤子 縱眉宇之未見 亦聲聞之相接 固有曠百世而感者 何況並一時而生乎

頃者六月之師 蓋出萬死之計 取先武夫 雖勳業未究於生前 扶持人紀 其義烈益彰於身後 此非一家之私言 必有百世之公論 彼行路亦目垂涕 在士類其不與哀 苟慕義而強仁 佇輕財而好施 與爲守錢之奴 曷若徇人之急 父詔其子 兄勖其弟 胡忍越視秦瘠

縣越其封 郡蹂其境 毌曰彼非吾與 四海皆兄弟也 斗粟尙可舂 十室有忠信焉 一世不可誣 古語有之 諸公聽之 一簣爲山寸鐵殺人 各隨其力 何必求備義兵設廳 玆蓋有意 人子至情 寧不動念 亂不及識 言止於是 讀樂發之傳 想必廢書而泣 指魯肅之困 庶幾聞風而起 儻資械之相扶 請姓字之聯署

告列邑義兵廳

孤子 不量其力 方與洪僉知季男 趙亞使之子完堵 共謀復讐之擧 而都體察相公 又以寺奴將起之 孤子雖智術淺短 不足以嗣事亡父志願 而終之痛 不可不一酒焉 敢從金革之變禮 誓不與此賊共戴一天 諸君子聞之 亦必怵然於中矣

竊念寺奴之數 雖與成冊 而揀點老弱 專委吏輩之手 則不無奸濫之弊 而孤子起事之功

藉此爲重若團結失實 則無以成軍 伏乞諸公 俯賜照管 勿令官吏有操縱 則庶幾健者不以賄免 而事可集矣 孤子 雖報私讐 實討國賊 諸君子 不憚其勞曲成其志 則豈但孤子一家幽明之感

更乞小垂矜恕 千萬幸甚

通諸寺僧徒文

復讐義兵將 前臨陂縣令 高從厚 敢遣麾下遊擊僧將解政 徧告于道內列邑諸僧徒

孤子一家罔極之痛 不獨道內士類 罔不盡傷 雖在緇流 亦必聞而悼之 孤子不量其力 方謀復讐 上奉都體察相公之關 傍結洪僉知季男之軍 傳檄遠近以伸大義 而泰仁珍原長城三邑太守 亦有親讐 約以共事孤子雖無狀 誓不與此賊戴一天也 但我國之人 不善短兵交戰 故近日諸軍 皆仗緇流之勇敢者以助聲勢 孤子亦欲得山林魁奇之傑 庶幾一雪終天之痛

今者本州義僧解政 亦有兄弟之讐 自赴軍門 請爲杜戈前行 同患相憐 相對以泣 卽日馳報體察使 定爲遊擊僧將 令其廣募同類 自爲別軍以聽節制 行軍則連營相衛 臨陣則獨當一面

若有驍健者 相率以來 軍糧則當自大軍備給不如官軍勒定寺刹 自供其食也 重念禪家之教 以慈悲爲心 孤子今日之情 豈不悲乎 況孤子雖報私讐 實討國賊 念彼方外之人 亦且衣食於此土 揆以私情公義 不合袖手傍觀

竊願檄文到日 各持兵器卽出山門 遠近齊奮 共圖大勳 幸甚

再檄道內

復讐義兵將 前臨陂縣令 高從厚 泣血稽顙再拜 謹使繼援將 正字趙守準 奉書馳告于道內列邑諸大夫鈴下 及義兵廳諸君子

不肖孤子 戰陣無勇 駒隙偸生 上負吾翁下愧乃弟 合有天禍人刑尙此假氣游魂 匪莪伊蔚 鮮民無救於讐恥 所惡有甚 一死已輕於鴻毛

局高踦厚 扶病枕戈 上奉都體察相公之檄 傍結洪僉知季男之軍 敢領一道之寺奴 誓雪九地之深冤 泰仁珍原長城三使君 亦有罔極之痛 共圖必討之賊 第以職事之鞅掌 慮恐出入之拘礙 幸泰仁之賢宰 有正字之令兄 脫身南來 握手相訴 請爲繼援之將 欲扶糧械之乏 殆天意之所與 庶人聽之有異 繕兵積粟 方喜大藩財賦之强

聞風慕義亦知十室忠信之有報匹夫之讐 斯爲古語以同朝之臣 其可越視敢剖心肝 冀蒙顏色 溺於水熱於火 抑有甚昔人之窮餓 一舉手一投足 又何必平生之親愛 毋惜九牛之毛 共滴一線之溜 只欲塗肝腦於中野 下見先人 何敢爭僥倖於一朝 以望寸功

精衛含石 巨海可塡 魯雞抱雛獵犬亦啄 子爲其父 何所不至 人亦有心 胡寧忍斯 解衣推食固非溫飽之所能 老吾及人 所幸彝倫之同賦 分人以財 儻不希府庫之餘 殺敵爲果 豈可無兵革之堅 是乃公義之樂聞 奚但私情之所願 雖一字而萬涕難盡危衷 只三沐而再拜 仰希善恕 猶有天地神祇 嗟我大夫君子

檄濟州

復讐義將 前臨陂縣令 高從厚 泣血稽顙再拜 敢遣軍官高敬身 謹奉告于濟州節制使李令公麾下及貳車使君 大靜旌義兩使君與凡三邑士民大小諸君

頃者亡親以一介閒廢之餘 當七路崩潰之日 首擧義旅 擬掃妖氛 有君不知家 雖義氣可質於穹昊 制步莫如騎 奈雲錦已空於牟駝 肆奉一紙之書 遠求大宛之種 群取其良 逸足纔出於瀛海 事有大謬 長星遽墮於錦溪 父子同死 中外盡傷 雖然彼賊之謹避 亦由是馬之橫行

不肖孤子 吾戴吾頭 初不能橫屍戰陣 爾忘爾父 終何忍靦面世間 不量非才 欲伸大義 瞻彼日月 萬世之讐不可忘 猶有鬼神七尺之軀 誰敢愛 仰奉元帥之檄 起領寺奴之兵 率土孰非王臣 四海皆是吾與 緬惟耽羅之地 寔在邦域之中 二百年海波不揚 豈知蒙帝之力 三千牝神間物間出 必有絶地之村 素稱民畜之藪 奚止國君之富

王室在難 嗟我大夫 漢日重輝幸爾民庶 天兵整旅於鴨水 兇徒假息於柳京 佇看宗社之再安 更冀大小之齊奮 苟能以義相助 誓不與賊俱生 壯士願從 何必僕隷之獨募 良馬可逐 不須廐牧之見拘 文告雖異於面論 忠孝同出於天賦 投袂而起者 吾知海外有人 執策而臨之 毋曰天下無馬

通濟州三家文

復讐義兵將 前臨陂縣令 高從厚 泣血稽顙再拜 謹奉告于濟州旌義丈靜三邑 高姓梁姓夫姓三家門戶諸丈

在昔上世人物未形之初 天降三神人於漢拏山下 曰高曰梁曰夫 又申之以美女駒犢之種 以爲一方開基之祖 至今生聚之盛 畜馬之蕃 蓋莫非三神人之休也 其後世子孫 或浮海轉徙 散居諸處 世所謂濟州之高 濟州之梁 皆其裔也

孤子之先 曾於麗代賜貫長興 遂爲長興之高 夫姓之後 今亦爲夫 而初所謂夫者 世無聞焉 今雖派分世疎 慶吊不通 而厥初三神人降生之祥 塤篪之義 至今照人耳目 世之言者 皆喜稱之 況爲其子孫者 何忍不念其舊 而邈以路人視之 頃者亡親 當賊入都城 七路崩潰之初 首擧義旅 身蔽兇鋒 一日父子同死王事 朝廷悼惜 褒贈有加 行路聞之 亦且涕洟 況我同源之人 豈不惕然興懷

不肖孤子 雖智術淺短 不足以嗣事亡父 而終天之痛 不可不一洒焉 敢領寺奴之兵 圖爲復讐之擧 而本道公私掃地 軍器戰馬措辦無路 私念貴州三邑 物力獨全 爰奉關檄 開諭寺奴及大小士民而重念同姓之親 固有萬世不忘之義 梁姓夫姓兩家 亦同厥初不可無一語相及 故敢妓剤肝瀝血 冀其聞風慕義

伏乞三姓諸丈 慨然疇歎 共垂矜恕 隨其財力 或人出戰馬 或合力相扶 大以成大 小以成小 上以副神人左右陟降之意 下以慰孤子一家幽明之望 何如 情隘亂縷 不知所裁

鄭文孚

倡義討倭諭咸鏡道列邑守宰及士民檄

蓋聞忠臣 捐軀而報主 智者相時而圖功 試觀聖朝之臣民 孰効亂日之忠智 洪惟立國二百載 傳序十一君 多殷先哲王 世無失德 右周家文教 人不知兵 禮樂文哉 干戈休只 豈意海寇敢侮我邦

始有通信之甘言 終發借途之難請 交隣猶可爲也 犯上其能從乎 非我召兵 自彼生毒 乃擧其國 乃侵于疆 萬艘連環 長戈曜日 交鋒未浹於旬朔 禍慘永嘉之南渡 破竹已及於都城 事迫天寶之西幸 都亭有委師之夷甫 雍丘無起兵之張巡 房太尉陳衆建之謀 分王子於諸道 岳少保獻早定之策 係民望於東宮

惟我北方 王業攸基 天險之地 民生懷子惠之德 應知戴商 著種感卵育之仁 豈能忘漢 地利則高山峻嶺 物産則健馬勇夫 今者長君來臨 老相保護 郭子儀擁朔方之精卒 敢怠勤王 種師道領山西之健兒 宜先赴敵 一自北嶺失險 西路不通 邵陵無糾合 諸侯誰則同恤 河陽絶奔問官 守我之何求 陳宜中有今日之逃 宋華元告半夜之病 言之可哭 彼其何心 聖上簡賢任能 崇文尙武 其亡之戒 尙軫於豐豫之時 克詰之謨 恒講於恬嬉之日

將天意欲絶我寶命 抑人性自失其秉彝 擧目魏國之山河 誠知非寶 痛心唐家之藩鎭 何用爲臣 公等或王室之親 或勳閥之曹 或自宰列而建節 或由侍從而佩符 寵以高官 非狼瞫之見黜 食以厚祿 異柱厲之不知 橫黃金建紅旗 榮亦莫大 披赤心冒白刃 死何敢辭

諭爾軍民曁厥父老 祖宗之遺澤不斬 必欲一擧以殲之 君臣之大義猶存 自有同聲而應者 孟明得功於三敗 後事可掩其前愆 少康興業於一成 大勳庶圖於小邑

惟彼倭賊 以其無道 讐我有仁 較其勢則彼爲之賓 軋其辭則我爲之直 雖肆蛇虺之毒 必受鯨鯢之誅 以天道言之 飄風驟雨不終朝 沍寒陽春 自有序 以人道言 阻兵安忍亡之道 懸軍深入敗之形 究諸天人 卜玆勝敗 飛吾片幅 告我同盟 乘輿何歸 未見天祥之入衛 王城誰守 不聞宗澤之過河 朝廷之待臣子者何如 臣子之報朝廷者若是 所貴惟義 可愛非君 窮谷深林 或可偸一時之命 靑天白日 其能容百年之身

嗟汝父老 國破家可全 父在子焉往 敦諭爾子弟 毋負我國家 功業可以成 將相寧有種

矧今皇天悔禍 蕁收行秋 北地早寒 南風不競 馬秅弓勁 士奮賈勇之心 鶴唳風聲敵摧狙勝之氣

某等鳩忠信於十室 激義烈於一方 力弱城孤 雖無萬全之勢 名正言順 可期一捷之勳 勿以賀蘭之猜疑 願察傳燮之慷慨 諸公各領兵馬 克期掃清 軍賞等差 朝旨詳實 莫以兒女之戀 終誤丈夫之圖

於乎 審輕重於泰山鴻毛 定取舍於河魚態掌 罔眙妻孥之戮 永遺子孫之榮 國典有嚴 余言不再 咸一心力 無違檄文

西山大師

頭流山神興寺凌波閣記

世稱海中三山 頭流居其一也 頭流在吾東國湖嶺兩南之間也 山有寺焉 其名曰神興寺也 寺有洞焉 其名曰花開洞也 洞天狹窄 人若壺中之出入也 東望則蒼莽一壑 乃靑鶴洞也 靑鶴在焉 南望則江上數峰 乃白雲山也 白雲生焉 洞之中又有一村 數五家居焉 花竹亂映 鷄犬相聞 其居人也 衣冠淳朴 毛髮亦古 治生只知耕鑿而已 會訪只與老僧而已 洞之及於寺之門也 南行數十步許 東西二溪合爲一澗 而淸流觸石 曲折有聲 駭浪一翻 雪花千點 眞奇觀也 澗之兩峽 數千石牛石羊臥焉 此物初天必設險 以祕靈府也 若冬氷夏雨 則人不得相通 深以爲病也

嘉靖辛酉夏山之德士玉崙也 囑道侶祖演 以澗峽所臥石牛石羊鞭之爲柱 而架一層長橋 橋之上起五間高閣 各以丹雘彩之 因以紅流名其橋 凌波名其閣 其爲狀也 下有黃龍之臥波 而上有朱鳳之飛 天勢同端禮之龜閣 而迥異張儀之龜橋也 山僧到此 活於禪定 騷客到此 惱於詩句 道士到此 骨不換而直馭輕風也 於是崙演二師 寄心於寥廓 托身於浮雲 策杖時出 或閑嘯其間 或啜茶其間 或偃臥其間 不知老之將至也

且也其閣也 身登百尺 有摘星趣 目齡千里 有昇天趣 孤鶩落霞 有滕王趣 天外三山 有鳳凰趣 晴川芳草 有黃鶴趣 落花流水 有桃源趣 秋多錦繡 有赤壁趣 迎送佳賓 有虎溪趣 又有負者戴者耕者釣者灌者浴者風者咏者至於觀魚賞月者 皆登斯閣 而莫不得樂焉 其樂則其閣之助人興也 不淺矣 方且當風雨氷雪 涉者不勞褰裳 則濟川之功亦大矣

然則一閣之成 衆樂具焉 奚必曰賢者而後樂此也耶 第恨古之天祕靈府 今二師喝雲開出 遂使山也 寺也洞也澗也 卒難逃名於人世也 雖然安得維摩手段 引此間 而化爲千間萬間 以至於無盡間大廈而廣庇 天下人也哉

嘉靖甲子春記

奉恩寺記

有客也 風雲爲氣也 江海爲量也 日月爲眼也 春秋爲息也 踏著於盤古之頂也 而顧眄於 無窮之域也 到此寺也 而記其事也

登殿閣則可納涼也 臨翠池 則可銷暑也 賞蓮而香觸鼻也 觀梅而月入窓也 漢水在左 而 貫東西也 巨路在右 而通長安也 由是繫船也 繫馬也 客之喧動也 日無窮也 主之迎之送之 也 亦無窮也 南別室纔捲席也 而東別室又設筵也 食几未撤也 而茶床繼排也 炊萬鼎而終 朝也 舂百石而一旬也 其爲客也 或恭也儉也醉也醒也瞋也喜也 凡態度也 莫得而狀也 然 其爲主人也 於眼有不著色工夫也 於耳有不著聲工夫也 故言辭動容也 必有一態度也

嗚呼 富貴者人之所同好 而亦人之所同惡也 貧賤者人之所同惡 而亦人之所同好也 今 也主人以貧賤之身 得富貴之名也 奉恩也無是非之身 得好惡之名也 亦奉恩也 古人云文 豹之灾者爲皮也 今之奉恩也亦主人之一皮也 雖然富貴也貧賤也是非也好惡也 其在於主 人之身上也 如浮雲之在太虛也

噫 聞主人之名者 徒知主人聲色之樂也 而不知主人離聲色之樂也 見主人之身者 徒知 主人離聲色之樂也 而不知主人卽聲色之樂也 主人者誰 曹溪碧雲大師逍遙子也

時皇明嘉靖三十四年之乙卯夏也

四溟堂

清冷閣記

北原東二十里 有大川曰淸冷 水流雄岳 路出長安 自嶺東如京師 從長安下嶺東 上自廟
堂相繡衣使 下至羽檄騎轉賦吏 連連綿綿 唯莫由斯道焉 由是橋於斯樓於斯古矣 曾爲虐
浪傾奪 而上下者病焉 至於五六月 油然雲需然雨 狂流觸石 駮浪虎奔 非脇羽翰 御冷風則
幾不免魚腹之魂 飢餓之患也

於萬曆赤狗之春 原城人智氏 出己財與雲水子正受 喩檀子若干輩 同心戮力 重起五間
樓閣 礎而固其柱 瓦而備其漏 使東西南北之人 去來無虞焉 則橋於此也 功如之何 且也盾
日逞威 融金石燒山土 草木無風 揮汗成雨 東奔西走 焦土乾唇者 浴于淸冷 風乎高閣 而
精神飛動 而有若一服快活無憂散也 則橋於此也 功如之何 然則一成橋閣 使斯民 至於浴
乎風乎之境也 智氏之功 當不置賢君子之下也歟

文德教

壬辰錄

壬辰四月 倭賊自釜山浦 直入京城 主上(宣祖)播越於義州 列郡皆望風而潰 七月南兵使李渾率兵禦之于鐵嶺 遇賊先鋒 不戰而走 道內守令皆棄城奔竄 齊民盡入山藪 賊長驅如入無人之境 自安邊至吉州邑 各置兵千百 據城分守

監司柳永立 判官柳希津 皆避亂于山谷 監司爲北靑賊所執 府人金應田 詐稱監司奴 入于賊中 乘夜竊負而逃 監司仍奔平安道 判官爲咸興賊所執 倉戶房成男倉使令玉良所指嗾也 本府人起兵之後 判官遇害 賊誘民納米 納則給牌 各令還家 入山之民 信其言 又患糧盡 還入其家者太半矣 本府進士陳大猷 在平時鄕人 皆以兇險目之 寇至之初 先入賊中 以其妻女妻賊將 爲賊心腹 徇前十餘人及平原驛卒德山驛卒皆附賊 鄕人之謀起義兵者 一一告賊執殺之 自是人皆不畏賊 而畏其黨賊者

宰臣尹卓然 陪王子向北 至北靑府落後 入于甲山三水 至別害堡留止 主上仍以爲本道監司 時三甲守令邊將 皆會於別害 八月本府儒生金應福入于別害 見監司告以起兵之意 或曰咸興之人 皆倭黨也 其言不可信 監司頗疑之不肯從 儒生李希祿以微服入于賊中 審察賊勢 卽與儒生李思悌武人朴吉男入于別害 請起兵于監司 監司難之 李希祿等力陳人心之思漢賊勢之可攻 而固請之 監司乃信之 始有討賊之意 問於李希祿等 以武出身柳應秀李惟一 武人朴中立鄭海澤朴應崇 爲軍官以招之 監司馳啓行朝 請設武科而取人 仍以此屬討賊 上從之

監司設試場於別害 遠近聞者 多歸之 柳應秀李惟一等 勸起赴試者 七十餘人 監司 於是試取百人聞于朝 監司 以柳應秀等 爲討賊將 而遣之 柳應秀與李希祿等 十餘人 來于本府高遷社 數日之內 募兵得千餘人 先執黨賊者三人 斬之 翌日 遇賊十五人 盡殺之 卽與朴中立鄭海澤 分三衛 陣于元平社

賊聞我起兵 大擧而來 焚刧岐川岐谷等地 柳應秀 獨與騎步兵數十人 突進斬賊首三十四級 餘賊奔還其陣 於是諸軍隨至 軍勢大振 與賊隔水而陣 發矢必中 賊不敢渡水而來 賊將一人指麾其軍 奮劍而前 有軍士張允琛射之 一矢而倒 柳應秀所騎馬中丸 而斃 應秀略

無懼色 督戰不已 柳應秀以加平糾察官韓士益 違令不出 斬徇軍中 於是軍士勇氣自倍 乃送一衛爲擊後計 賊懼而走 日已暮矣 不得窮追 翌日聞之 則城中多哭聲 必死傷者衆矣

李惟一與生員韓敬商 募兵得三千二百餘人 陣于德山洞 遇賊德山館前 設伏而來擊 斬首四十九級 惟一賊奔還城中 柳應秀李惟一等 送馘於別害 監司大喜曰 此輩尙能討賊 賊不足憂也 於是以甲山府使成允文爲大將 廟坡權管白應祥爲咸興判官 往討之 成允文出陣于黃草嶺下 白應祥與柳應秀對陣于岐川 賊大擧而來 白應祥柳應秀等逆戰 挫其先鋒 賊北走我軍乘勢 逐北至洪島 賊大呼而反攻之 我軍稍却 死傷者多矣 成允文來陣于獨山下 軍勢甚盛 賊請其兵於南官 悉衆而來 乘夜襲之(十一月 初十日) 成允文罔知所爲 脫身逃走 我軍盡爲賊所陷 避亂老弱 亦恃大將衛而下來 皆血兒鋒 僵尸滿野 時柳應秀等以大將令 陣于州北上端 欲爲尾擊 而以賊來益衆 不得發焉 柳應秀曰 此賊必空城而來 乘此時入城 庶可得志矣 朴中立鄭海澤不之從 故未成奇計 後自城中來者曰 出戰之日 留城之賊 只有數十名云

成允文 收散卒 入據德安陵 下令曰 毋或輕犯賊鋒 自是賊益肆焚蕩 柳應秀慷慨曰 大將擁兵自衛 深入不出 其將奈何 獨率數十騎 來于州北 搜討劫掠之賊 賊望見而走 柳應秀單騎追至城下 斬一賊而還 城中之賊 出城頭望之 莫敢來救矣 成允文怒曰 非大將令而擅自輕發 雖得斬賊 何功之有 將欲請罪於監司 而不果 蓋允文耻己敗軍忌人有功故也 加平之戰成允文先走之 不利而退 唯賊將有咸興判官稱號者 爲白應祥所射 倒載而歸 自是賊不敢出

李惟一 遇賊于德山驛 以衆寡不敵先據峰頭 矢下如雨 賊不敢犯 居數日 賊數百向于洪原 李惟一遇賊於咸關嶺下大戰 良久賊踰嶺而走 李惟一追至咸原站下馬地鬪 賊將一人着朱衣 揮劍而前 李惟一以片箭射之 應弦而倒 他賊一人代着朱衣而來 又射而殪之 賊大敗而走 仍日暮不得追

第三日 洪原縣監馳報曰 咸興來賊被箭而死者數十人 積于空舍中 縱火焚之 其餘傷創者過半云 自是南北之賊 畏不敢相通 其後淸正自將入于吉州 撤兵而來 亦不保 直踰是嶺 避過海邊 淸正之出入惟一可擊矣 而成允文忌惟一之功 盡奮其軍 惟一所率 僅步卒百餘人 故惟一不得成功焉 況諸軍所獲倭刀倭馬 成允文窮尋極索 歸於己 故軍士皆解體 而莫肯用力焉

北評事鄭文孚與六鎭守令邊將 起兵於鏡城 來陣于明川 鄭文孚謂諸將曰 吉州之賊入城不出 必擾而出城然後可功 誰可爲將 皆曰防垣萬戶韓仁濟 智謀過人 可能爲之 鄭文孚招

仁濟曰 君可往矣 仁濟曰 爲國討賊 臣子職分 雖死不可避 但六鎭守令皆秩高之人 如我微官 何能節制乎 鄭文孚曰 君爲中衛將 則左右將雖秩高 不得不聽命於中衛 惟我所令 可也 於是以韓仁濟 爲中衛將而送之 仁濟約束諸將 夜到吉州 縱火城外民家烟燄漲天 城中之賊大驚 盡出城頭而望之 韓仁濟等 退陣于明川古驛驛 整旅待變

第三日黎明 候吏來報曰 賊無數出城 向于明川海邊(卽加坡地) 韓仁濟等 率兵馳往 遇賊於石嶺 左右夾擊 賊不敢放一丸 圍其將立十餘匝 我軍四面亂射之 外匝先倒 內匝繼倒 次第盡倒然後 賊將一人擁紅旗獨立 一矢而倒 餘賊奔還 諸軍追擊幾盡殲焉 斬馘至四百餘級矣

黃昏還軍 至古驛則夜已分矣 時鐘城府使鄭見龍以大將 自明川追到古驛 步迎韓仁濟于途 執馬上手曰 久在北邊 終立大功於此 眞男子也 終夜飮酒盡歡而罷 韓仁濟退宿于驛子家 日高不起 有人來告曰 大將不入戰場 而擅自論功 多徇私意 君有大功 而亦不以實 其無憾乎 仁濟曰 古有大樹將軍 邀功而求爵 非我之志也 絶口不言功 自此軍士憤惋 乘夜逃去者頗多矣

鄭文孚部署諸將 分屯吉州四面 使韓仁濟屯於城外 仁濟率百餘騎進陣於城外 多作軍幕 夜則擧火 晝則耀武 賊畏不敢出 淸正率兵自安邊來 鄭文孚謂諸將曰 淸正必聞吉州賊敗軍 而來將屠滅北道 我等當歸 保鏡城以禦之 韓仁濟曰 此賊必撤兵而去 去時尾擊可也 鄭文孚怒曰 君才略過人 可以獨當任自爲之 惟軍士則歸我 於是鄭文孚奪其軍 與諸將馳入鏡城 鏡城明川之民 以爲大將被逐而來 盡焚其家舍財物 奔走登山 而老弱塡壑者多矣 韓仁濟獨與步卒三十餘人 留陣於吉州相望之地 窺探賊勢 第三日候人來曰 城中有火起 仁濟曰 賊必宵遁 卽入城中 城中只有病倭二十餘人 皆斬之滅其火 官舍倉穀皆得全 卽馳報於鏡城 鄭文孚馳來大慙曰 君何知賊之宵遁而處置得宜若是耶 我之北向 何不固止之乎 乃歎曰 爲儒者 反不如一武夫乎 悔恨不已 韓仁濟曰 我家在咸興 願一以追擊賊後 一以得見老母 時以仁濟爲北道虞候 鄭文孚曰 胡人乘虛入寇 至于富寧云 君爲虞候 可以鎭北 我當尾擊而南 將與監司相會 仁濟不得已入于鏡城 擊逐胡賊得保六鎭

白應祥 弓馬之才 超越諸將 不畏强賊勇於進戰 而爲成允文所制 束手不得爲邑人 至今恨之

柳應秀 爲人篤實 善騎射 其父嘗爲賊所殺 故應秀忘身赴敵 誓與賊俱死 而受制於成允文 竟爲無軍之將 不得報其君父之讐 可勝嘆哉 其後觀察使李希得聞于朝 爲三水郡守 御史金權亦採其戰功入啓 上嘉之陞堂上 歲丁酉上以柳應秀爲別將 召至楊前 賜酒命討賊于

慶尙道 應秀親受丁寧之敎 益激有死之心 身先士來 力戰而死 贈兵曹叅判

李惟一 爲人沈重 有勇力 慮勝而進 不爲妄動 韓敬商計慮過人 料敵如神 賊之間謀 必得無失 二人同心 互有相長 故所向必捷 鮮有敗事 以淸正之威而尙畏之 不得直蹂咸關 惟一可謂在山之虎豹矣以其 戰功爲甫乙下斂使而止 識者恨之

韓仁濟 器局雄偉智慮深 遠人稱有將帥之才 討賊一心 夷險不貳 凡爲規畫 人所不及 戰功最多 不自矜伐 仁濟 可謂稀世之人傑 而以功爲北道虞候 俄而朝廷以爲胡人所見處 以堂下爲虞候甚不可 以南道虞候韓希吉 相換 自此本道壯士 皆解體矣

其後 觀察使尹承勳 以李惟一韓仁濟之功 聞于朝 事寢不行 當時京洛避亂之士 皆曰咸興有三傑 蓋指柳應秀李惟一韓仁濟也

원래 제목으로 찾아보기

원래 제목으로 찾아

글쓴이 임진년 아홉 의병장

이 책에 글을 쓴 사람들은 모두 임진왜란 때 의병을 일으켰던 의병장들이다.

홍의 장군 곽재우(1552~1617)는 임진왜란이 일어난 4월에 경상도 의령에서 처음으로 의병을 일으켰고, 조헌(1544~1592)은 충청도 옥천에서 의병을 일으켰다. 조헌은 청주성 싸움에서 동생, 아들과 함께 전사했다.

고경명(1533~1592)은 전라도 담양에서 아들 고종후, 고인후와 함께 의병을 일으켰고, 금산 싸움에 나섰다가 둘째아들 고인후와 함께 전사했다. 큰아들 고종후(1554~1593)는 진주성 싸움에서 죽었다.

이정암(1541~1600)은 황해도 연안에서 왜적을 막아 냈는데, 이 싸움은 역사에 '연안대첩'으로 기록되었다. 정문부(1565~1624)는 함경도 경성에서 의병을 일으켜 왜적에게 점령당했던 서울과 함경도를 되찾는 데 큰 공을 세웠다.

서산대사 휴정(1520~1604)은 임진왜란이 일어날 때 일흔세 살이었는데, 전국의 승려들에게 격문을 보내 승병 천오백 명을 모았다. 서산대사의 뒤를 이은 사명당 유정(1544~1610)은 금강산의 승려들을 모아 왜적에 맞섰다. 문덕교(1551~1611)는 함경도 함흥에서 동생 문선교와 함께 의병을 일으켰다가 동생이 죽은 뒤에는 후학을 기르는 데 남은 생을 바쳤다.

이 책은 임진왜란 때 경상도에서 함경도에 이르기까지, 의병을 먼저 일으킨 의병장 순서대로 엮었다.

옮긴이 오희복

오희복은 김일성 종합 대학의 박사 부교수로 재직하면서 고전 문학을 연구했다. 논문으로 '구전 설화 작품들의 형태적 특성에 대한 간단한 고찰'이 있다. 상민과 김찬순은 남쪽에 알려진 것이 없다.

겨레고전문학선집 9

임진년 난리를 당하매

2005년 8월 8일 1판 1쇄 펴냄 | 2020년 9월 25일 1판 4쇄 펴냄 | **글쓴이** 곽재우 외 8인 | **옮긴이** 오희복 | **펴낸이** 유문숙 | **편집부** 김성재, 김은주, 남우희, 심명숙, 천승희 | **교정** 신로사 | **디자인** bemine | **제작** 심준엽 | **영업** 안명선, 양병희, 조현정 | **잡지 영업** 이옥한, 정영지 | **새사업팀** 조서연 | **대외 협력** 신종호, 조병범 | **경영 지원** 임혜정, 한선희 | **인쇄** (주)천일문화사 | **제본** 과성제책 | **펴낸곳** (주)도서출판 보리 | **출판 등록** 1991년 8월 6일 제 9-279호 | **주소** 경기도 파주시 직지길 492 우편 번호 10881 | **전화** (031)955-3535 | **전송** (031)955-3533 | **누리집** www.boribook.com | **전자우편** bori@boribook.com

ⓒ 보리, 2005 | 이 책의 내용을 쓰고자 할 때는, 보리 출판사의 허락을 받아야 합니다. | 잘못된 책은 바꾸어 드립니다. | 값 30,000원

ISBN 89-8428-213-8 04810
    89-8428-185-9 04810(세트)

이 도서의 국립중앙도서관 출판예정도서목록(CIP)은 서지정보유통지원시스템 홈페이지(http://www.seoji.nl.go.kr)와 국가자료종합목록시스템(http://www.nl.go.kr/kolisnet)에서 볼 수 있습니다.
(CIP 제어 번호: CIP2005001422)

이 책은 한국문화예술진흥원의 문예진흥기금 지원을 받았습니다.